PRIMEIRO LIVRO DA **SÉRIE HACKER**

ATRAÇÃO MAGNÉTICA

MEREDITH WILD

Tradução
Thalita Sdroiewski Uba

Título original: *Hardwired*
Copyright © 2013 by Meredith Wild
This edition published by arrangement with Grand
Central Publishing, New York, New York, USA. All
rights reserved.

Direitos de edição da obra em língua portuguesa no Brasil adquiridos pela AGIR, um selo da EDITORA NOVA FRONTEIRA PARTICIPAÇÕES S.A. Todos os direitos reservados. Nenhuma parte desta obra pode ser apropriada e estocada em sistema de banco de dados ou processo similar, em qualquer forma ou meio, seja eletrônico, de fotocópia, gravação etc., sem a permissão do detentor do copirraite.

EDITORA NOVA FRONTEIRA PARTICIPAÇÕES S.A.
Rua Nova Jerusalém, 345 - Bonsucesso - 21042-235
Rio de Janeiro - RJ - Brasil
Tel.: (21) 3882-8200 - Fax: (21) 3882-8212/8313

CIP-Brasil. Catalogação na fonte
Sindicato Nacional dos Editores de Livros, RJ

W561a

Wild, Meredith,
   Atração magnética / Meredith Wild; tradução Thalita Sdroiewski Uba. - 1. ed. - Rio de Janeiro: Agir, 2015.
   288 p. (Hacker series ; 1)

   Tradução de: Hardwired
   ISBN 978.85.220.3126-9

   1. Ficção. 2. Ficção erótica. I. Uba, Thalita Sdroiewski. II. Título. III. Série.

CDD: 823
CDU: 821.111-3

Para mamãe, por implorar que eu escrevesse.

CAPÍTULO 1

— Que dia perfeito — falei.

O inverno tinha degelado em Boston, e a primavera era iminente. O campus tinha ganhado vida, zunindo com universitários, turistas e pessoas da cidade.

Muitos ainda estavam usando as becas da cerimônia de formatura, que tinha acontecido aquela tarde e que eu ainda estava assimilando. Tudo parecia surreal, desde os "adeus" felizes e tristes ao mesmo tempo até a expectativa de encarar os problemas do mundo real daqui para frente. Uma mistura de emoções causava um turbilhão dentro de mim. Orgulho, alívio, ansiedade. Mas o que eu mais sentia era felicidade. Por estar vivendo aquele momento. Por ter Marie ao meu lado.

— É mesmo, e ninguém merece isso mais do que você, Erica.

Marie Martelly, melhor amiga da minha mãe e minha salva-vidas pessoal, apertou minha mão de leve e enganchou o braço no meu.

Alta e magra, Marie sobrepunha-se à minha estatura *mignon*. Sua pele macia era da cor de cacau e seu cabelo castanho era retorcido em dezenas de pequenos *dreads*, um estilo que expressava tanto sua juventude eterna quanto seu estilo eclético. De longe, ninguém suspeitaria que ela tinha sido a única mãe que eu tive por quase uma década.

 Eu dizia a mim mesma, ao longo dos anos, que não ter pais, às vezes, era melhor do que ter o tipo de pais sobre os quais eu ouvia falar e, de vez em quando, conhecia. Os pais dos meus colegas de turma por vezes eram prepotentes. Fisicamente, estavam ali, mas emocionalmente, estavam ausentes, ou eram velhos o suficiente para serem meus avós e carregarem uma lacuna de gerações enorme. Ser bem-sucedida parecia imensamente mais fácil quando eu era a única pessoa botando pressão em mim mesma para que isso acontecesse.

 Marie era diferente. Ao longo dos anos, ela sempre tinha oferecido apoio na medida certa. Ela ouvia meus dramas e minhas reclamações sobre o trabalho e as provas finais, mas nunca me pressionava. Ela sabia o quanto eu já pressionava a mim mesma.

 Caminhamos pelas trilhas estreitas que cruzavam o campus de Harvard. Uma brisa suave soprou nas árvores repletas de folhas, sussurrando silenciosamente por cima de nós.

— Obrigada por estar aqui comigo hoje — falei.

— Não seja ridícula, Erica! Eu não perderia por nada. Você sabe disso. — Ela sorriu para mim e piscou. — Além disso, sempre gosto desses passeios pelas lembranças do passado. Não consigo lembrar-me da última vez em que estive no campus. Faz com que eu me sinta jovem de novo!

 Ri com o entusiasmo dela. Só alguém como Marie poderia visitar sua antiga universidade e sentir-se mais jovem, como se o tempo não tivesse passado.

— Você ainda é jovem, Marie.

— Ah, suponho que sim. Mas a vida passa rápido demais.

Você vai descobrir isso logo, logo. — Ela suspirou devagar. — Pronta para comemorar?

Concordei com a cabeça.

— Com certeza. Vamos nessa.

Passamos pelos portões do campus e chamamos um táxi, que atravessou o rio Charles conosco em direção a Boston. Alguns minutos depois, estávamos empurrando as pesadas portas de madeira de uma das melhores churrascarias da cidade. Comparado com as ruas ensolaradas, o restaurante era escuro e fresco e um ar visível de refinamento flutuava por sobre o murmúrio silencioso dos clientes da noite.

Nos acomodamos com nossos cardápios em mãos e pedimos o jantar e as bebidas. O garçom, prontamente, nos trouxe dois copos de uísque 16 anos com gelo, um gosto que adquiri em mais que alguns jantares com Marie. Depois de semanas de overdoses de café e pedidos de *delivery* tarde da noite, nada expressava "felicitações" melhor do que um copo de uísque e um belo bife no jantar.

Tracei linhas no suor de meu copo, imaginando como o dia de hoje teria sido se minha mãe ainda estivesse viva. Talvez eu ainda estivesse em casa, em Chicago, vivendo uma vida completamente diferente.

— O que se passa pela sua cabeça, menininha?

A voz de Marie me trouxe de volta de meus pensamentos.

— Nada. Só queria que minha mãe pudesse estar aqui — respondi em voz baixa.

Marie segurou minha mão entre as dela em cima da mesa.

— Nós duas sabemos que a Patricia estaria orgulhosa demais de você hoje. Mais do que as palavras podem expressar.

Ninguém tinha conhecido minha mãe melhor do que Marie. Apesar da distância tê-las separado por anos depois do colégio, elas permaneceram próximas — o tempo todo, até o amargo final.

Evitei olhá-la nos olhos, sem querer me deixar sucumbir às emoções que tendiam a inundar-me como uma porcaria de uma enchente em cada feriado meramente comercial. Eu não iria chorar hoje. Hoje era um dia feliz, não importavam os poréns. Um dia que eu jamais esqueceria.

Marie soltou minha mão e pegou o copo, seus olhos brilhando.

— Que tal um brinde ao próximo capítulo?

Ergui meu copo junto ao dela e sorri em meio à tristeza, permitindo que o alívio e a gratidão preenchessem o espaço vazio em meu coração.

— Saúde.

Bati meu copo no de Marie e dei um bom gole, saboreando a queimação do álcool durante sua descida.

— Por falar nisso, quais são os seus próximos planos, Erica?

Deixei meus pensamentos retornarem à minha vida e às pressões reais que eu ainda estava sofrendo.

— Bom, esta semana é o grande *pitch* na Angelcom e depois, em algum momento, eu preciso resolver onde vou morar.

— Você sempre pode ficar comigo por um tempo.

— Eu sei, mas preciso me organizar para me virar sozinha agora. Estou ansiosa por isso, na verdade.

— Alguma ideia?

— Não exatamente, mas preciso de um tempo longe de Cambridge.

Harvard tinha sido ótima, mas tanto a universidade quanto eu precisávamos começar a conhecer outras pessoas. Eu realmente tinha feito mais coisas do que esperava nesse último ano, fazendo malabarismos com minha tese, começando um novo negócio e administrando os corriqueiros períodos de fadiga do último ano da faculdade. Eu estava ávida por começar um novo capítulo da minha vida longe do campus.

— Longe de mim querer que você vá embora, mas você tem certeza de que quer ficar em Boston?

Assenti com a cabeça.

— Tenho. Pode ser que a empresa me leve para Nova York ou para a Califórnia em algum momento, mas, por hora, estou feliz aqui.

Boston era uma cidade difícil algumas vezes. Os invernos eram infernais, mas as pessoas aqui eram fortes, apaixonadas e, com frequência, dolorosamente sinceras. Com o passar do tempo, eu tinha me tornado uma delas. Não conseguia me imaginar chamando qualquer outro lugar de "lar" por capricho. Além disso, sem ter pais com uma casa para voltar, aquela tinha se tornado minha casa.

— Você pensa em um dia voltar para Chicago?

— Não. — Mastiguei minha salada em silêncio por um momento, tentando não pensar em todas as pessoas que poderiam estar aqui comigo hoje. — Lá não tem mais ninguém para mim. O Elliott se casou de novo e agora tem filhos. E a família da minha mãe sempre foi... você sabe, distante.

Desde que minha mãe tinha voltado para casa da faculdade, há 21 anos, depois de ter acabado de descobrir que estava grávida e sem planos de casar-se, o relacionamento dela com os pais tinha ficado tenso, para dizer o mínimo. Mesmo quando eu era criança, as poucas lembranças que compartilhei com meus avós eram desconfortáveis e envoltas em como eu tinha surgido na vida deles. Minha mãe nunca falou de meu pai, mas se as circunstâncias eram ruins o suficiente para fazê-la não querer tocar no assunto, talvez fosse melhor que eu não soubesse de nada mesmo. Ao menos era isso que eu dizia a mim mesma quando a curiosidade começava a vencer-me.

A tristeza nos olhos empáticos de Marie refletia a minha própria.

— Você costuma ter notícias do Elliott?

— Geralmente, perto das festas de final de ano. Ele anda bem ocupado com os dois pequeninos agora.

Elliott era o único pai que eu tinha conhecido. Ele tinha se casado com minha mãe quando eu era bem pequena e partilhamos muitos anos felizes como uma família. Mas pouco mais de um ano depois da morte da minha mãe, ele passou a se sentir sobrecarregado com a perspectiva de criar uma adolescente sozinho e matriculou-me em um colégio interno no leste do país com o dinheiro da minha herança.

— Você sente falta dele — disse Marie em voz baixa, como se estivesse lendo meus pensamentos.

— Às vezes — admiti. — Nunca tivemos a chance de ser uma família sem ela.

Eu me lembrava de como ficamos perdidos e sem chão quando ela morreu. Agora, estávamos conectados um ao outro apenas pela lembrança do amor dela, uma memória que se apagava cada vez mais com o passar dos anos.

— A intenção dele era boa, Erica.

— Eu sei que era. Não o culpo. Nós dois estamos felizes, então, isso é tudo que importa agora.

Com um diploma universitário e um novo negócio nas mãos, eu não lamentava a escolha de Elliott. No fim das contas, aquilo tinha me colocado no caminho que me levou para onde eu estava hoje, mas nada mudaria o fato de que nos distanciamos com o passar dos anos.

— Mas chega de falar disso. Vamos falar sobre sua vida amorosa.

Marie me deu um sorriso caloroso, seus belos olhos amendoados brilhando sob a luz fraca do restaurante.

Eu ri, ciente de que ela iria querer todos os detalhes se eu tivesse alguma coisa para contar.

— Nada de novo a declarar, infelizmente. Que tal falarmos sobre a sua, em vez disso?

Eu sabia que ela ia morder a isca.

Os olhos dela se iluminaram e ela começou a tagarelar sobre seu mais novo interesse amoroso. Richard era um jornalista especializado na *high society*, quase uma década mais novo que ela, o que não era nenhuma surpresa para mim. Marie não apenas estava em ótima forma, ela também tinha um coração incrivelmente jovem. Volta e meia eu tinha que me relembrar de que ela tinha a idade da minha mãe.

Enquanto ela contava suas histórias, eu tive um breve caso de amor com minha comida. Preparado com perfeição e banhado em uma redução de vinho tinto, meu filé com osso quase derretia na boca. De tão gostoso, o filé quase compensava pelos últimos meses de privação sexual. Se não compensava, o prato de morangos cobertos com chocolate que encerrou nosso jantar definitivamente dava conta do recado.

A faculdade tinha me garantido oportunidades regulares de casos passageiros, mas, ao contrário de Marie, eu nunca estava realmente procurando por amor. E agora que eu tinha um negócio para tocar, eu mal tinha tempo para uma vida social, muito menos para uma vida sexual. Em vez disso, eu vivia vicariamente através de Marie e ficava genuinamente feliz por ela ter encontrado um homem que dava uma apimentada em sua vida.

Terminamos de comer e Marie concordou em encontrar-me do lado de fora do restaurante, depois que ela fosse ao banheiro. Segui em direção à porta, sentindo-me feliz e um pouco zonza. Passei pelo *host* e virei-me quando ele me agradeceu por ter vindo. No minuto seguinte, trombei no homem que entrava pela porta.

Ele me segurou pela cintura, endireitando-me enquanto eu recuperava o equilíbrio.

— Desculpe, eu...

Meu pedido de desculpas fracassou quando nossos olhos se encontraram. Um tornado hipnotizante cor de avelã e verde desaguou em mim, suprimindo minha habilidade de falar. Maravilhoso. O homem era completamente maravilhoso.

— Você está bem?

A voz dele vibrou pelo meu corpo. Meus joelhos enfraqueceram um pouco com a sensação. O braço dele reagiu, apertando ainda mais minha cintura, deixando nossos corpos extremamente próximos. Aquele movimento não me ajudou muito a recuperar a compostura. Meu coração acelerou pela maneira como ele me segurava, possessivo e confiante, como se ele tivesse todo direito de manter-me ali pelo tempo que quisesse.

Uma pequena parte de mim, a parte que não estava se derretendo de desejo por aquele estranho, queria protestar contra a audácia dele, mas todos os pensamentos racionais foram enevoados à medida que eu assimilava as características dele. Ele não devia ser muito mais velho do que eu. Com exceção de seu cabelo castanho-escuro rebelde, ele parecia ser todo corporativo, com seu *blazer* escuro e a camisa branca com dois botões abertos. Ele parecia caro. Até o cheiro dele era caro.

Muita areia para o seu caminhãozinho, Erica, cantava uma vozinha, relembrando-me de que era minha vez de falar.

— Sim, estou bem. Me desculpe.

— Não tem por quê — murmurou ele sedutoramente, com uma ponta de sorriso.

Os lábios dele eram bem delineados e cheios de promessa, impossíveis de ignorar com meu rosto a centímetros do dele. Ele passou a língua pelo lábio inferior e meu maxilar se abriu em um suspiro silencioso. Deus, a energia sexual emanava daquele homem como ondas do mar.

— Sr. Landon, seu grupo está aqui.

Enquanto o *host* esperava que ele respondesse, recompus-me o suficiente para endireitar-me, confiante de que podia ficar em pé sem ajuda novamente. Coloquei as mãos no peito dele, definido e implacável mesmo debaixo do terno, para apoiar-me. Ele me soltou, suas mãos deixando um rastro de fogo em meus quadris enquanto abandonavam meu corpo lentamente. *Meu Jesus*. A sobremesa não era nada perto daquele homem.

Ele acenou com a cabeça para o *host*, mas mal tirou os olhos de mim, paralisando-me com aquele único fio que nos conectava. Irracionalmente, eu não queria nada além das mãos dele em mim novamente, possuindo-me com tanta facilidade como acabaram de fazer. Se ele havia feito minha cabeça flutuar com um mero toque, não dá nem para imaginar o que ele podia fazer no quarto. Fiquei pensando se por acaso haveria uma chapelaria por ali. Podíamos resolver aquela questão imediatamente.

— Por aqui, senhor — disse o *host*, acenando para que meu salvador o seguisse.

Ele se afastou com um encanto casual, deixando-me formigando da cabeça aos pés com sua ausência. Marie chegou enquanto eu observava a retaguarda dele, uma bela vista a se apreciar.

Eu devia estar encabulada, mas para falar a verdade, estava desavergonhadamente satisfeita com minha falta de habilidade em manter o equilíbrio sobre os saltos de dez centímetros. No lugar de uma vida amorosa própria, o homem misterioso se tornaria fonte de muitas fantasias que estavam por vir.

* * *

Subi os largos degraus de granito do prédio da biblioteca e passeei pelos corredores até a sala do professor Quinlan. Ele estava olhando atentamente para a tela do computador quando bati na porta. Ele se virou na cadeira.

— Erica! Minha empreendedora de *startup* virtual preferida!

Seu sotaque irlandês tagarela tinha se tornado menos evidente depois de ter morado nos Estados Unidos por tanto tempo. Eu ainda achava adorável e apegava-me a cada palavra.

— Me diga, como é a liberdade?

Ri um pouco, contente com o seu entusiasmo genuíno ao me ver. Quinlan era um homem atraente, nos seus cinquenta e poucos anos, com cabelo grisalho e olhos azuis gentis.

— Ainda me acostumando, para ser sincera. E você? Quando começa o seu período sabático?

— Vou para Dublin em algumas semanas. Você precisa ir me visitar se tiver um tempo este ano.

— Eu adoraria, é claro — respondi.

Como este ano seria para mim? Eu esperava cuidar da minha empresa em meio às dores do início, mas, na verdade, eu não fazia ideia do que esperar.

— Por algum motivo, sinto que seria estranho ver você fora da universidade, professor.

— Não sou mais seu professor, Erica. Me chame de Brendan, por favor. Agora sou seu amigo e seu mentor e certamente espero que a gente se veja muito mais do lado de fora destas paredes.

As palavras do professor atingiram-me com força e minha garganta formigou um pouco. Momentos sentimentais estavam me perturbando esta semana, que saco. Quinlan tinha sido incrivelmente incentivador nesses últimos anos, guiando-me em minha graduação e fazendo contatos para que eu pudesse seguir adiante com meu negócio. A líder de torcida incansável toda vez que eu precisava de um empurrão.

— Não tenho como agradecer o suficiente. Quero que você saiba disso.

— Ajudar pessoas como você, Erica, é o que me faz levantar pela manhã. E o que me mantém longe do bar.

Ele me deu um sorriso torto, revelando uma única covinha.

— E o Max?

— Bom, infelizmente, a ânsia de Max pela bebida e pelas mulheres era bem maior que sua ambição por sucesso nos negócios, mas parece que ele deu um jeito no fim das contas. Não sei se ajudei em alguma coisa no caso dele, mas quem sabe? Nem todos são como você, querida.

— Tenho tanto medo de que as coisas com a empresa acabem não dando certo a longo prazo — admiti, torcendo para que ele tivesse alguma clarividência que me faltava.

— Não tenho dúvidas de que você vai ser bem-sucedida, de um jeito ou de outro. Se não for nisso, vai ser em alguma outra coisa. Nenhum de nós sabe para onde a vida nos levará, mas você está se sacrificando e trabalhando duro para perseguir seus sonhos. Enquanto você se mantiver fiel a esses sonhos e os preservar em primeiro plano na sua cabeça, você estará indo na direção certa. Ao menos, é isso que digo a mim mesmo.

— Parece correto para mim.

Meus nervos estavam à flor da pele de ansiedade por causa da reunião de amanhã, que seria um momento de decolar ou de afundar para a empresa e para mim. Eu precisava de todo encorajamento que pudesse conseguir.

— De qualquer forma, eu te aviso quando chegar a uma conclusão — prometeu ele.

Eu não sabia se devia me sentir inspirada ou desencorajada, sabendo que ele, às vezes, também se sentia tão incerto quanto eu agora.

— Enquanto isso, vamos ver o que você tem para o nosso amigo Max amanhã.

Ele apontou para a pasta no meu colo e abriu espaço na mesa.

— Com certeza.

Coloquei meu plano de negócios e minhas anotações ali e começamos a trabalhar.

CAPÍTULO 2

A recepcionista da Angelcom Venture Group lançou-me um olhar questionador antes de levar-me até a sala de reuniões no fim do corredor. Dei uma checada em mim mesma, certificando-me de que não havia nada bizarramente fora do lugar. Até agora, tudo bem.

— Fique à vontade, senhorita Hathaway. O restante do grupo deve chegar em breve.

— Obrigada — respondi educadamente, feliz pela sala ter ficado momentaneamente vazia.

Respirei fundo, deslizando os dedos pela beirada da mesa até chegar a uma parede de janelas com vista para o porto de Boston. A admiração misturou-se à minha ansiedade crescente. Em pouco tempo, eu estaria cara a cara com os investidores mais ricos e influentes da cidade. Eu me sentia muito distante da minha zona de conforto, aquilo não era nem um pouco engraçado. Respirei fundo e sacudi as mãos ansiosamente, querendo que meu corpo relaxasse um pouco.

— Erica?

Virei-me. Um homem jovem, mais ou menos da minha idade, com cabelos loiros divididos cuidadosamente na lateral, olhos azuis escuros e vestindo um terno de três peças aproximou-se de mim.

Apertamos as mãos.

— Você deve ser o Maxwell.

— Por favor, me chame de Max.

— O professor Quinlan me falou muito sobre você, Max.

— Não acredite em nenhuma palavra.

Ele riu, deixando à mostra dentes perfeitamente brancos contrastando com um bronzeado que me fez pensar em quanto tempo ele de fato passava na Nova Inglaterra.

— Só coisas boas, juro — menti.

— Isso é legal da parte dele. Eu devo uma a ele. Este deve ser seu primeiro *pitch*?

— Indubitavelmente.

— Você vai se sair bem. É só se lembrar de que a maioria de nós já esteve no seu lugar antes.

Sorri e concordei com a cabeça, sabendo que as chances de Max Pope, herdeiro do magnata do transporte Michael Pope, ter que procurar qualquer outro investidor que não seu pai, por meros dois milhões de dólares, eram de poucas a nenhuma. Mesmo assim, ele era o motivo pelo qual eu estava ali aquela manhã, e eu era grata por isso. Quinlan sabia exatamente quando cobrar um favor.

— Sirva-se. Os doces são deliciosos.

Ele apontou para o farto *buffet* de café da manhã na parede. O nó no meu estômago discordou dele. Eu precisava me acalmar. Não consegui nem digerir café esta manhã.

— Obrigada, mas estou bem.

À medida que os investidores iam aparecendo, Max apresentava-me, e eu fiz o meu melhor para conversar fiado, xingando em silêncio a Alli, minha melhor amiga, sócia ausente e marqueteira de plantão. Ela era capaz de ter diálogos interessantes até com uma lata de sopa, enquanto eu só tinha cabeça para os fatos e os números que estava preparada para apresentar, o que não era ideal para bater um papo com pessoas que eu nunca tinha visto antes.

Quando as pessoas começaram a acomodar-se à mesa, posicionei-me do lado oposto, organizando e dando uma olhada na minha papelada pela vigésima vez. Cheguei o relógio na parede à minha frente. Eu tinha menos de vinte minutos para convencer aquele pequeno grupo de estranhos de que valia a pena investir em mim.

O ruído de vozes silenciou, mas quando olhei para Max para que ele me desse a deixa para começar, ele apontou para a cadeira central vazia à minha frente.

— Estamos esperando por Landon.

Landon?

A porta se abriu. *Puta merda.* Esqueci como respirar.

Meu homem misterioso entrou — um metro e oitenta de glória masculina —, não se parecendo em nada com seus colegas de terno. A camiseta de gola V preta destacava seus ombros e peito esculturais e o jeans gasto caía no corpo dele como uma luva. Minha pele arrepiou com o pensamento de ter aqueles braços em volta de mim de novo, acidentalmente ou não.

Munido de um café gelado tamanho jumbo, ele se largou na cadeira à minha frente, parecendo ignorar o fato de estar atrasado ou sua própria falta de formalidade, e lançou-me um sorriso de reconhecimento. Ele era uma pessoa completamente diferente do profissional garboso em que eu, por muita sorte, tinha trombado aquela noite. Ele sofria de um caso maravilhoso de cabelo rebelde, seus fios castanho--escuros, espetados em todas as direções, implorando por meus dedos. Mordi o lábio em uma tentativa de esconder minha apreciação natural pelo corpo daquele homem.

— Este é Blake Landon — disse Max. — Blake, Erica Hathaway. Ela está aqui para apresentar sua rede social de moda, Clozpin.

Ele ficou imóvel por um momento.
— Nome inteligente. Você a trouxe aqui?
— Sim, temos um amigo em comum em Harvard.

Blake acenou compreensivamente com a cabeça, prendendo-me em seu olhar penetrante que me fez corar instantaneamente. Ele lambeu os lábios. Aquele simples ato teve o mesmo efeito em mim que na primeira vez em que nos vimos.

Respirei fundo e cruzei as pernas, plenamente ciente das sensações que ele inspirava no meio delas. *Recomponha-se, Erica.* A bola de nervosismo que estava habitando meu estômago há poucos segundos tinha explodido em uma energia sexual arrebatadora, que estava me fazendo pulsar da ponta dos dedos às regiões mais inferiores.

Expirei lentamente e alisei as lapelas de meu *blazer* preto, repreendendo a mim mesma em silêncio por estar excitada em um momento tão incrivelmente inoportuno. Comecei a gaguejar minha apresentação. Expliquei a premissa do site e segui para um breve esboço do nosso ano de marketing básico e do crescimento exponencial resultante, tentando desesperadamente me manter focada. Cada vez que Blake e eu fazíamos contato visual, meu cérebro começava a entrar em curto-circuito.

Então, ele me interrompeu.
— Quem desenvolveu o site?
— Meu sócio, Sid Kumar.
— E onde ele está?
— Infelizmente, meus sócios não puderem comparecer aqui hoje, apesar de quererem muito.
— Então, você é a única na sua equipe dedicada ao projeto neste momento?

Ele ergueu uma sobrancelha e recostou-se casualmente na cadeira, dando-me uma visão melhor de seu tronco. Forcei-me a não admirar.

— Não, eu... — Tive dificuldades em formular uma resposta honesta. — Acabamos de nos formar, então, nosso nível de envolvimento nos próximos meses vai depender enormemente da estabilidade financeira do projeto.

— Em outras palavras, a dedicação deles depende de financiamento.

— De certa forma.

— E a sua?

— Não — respondi secamente, imediatamente defensiva com a acusação.

Eu tinha dedicado minha vida àquele projeto por meses, pensando em mais nada.

— Continue. — Ele fez um gesto para que eu prosseguisse.

Respirei fundo e dei uma olhada em minhas anotações para retomar o fio da meada.

— Nessa conjuntura, estamos buscando uma injeção de capital para que o marketing aumente o crescimento e o rendimento.

— Qual sua taxa de conversão?

— De visitantes a usuários registrados, cerca de vinte por cento...

— Certo, mas e os usuários pagos? — interrompeu ele.

— Cerca de cinco por cento dos nossos usuários fazem o *upgrade* para contas *premium*.

— Como vocês pretendem melhorar isso?

Batuquei impacientemente com os dedos na mesa, tentando manter na linha meus pensamentos dispersos. Cada pergunta que ele fazia soava como um desafio ou um insulto, efetivamente esmagando qualquer discurso animador que eu tinha feito a mim mesma antes desta reunião. Oscilando à beira do pânico, olhei para Max em busca de um sinal de esperança. Ele parecia levemente surpreso pelo que eu achava ser típico do sr. Landon. Os outros dividiam olhares vazios entre seus cadernos de anotações e eu, demonstrando nenhum sinal de interesse por nada.

Por uma fração de segundo, eu tinha achado que o encontrão da noite passada significaria que ele pegaria leve comigo, mas parecia que não. O homem misterioso estava se mostrando um tanto babaca.

— Temos nos focado em construir e manter o plano básico de membros, que, como eu mencionei, está crescendo viralmente. Com uma base sólida de consumidores potenciais, esperamos atrair mais varejistas e marcas do segmento e aumentar o número de membros pagos.

Pausei, preparando-me para mais uma interrupção, mas o celular de Blake iluminou-se silenciosamente, misericordiosamente distraindo-o. Aliviada por finalmente estar fora do microscópio dele, finalizei com a análise dos concorrentes e projeções financeiras, antes de meu tempo acabar.

Um silêncio constrangedor aterrissou na sala. Blake tomou um gole de café, fechou a tela do celular e o colocou de volta na mesa.

— Você está namorando alguém?

Meu coração palpitou em meu peito e meu rosto ficou quente, como se tivessem me dado uma bronca na sala de aula inesperadamente. *Se eu estava namorando alguém?* Fiquei olhando para ele em choque, sem saber ao certo se entendia plenamente a implicação daquela pergunta.

— Como?

— Relacionamentos podem ser distrativos. Se você tem que conseguir os fundos de que você precisa deste grupo, esse pode ser um fator que vai afetar seu potencial de crescimento.

Eu não tinha entendido errado. Como se ser a única mulher na sala não fosse pressão suficiente, ele estava colocando um holofote na minha situação amorosa. *Babaca misógino.* Cerrei os dentes, desta vez para impedir-me de soltar um monte de palavrões em cima dele. Eu não podia perder a calma, mas não ia achar graça daquele comportamento inapropriado dele.

— Posso lhe garantir, sr. Landon, que estou cem por cento comprometida com esse projeto — falei, minha voz grave e firme. Meus olhos encontraram os dele e fiz meu melhor para comunicar o quanto eu não estava impressionada com aquela atitude dele. — Você tem alguma outra pergunta relacionada à minha vida pessoal que irá influenciar sua decisão hoje?

— Não, acho que não. Max?

— Hum, não, acho que já sabemos bastante. Cavalheiros, estão prontos para tomar uma decisão? — Max sorriu e gesticulou para os outros.

Os outros três homens de terno concordaram com a cabeça e, um após o outro, eles elogiaram meu esforço e, na sequência, expressaram sua decisão de passar o projeto adiante.

Blake olhou-me nos olhos, pausando por um momento, antes de dar seu veredito com tanta casualidade quanto ele tinha me devastado aquela manhã.

— Eu passo.

Sirenes de pânico começaram a gritar e lágrimas ameaçaram cair, rapidamente seguidas por minha voz interior. Ela estava elaborando um discurso de adeus para o sr. Landon que incluía dizer a ele para onde ir e como chegar lá. Olhei para Max, esperando pelo golpe final.

— Bom, Erica, acho que você criou uma comunidade realmente excelente com isso e com certeza gostaria de ouvir mais a respeito. Vamos marcar um horário nas próximas duas semanas para uma nova reunião e podemos conversar mais sobre a logística. Depois disso, vamos decidir se queremos oferecer um acordo a vocês. O que acha?

Doce alívio. Queria pular por cima da mesa e abraçar Max.

— Seria maravilhoso. Aguardarei ansiosa.

— Ótimo. Acho que terminamos aqui, então.

Max levantou-se para conversar com os outros homens antes de eles saírem, deixando-me cara a cara com Blake, que agora estava me dando um sorrisinho malicioso com aquela linda cara presunçosa. Eu não sabia se devia dar um tapa nele ou arrumar seu cabelo. Eu tinha algumas outras ideias na cabeça também. Sentir-me tão confusa com relação a alguém em um período tão curto de tempo fez-me questionar minha própria sanidade.

— Você foi bem — disse ele, aproximando-se.

A voz dele era grave e rouca, fazendo minha pele arrepiar-se.

— Mesmo? — respondi, insegura.

— Mesmo — garantiu ele. — Posso levar você para tomar um café da manhã?

Os olhos dele estavam brandos, como se não tivéssemos passado os últimos vinte minutos trocando farpas. Confusa, enfiei minhas anotações de volta na bolsa. Blake era lindo, mas estava supervalorizando grosseiramente seus quesitos se achava que eu iria deixá-lo me levar para sair depois daquele show.

— Tem um *pub* pequenino excelente do outro lado da rua. Eles servem um café da manhã irlandês completo.

Levantei-me e o encarei, entusiasmada por poder servir a ele uma pequena fatia de rejeição.

— Foi um prazer, sr. Landon, mas alguns de nós têm trabalho a fazer.

* * *

— Ele te chamou pra sair? — berrou Alli no telefone.

Nova York se agitava e alvoroçava ao fundo enquanto ela falava.

— Acho que sim.

Eu ainda estava me recuperando dos acontecimentos da manhã.

— Você usou seu terninho poderoso? Com a blusa azul-petróleo?

— Sim, é claro — respondi, tirando aquela exata peça de roupa, naquele momento, e desabando no *futon* do nosso dormitório.

— Bom, eu já esperava. Você fica linda nele. Ele era gato?

Blake Landon era um dos homens mais sexys com quem eu já tinha estado em um mesmo recinto, mas ele não tinha respeito nenhum pelas mulheres nos negócios, o que punha um grande freio na minha atração por ele. Infelizmente, ele estava perigosamente perto de estar na minha lista das dez pessoas que eu mais desprezava.

— Isso não importa, Alli. Nunca fui tão humilhada.

Tremi, relembrando os desafios dele e a rejeição subsequente.

— Você tem razão. Desculpe, queria poder ter estado lá para ajudar.

— Eu também queria. Enfim, como foi a entrevista?

Alli fez uma pausa.

— Foi boa.

— É?

— Muito boa, na verdade. Não quero secar a mim mesma, mas parece bastante promissor.

— Isso é ótimo.

Tentei esconder minha decepção, pois sabia que ela estava animada com isso. Ela iria trabalhar diretamente com a diretora de marketing de uma das maiores marcas da moda. Eu sabia há meses que Alli iria procurar por um trabalho em tempo integral depois da formatura, mas a ideia de administrar o site sem ela me deprimia. A não ser que conseguíssemos bancar a contratação de um novo diretor de marketing, eu seria a nova voz da empresa e *networking* nunca foi o meu forte.

— Mas não tem nada certo ainda. Vamos ver.

— Nós devíamos comemorar — falei.

Só Deus sabia o quando eu precisava de algum tipo de recompensa por ter sobrevivido àquela manhã infernal.

— Devíamos celebrar nosso novo melhor amigo, Max! — gritou ela.

Dei risada, ciente de que Max fazia bem o tipo dela também, embora ela ainda não soubesse. Ela se derretia por ternos de três peças.

— Tomara que ele não esteja apenas estendendo seu favor ao Quinlan ao encontrar-se comigo nessa próxima reunião.

— As pessoas não exibem dois milhões de dólares na frente das outras como favor.

— Verdade, mas não quero que ele invista a não ser que esteja realmente interessado.

— Erica, você está analisando isso demais, como sempre.

Suspirei lentamente.

— Talvez.

Eu esperava que ela estivesse certa, mas não conseguia deixar de imaginar todos os cenários possíveis na minha cabeça, em uma tentativa de planejar e preparar-me para todos eles. Meu cérebro nunca parava nesses dias em que havia tanto em jogo.

— Vou pegar o trem em uma hora. Chegarei antes do jantar e aí podemos beber alguma coisa.

— Está bem, até logo.

Desliguei e forcei-me a levantar para poder colocar minha confortável calça de moletom, aquela que eu guardava para usar em térmios de relacionamentos e ressacas. O dia de hoje tinha me sugado além da conta.

Parei para analisar-me no espelho de corpo inteiro, no quarto que eu e a Alli dividíamos. Soltei o coque francês e meu cabelo loiro e ondulado se espalhou pelas minhas costas. Eu estava mais magra que o normal, graças às últimas semanas de estresse, mas meu conjunto de calcinha e sutiã ainda se agarrava às minhas curvas sutis.

Passei as mãos pela renda macia que abraçava meus quadris, desejando que as mãos de outra pessoa estivessem ali para fazer-me esquecer aquele dia. Eu não esperava me deixar abalar por um investidor arrogante em meu primeiro *pitch* com investidores, mas minha reação física a Blake era um indicador sério de que eu precisava dar uma reanimada na minha vida social. Eu precisava sair e conhecer mais pessoas. Afastar-me do computador, ao menos nas noites de sábado. Era geralmente nesse horário que fazíamos a manutenção do site, porque o tráfego era lento, mas se continuasse nesse ritmo, eu não iria ter outro relacionamento enquanto ainda estava na casa dos vinte anos.

Deixei a preocupação de lado, vesti-me e mandei um e-mail para Sid com as novidades. Ele não estaria acordado até daqui a algumas horas. Além de ser uma criatura noturna, como muitos programadores, ele tinha pegado uma gripe no dia anterior à reunião. Ele também não gostava muito de falar em público, mas a união faz a força e eu teria gostado de ter o apoio dele.

A empresa cobria as despesas que eu, Alli e Sid tínhamos, bem como nossos gastos modestos como universitários, mas havia grandes expectativas com relação a para onde nosso diploma, de uma das universidades mais renomadas do país, iria nos levar em nosso primeiro ano fora da faculdade. Enquanto Sid e Alli estavam procurando empregos como qualquer estudante responsável do último ano, eu tinha apostado todas as fichas no Clozpin, convencida, depois de nosso sucesso inicial, de que eu poderia transformá-lo em algo bem melhor do que um emprego padrão para todos nós.

Convencer Max a investir talvez fosse minha última esperança antes de ter que deixar aquele sonho de lado e arranjar um emprego comum. Enquanto isso, eu tinha menos de uma semana para sair do dormitório e encontrar um lugar para morar.

* * *

Acordei com o cheiro de café, rapidamente seguido por uma palpitação chata na cabeça.

— Maldito vinho.

Massageei as têmporas, querendo me livrar da dor.

Sentei-me no *futon*, enrolei-me em meu edredom e agradeci aos deuses pela dádiva preciosa que é o café, enquanto Alli entregava-me uma xícara fumegante e um comprimido de ibuprofeno.

— Não importa, nos divertimos horrores.

Ela se acomodou ao meu lado com sua xícara de café. Seu longo cabelo castanho estava preso em um coque bagunçado e ela estava despretensiosamente bonita, com uma blusa enorme que deixava seu ombro à mostra e *legging* preta.

— Não via você se divertir tanto há muito tempo. Você merecia uma pequena pausa.

— Aquela reunião me tirou do sério — respondi, grata por, apesar da dor de cabeça, meus nervos não estarem mais à flor da pele como estavam ontem.

— Então, me fale mais sobre o Max e quando eu posso conhecê-lo. Segundo a Erica bêbada, somos almas gêmeas.

Ri quando os detalhes da noite passada retornaram a mim. Nenhuma noite de jantar e *drinks* seria completa sem um papo de meninas.

— Sei basicamente o que o professor Quinlan me contou. Ele é inteligente, mas sempre acabava se metendo em alguma encrenca na faculdade. Não acho que ele teria se formado sem a ajuda do Quinlan e um diploma universitário era algo que o papai dele não podia comprar. — Dei de ombros, querendo dar ao Max um voto de confiança agora que ele tinha me salvado da humilhação total. — Mas tenho certeza de que não deve ser fácil andar na linha tendo um pai bilionário. Algumas pessoas não conseguem lidar com tanta liberdade assim.

— Bom, por acaso, eu estou no ramo de adestrar *playboys* bilionários.

Ela me deu um sorriso safado por cima do ombro.

— Não tenho dúvidas de que esse é o seu ramo — respondi, revirando os olhos.

— Então, ele agora só faz esse negócio de investir?

— Não sei bem ao certo o que ele faz fora da Angelcom. Com todo aquele dinheiro, ele deve fazer todo tipo de coisa.

— OK, começa a pesquisa na internet. — Alli se levantou em um pulo e voltou com o laptop, narrando as atividades benfeitoras de Max em associações de caridade de investimentos virtuais. — Vamos ver o que conseguimos encontrar sobre Blake Landon.

Apertei os dedos em torno da alça da caneca, lembrando-me vagamente de meu discurso embriagado sobre como Blake tinha sido um babaca ofensivo na reunião. O fato de ele pressupor que podia arruinar minha apresentação e depois me levar para sair era inacreditável, mas com a aparência dele, ele provavelmente tinha a maioria das mulheres comendo na palma da mão com muito pouco esforço. Infelizmente, para ele, eu não era a maioria das mulheres. A raiva fervente que eu sentia por aquele homem era amenizada apenas pela maneira profana que eu me sentia quando ele me encarava.

— Por favor, eu não dou a mínima.

De todas as emoções antagônicas, eu tentava me focar na raiva, mas, na verdade, estava secretamente curiosa quanto ao que Alli talvez pudesse encontrar. Até ontem, eu nunca tinha ouvido falar de Blake, mas a julgar pela maneira como eles permitiram que ele conduzisse o show na Angelcom, ele devia ter certa influência. Alli ficou olhando atentamente para a tela, lendo com evidente interesse. Finalmente, cedi.

— E então, o que diz?

— Ele é um hacker.

— O quê?

Ela devia ter encontrado o Blake Landon errado, apesar dele quase não se parecer com um empresário honrado aquela manhã.

— Bom, ele costumava ser, de qualquer maneira. Há boatos de que ele tem relações com o M89, um grupo de hackers alocados nos Estados Unidos que invadiu mais de duzentas contas bancárias VIPs há mais ou menos 15 anos. Mas não diz mais nada sobre isso. Oficialmente, ele é o desenvolvedor fundador do Banksoft, que foi comprado por doze bilhões de dólares. Ele é o diretor executivo da Angelcom e um investidor ativo de uma série de empresas virtuais iniciantes.

— Bilionário que se criou sozinho, então.

— É o que parece. Ele só tem 27 anos. Diz aqui que os pais dele eram professores.

Aquelas informações não ajudaram muito a diminuir a raiva que eu sentia por ele ter sabotado meu *pitch*, mas acabaram preenchendo algumas lacunas. Eu tinha que admitir que o respeitava mais sabendo que ele não tinha herdado sua fortuna, mas entre ele e Max, ele agia como o pirralho mimado.

— Bom, não acho que faça muita diferença agora. Se eu tiver sorte, nossos caminhos nunca mais vão se cruzar de novo.

CAPÍTULO 3

Estava garoando há horas. Pequenos filetes escorriam pelo parapeito da janela, ao lado da minha mesa com vista para um dos muitos pátios do campus. Os dormitórios estavam silenciosos, visto que a maioria dos estudantes já tinha ido embora com o fim do semestre, então, decidi colocar o trabalho em dia. Estava dando uma checada nas estatísticas do Clozpin quando um alerta de e-mail pulou na minha tela de um remetente que eu não conhecia. O assunto dizia "Participante de Mesa-Redonda na Conferência TechLabs". Uma onda de excitação inundou-me enquanto eu lia a mensagem. Era um pedido para substituir uma desistência de última hora na TechLabs, a maior conferência de tecnologia do ano.

— Alli...

Ela grunhiu alguma coisa debaixo do cobertor onde estava tirando um cochilo.

— Quer ir para Las Vegas?

— Achei que você estivesse com ressaca.

— Estou, mas acabei de ser convidada para falar na Conferência TechLabs este fim de semana.

Alli jogou a coberta longe e sentou-se.
— É sério?
— Muito. Uma pessoa da mesa-redonda sobre CEOs de redes sociais cancelou e eles querem que eu substitua.
— Vamos fazer isso. Com certeza. Essa pode ser uma oportunidade incrível de marketing.
Ela bateu palmas animadamente.
A viagem seria cara, mas como eu poderia deixar passar uma oportunidade de nos colocar sob os holofotes? *Que se dane.* Eu não iria fazer as coisas pela metade a essa altura.
— Vamos — respondi, imediatamente, tonta com a ideia.
É claro que o *networking* seria ótimo, mas a ideia de ir para Las Vegas era bem animadora por si só. Se eu ficasse longe dos cassinos, ficaríamos bem.
— Excelente, precisamos começar a fazer as malas agora — disse Alli.
— Você está brincando, né?
— Erica Hathaway, você é CEO de uma rede social de moda, representando sua empresa em Las Vegas, a capital do brilho e do glamour. Temos um trabalho sério a fazer.
Ri quando Alli começou a se mexer, perdendo-se em nosso minúsculo closet, jogando na cama aparentemente todos os minivestidos que ela tinha.
— Vou apostar no *look* de CEO, não no de garota de programa, tudo bem, Alli?
— Você nunca esteve em Las Vegas, queridinha. Confie em mim.
Passamos as próximas horas discutindo sobre roupas enquanto eu comprava passagens aéreas e preparava o material para a conferência. Em pouco mais de 24 horas, estaríamos em Las Vegas.
No dia seguinte, perto do meio-dia, atravessei o campus para encontrar-me com Sid. Já tinha passado da hora de ele ter levantado. Não surpreendentemente, Sid e eu nos conhecemos on-line. Eu tinha o conceito, os designs e um pequeno

fundo para investimentos iniciais, então, depois de ruminar sobre minha ideia original por algumas semanas, anunciei para o corpo de alunos que estava à procura de um programador para ajudar-me a construir o site. Sid tinha sido o primeiro a responder. Depois de alguns encontros, decidimos fechar a parceria para o projeto.

Bati na porta dele algumas vezes antes que ele finalmente a abrisse. Sid era alto, mais de um metro e oitenta, e, literalmente, a pessoa mais magra que eu já tinha visto. Com sua pele escura e grandes olhos castanhos de filhote de cachorro, ele era adorável à sua própria e especial maneira, mas estava dolorosamente solteiro desde que eu o tinha conhecido. Eu não era a única que precisava sair mais.

Naquela manhã, os olhos dele estavam vermelhos e cansados e fiquei pensando, em silêncio, qual novo jogo de videogame teria sido lançado. Isso geralmente causava um efeito em sua agenda já irregular de sono.

— Aqui, trouxe café da manhã.

Joguei um energético para ele, que grunhiu uma resposta antes de retornar à caverna — uma suíte bagunçada que ele dividia com mais vários ermitões. Eu o segui e sentei-me no sofá.

— E aí?

Ele abriu a lata e acomodou-se na mesa coberta de latas vazias e embalagens de biscoitos. Resisti ao desejo de começar a limpar tudo.

— Estou indo para Las Vegas para falar na Conferência TechLabs, então, queria trocar uma ideia com você antes de ir, hoje à noite. Talvez a gente tenha um pico de tráfego por causa da exposição. Só quero ter certeza de que estamos preparados para isso.

— Um pico de que tamanho?

— Não faço ideia, mas 45 mil pessoas vão participar da conferência. Alli também vai, então, ela também vai fazer a parte de relações públicas.

— OK, vou monitorar as estatísticas e deixar alguns servidores extras preparados para lidar com a sobrecarga.
Ele digitou alguma coisa em seu notebook e ligou o computador.
— Já temos isso ou precisamos comprar mais? — perguntei, esperando que conseguíssemos evitar que o site travasse com o mínimo de recursos.
— Sempre podemos ter mais. Está dentro do orçamento?
— Hum, na verdade, não. Essa viagem vai ser no limite.
— Quanto tempo até que esse dinheiro da Angelcom entre?
— *Se* entrar, não faço ideia. Espero ter uma noção melhor disso quando me encontrar com o Max daqui a duas semanas. Acho que costuma levar alguns meses, mas tenho a sensação de que talvez ele consiga fazer as coisas andarem com mais rapidez se estiver realmente interessado.
— Certo, vou dar um jeito, acho. Tenho algumas máquinas antigas por aqui que posso montar rapidinho. Vamos só torcer para que a rede da universidade não caia.
— Faça a sua mágica.
Eu só entendi uns vinte por cento do que o Sid tinha realmente dito, mas não tinha dúvidas de que ele era um gênio em seu ramo, então, confiava que ele iria se virar. Ele não conseguia acordar antes do meio-dia, nunca, mas o cara podia construir um computador com umas memórias RAM e umas placas-mãe em poucas horas. Além disso, o Clozpin tinha se tornado o xodó dele também e, assim como eu, ele trabalhava praticamente só nisso esses dias. Eu era grata pela dedicação dele, mesmo que isso significasse adaptar-me às peculiaridades dele.
— Como estão as buscas por emprego? — perguntei, torcendo para que ele estivesse tão desmotivado quanto eu para adentrar o mundo real.
— Sem novidades. Não tenho dedicado muito tempo a isso.

Silenciosamente aliviada, deixei por isso mesmo e levantei-me e comecei a limpar.

— Erica, você não precisa fazer isso. Vou limpar hoje, prometo.

— Não se preocupe quanto a isso. Certifique-se de que não vamos ficar off-line pelas próximas 48 horas e estamos quites.

— Combinado.

* * *

Assim que entramos no Wynn, eu soube que Alli tinha razão. Tinha acabado de passar das dez da noite de uma sexta-feira e o cassino estava repleto de mulheres sexy usando os menores vestidos que eu já tinha visto. Eu parecia uma freira em comparação a elas. No quarto, Alli tinha me emperiquitado antes de sairmos para explorar o hotel. Eu estava usando um vestido preto justo de listra lateral e escarpins *nude* e tinha deixado meu cabelo solto, um pouco selvagem e enrolado.

— As meninas aqui provavelmente vão à missa com esse meu vestido, Alli.

— Nem fale. Dê uma levantada.

Ela puxou os seios um pouco mais para fora de seu curto vestido néon.

Os meus estavam facilmente visíveis sob o decote redondo do vestido. Aparentemente, o estresse não tinha diminuído meus peitos em nada.

— Não, obrigada. Gosto de deixar algumas coisas para a imaginação. Você deveria fazer o mesmo.

— Tanto faz. Como se conhecêssemos alguém aqui.

Ela deu de ombros.

Eu não podia discordar. Aquela poderia ser uma chance de extravasar um pouco, mas isso também podia ser perigoso. Graças ao Blake, minha pele já estava ansiando quase dolorosamente por ser tocada, em todos os lugares. Meu vibrador não estava dando conta do desejo que ele tinha inspirado e eu estava perigosamente perto de levar para casa o primeiro cara parecido com o Blake no qual eu conseguisse botar minhas mãos.

Todas as vezes que eu me lembrava daquela reunião, meus pensamentos divagavam para diferentes maneiras de como aquela manhã podia ter se desenrolado, todas terminavam comigo deitada na mesa da sala de reuniões gritando o nome dele. *Jesus*. Empurrei-o para longe de meus pensamentos. Ele estava na minha lista negra, *não* na minha lista de coisas a fazer.

Alli distraiu-me, enchendo-me de enfeites e alvoroçando-se toda com meus acessórios. Ninguém amava moda mais do que Alli. No começo, eu não conseguia entender como ela podia gastar tanta energia com sua aparência, mas, eventualmente, percebi que a moda tinha muito mais a ver com se sentir bem por dentro do que impressionar qualquer outra pessoa por fora, apesar de certamente ajudar nisso também.

Já tinha passado da meia-noite quando pisamos no cassino em direção ao nosso destino: um bar do outro lado. O lugar estava bombando e Alli agarrou minha mão para nos guiar em meio à multidão de pessoas barulhentas e turbulentas.

— Erica!

Diminuí o passo, certa de que tinha ouvido meu nome em meio ao barulho. Eu não podia ser a única Erica ali, mas quando ouvi novamente, virei-me na direção do som e reconheci um rosto familiar. Blake estava parado perto de uma roleta próxima, olhando diretamente para mim.

— Merda. Vamos sair daqui.

Desviei o olhar e assumi o comando, com Alli seguindo atrás de mim.

— Espere, quem é aquele?

Alli me parou, causando um pequeno congestionamento atrás de nós.

— *Aquele* é Blake Landon.

— Uau, o que ele está fazendo aqui?

— Não me importa. Só quero ficar o mais longe possível daquele homem.

— Ele está olhando diretamente para você, Erica. Vamos só dar um oi.

Alli acenou para ele e arrastou-me em direção à mesa onde ele estava jogando. Por um milagre, ele tinha ficado ainda mais lindo do que eu me lembrava. Com uma camisa preta e um terno cinza, ele estava impecável. Intimidador. Sexy pra caramba. Respirei fundo e coloquei uma mecha de cabelo atrás da orelha nervosamente, torcendo para que ele não conseguisse sentir a tensão sexual que era palpável àquela altura.

Íamos resolver aquilo de uma vez e seguir nosso caminho.

— Erica — cumprimentou ele com aqueles olhos penetrantes. — Que surpresa.

Fiz meu melhor para não parecer intimidada, mas percebi que estava prendendo a respiração enquanto os olhos dele examinavam-me de cima a baixo. Cruzei os braços, imediatamente me arrependendo da escolha do traje, mas a tentativa de esconder o decote só o destacou ainda mais.

Os lábios dele se abriram de leve quando seus olhos fixaram ali-se por um tempo um pouco longo demais. Endireitei-me e parei de olhá-lo, reparando no homem quase igualmente maravilhoso ao seu lado. Ele parecia ser o irmão gêmeo, um pouco mais baixo do que Blake, o cabelo alguns tons mais claro, e os olhos, um mel mais escuro, quase castanho. Ele nos deu um aceno.

— Erica, sou Heath, irmão do Blake.

Ele deu um sorriso de parar o coração para Alli. Ela apertou minha mão de leve.

— Prazer em conhecê-lo, Heath. Esta é Alli Malloy, uma das minhas sócias — falei, torcendo em silêncio para que aquela apresentação não desse em nada.

Alli parou de olhar para Heath para cumprimentar Blake.

— Ouvi falar muito de você, sr. Landon.

Ela sorriu para ele e, depois, para mim, erguendo a sobrancelha de leve.

Agora que ela o tinha visto em carne e osso, ela entendia o que eu tinha passado, mas sua expressão não tinha nem um pingo de empatia. Eu sabia que ela já tinha uma queda pelo irmão dele e que qualquer chance que eu tinha dela defender-me tinha ido por água abaixo.

— Façam suas apostas!

O crupiê soltou a bolinha na roleta.

— Você joga? — perguntou Blake.

— Sim, mas não estou jogando hoje.

Jogar estava fora de questão nesta viagem. Sem contar que a aposta mínima naquela mesa era de mil dólares.

— Bom, eu estou. Em quais números você joga?

A bolinha reduziu de velocidade na roda e eu tive uma sensação urgente de que ele devia apostar enquanto ainda podia.

— Hum, nove e um.

Acabei falando meu aniversário, números que já tinham me dado sorte no passado.

Blake colocou fichas de dez mil dólares em cada número e mais alguns outros, segundos antes de a bola parar no número nove. Alli e eu gritamos em uníssono. Meu coração batia enlouquecidamente enquanto eu tentava fazer os cálculos.

— Número nove!

O crupiê entregou a Blake nove fichas coloridas.

Blake deu uma ao homem como gorjeta e colocou o resto no bolso. Ele pegou minha mão e o contato irradiou por meu corpo. Com o toque dele e a recente vitória, meu corpo estava zunindo de energia acumulada. Afastei-me defensivamente, perplexa com quanto eu desejava o toque dele.

Meus olhos pararam na ficha de dez mil dólares que estava na minha mão, uma quantia maior do que todo meu histórico de vitórias na roleta combinadas.

— Para que isso?

— Por ter sido meu amuleto da sorte. Eu não teria ganhado sem você.

Ele me deu um sorriso brincalhão que, combinado com o entusiasmo de vê-lo ganhar, quase me fez esquecer o quanto eu ainda estava brava. Talvez isso funcionasse com outras garotas, mas eu não seria comprada.

— Não posso aceitar.

Entreguei a ficha de volta para ele.

— Eu insisto. Venha, vamos sair daqui antes que saia outro número.

Relutantemente, coloquei a ficha na minha bolsa e fomos andando sem olhar para trás.

* * *

— Você está diferente. Eu mal a reconheci.

Blake se aproximou, de modo que só eu podia ouvi-lo.

Alli e Heath estavam decidindo quais tapas iam pedir enquanto esperávamos nossas doses de tequila chegar. Tínhamos ido parar em um restaurante espanhol ao estilo de Vegas, perto da área de jogos, para comemorar, e Heath já estava deixando Alli de quatro por ele, deixando-me à mercê de Blake. A respiração quente dele deslizou pelo meu pescoço, fazendo-me arrepiar instantaneamente. Tentei não imaginar como seria a sensação dos lábios dele ali no mesmo lugar. A proximidade dele beirava o inaceitável e ele tinha um cheiro incrível — de macho limpo, apimentado, sexy. Alguém poderia engarrafar essa fragrância e ganhar milhões.

— É, não é exatamente um *look* corporativo...

Puxei para baixo a barra do meu vestido, que mal cobria as partes essenciais, agora que eu estava sentada. Se ele me desse outra olhada de cima a baixo, talvez eu explodisse em chamas ali mesmo.

— Prefiro assim.

Havia centenas de mulheres lindas no bar e muitas delas estavam de olho em Blake. Que sorte a minha não apenas tê-lo encontrado por acaso, mas também estar presa na mira dele enquanto Alli flertava desavergonhadamente com seu irmão.

— Você está aqui para a conferência? — perguntei, ávida por mudar de assunto.

— Principalmente — respondeu ele.

— O Blake está aqui a negócios. Já eu estou aqui pelo prazer.

Heath piscou para Alli.

Ele estava deixando suas intenções bem claras e Alli estava engolindo tudo. Eu não sabia se ela estava genuinamente interessada ou simplesmente fazendo um ótimo trabalho de relações públicas. Eu torcia para que fosse a última opção.

— Na verdade, Heath é meu vice-presidente de desenvolvimento de negócios. Tecnicamente, ele está aqui para a conferência também.

Heath riu.

— Sempre que o trabalho do Blake o traz a Vegas, meu envolvimento com a empresa se torna repentinamente muito importante. Temos cargos bem importantes, mas a maioria de nós meio que fica na órbita de Blake. É ele quem faz todo o trabalho.

Esperei que Blake respondesse, mas ele só apertou o maxilar. Ele parecia diferente de alguma forma, mais sério do que eu o tinha visto antes. Ele parecia relaxado, controlado, mas eu sentia a tensão por debaixo da compostura calma.

Alli quebrou o silêncio.

— Parece a Erica. Ela é nossa líder destemida.

Blake estava prestes a falar quando o garçom chegou com doses enormes de tequila que garantiriam algumas péssimas decisões mais tarde aquela noite. Peguei a minha hesitantemente, entrando em um acordo comigo mesma de que aquela seria minha primeira e última. Eu não podia confiar em mim mesma perto do Blake e a tequila me fazia fazer coisas malucas.

Heath ergueu seu copo para um brinde.

— A que vamos brindar? — perguntei.

— Às vitórias — disse ele, e nossos copos tilintaram.

Eu podia brindar àquilo. Virei minha tequila, peguei a fatia de limão e chupei com força para remediar a queimação do álcool.

Pela próxima hora ou algo assim, Heath nos presenteou com suas histórias — aventuras na Cidade do Pecado, mochilões na Europa e a opulência de viver em Dubai. Carismático e divertido, Heath tinha uma força magnética própria. Alli fazia perguntas a ele e o mantinha falando, o que era quase um alívio. Eu ainda estava furiosa com Blake e não estava a fim de compartilhar nem um pouquinho da minha vida pessoal com ele.

— Posso te pagar mais um *drink*? Algo diferente?

Tremi com a intensidade da voz de Blake, efetivamente distraída do show proporcionado pela interação de Alli e Heath.

— Tenho que falar em uma mesa-redonda pela manhã — respondi. — Eu devia é encerrar por aqui.

Eram quase duas da manhã, horário local. O longo dia estava começando a me deixar cansada, mas eu não tinha tanta certeza com relação à Alli.

— Quer subir, Alli?

— Hum...

Ela olhou para Heath.

— Fique aqui com a gente mais um tempo — pediu ele gentilmente.

Ela olhou de volta para mim, dizendo "sim" com os olhos, que estavam iluminados como a noite de Natal.

— Tem certeza, Alli?

— Sim, vou subir daqui a pouco. Não se preocupe comigo.

Alli estava corada. A tequila já estava vencendo.

— Vamos garantir que ela chegue no quarto inteira — prometeu Heath.

Eu quase acreditei nele. Normalmente, eu a faria se sentir culpada e ir para o quarto para seu próprio bem, mas não queria estragar a diversão dela esta noite.

Blake levantou-se comigo.

— Vou levar você até lá.

— Não, obrigada. Estou bem.

— Vou subir também. Podemos ir juntos.

Cedi, bastante confiante de que conseguiria sobreviver aos próximos dez minutos sozinha com ele.

Fomos até os elevadores e Blake conduziu-me para entrar em um elevador vazio, sua mão pressionando minha lombar. O contato inesperado me aqueceu até o último fio de cabelo. Ficamos lado a lado enquanto as portas se fechavam. Meus dedos tamborilavam ansiosamente no corrimão.

— Parece que eles estão se dando bem — disse ele, quebrando o silêncio.

— Percebi. Seu irmão é bem encantador.
— Ele dá um trabalhão.
Ele balançou a cabeça e passou os dedos pelos cabelos.
— A Alli também pode ser difícil. Talvez eles se ajudem a ficar longe de confusão.
Blake ergueu uma sobrancelha, parecendo duvidar. O silêncio instalou-se de novo. O ruído do elevador parecia amplificar a energia entre nós, como se minha atração por Blake tivesse, de alguma forma, tornado-se audível e, agora, radiasse em silêncio. Claramente, eu tinha subestimado como dez minutos com ele poderiam ser longos.

Quando o elevador parou no meu andar, Blake acompanhou-me para fora e atravessou o corredor comigo até minha porta.

— Aqui estamos — falei, torcendo para que nossa despedida fosse breve.

Em vez disso, a mão dele deslizou das minhas costas ao meu cotovelo e desceu pelo meu braço até ficarmos de mãos dadas. Ele desenhou pequenos círculos na palma da minha mão com o polegar e tive dúvidas, naquele momento, se aquela sensação tinha causado uma dor real. Era um choque inegável no meu sistema, quase elétrico, viajando para as pontas dos meus dedos e outras regiões.

— Blake, eu...

Meu corpo estava se revoltando contra os receios tirânicos de meu cérebro. O rosto dele estava a centímetros do meu, intoxicando-me com o cheiro dele mais uma vez, lembrando-me daquela primeira vez em que nos encontramos.

— Você não vai me convidar para entrar e beber alguma coisa? — murmurou ele.

Ele contornou o lábio inferior com a língua e, depois, prendeu-o com os dentes. A maneira como ele me olhava não era nem um pouco ingênua.

Mas quem conseguia dizer não para ele?

Engoli seco e afastei-me de leve, desconectando-me da eletricidade do toque dele. Balancei a cabeça e brinquei nervosamente com meu cabelo, tentando me concentrar em qualquer coisa que não fosse a boca dele.

— Preciso levantar em algumas horas.

— Eu também.

Aquele era o mesmo Blake Landon que tinha quase destruído minhas chances de conseguir financiamento para minha empresa poucos dias atrás. Eu não ia dormir com ele. *Certo?* Respirei fundo e o olhei diretamente nos olhos.

— Blake, tenho certeza de que você não está acostumado a ouvir isso, mas realmente não estou interessada. Tivemos uma noite divertida, mas estou aqui a trabalho.

— Não parece que você está aqui a trabalho.

Apertei os olhos para ele, mas ele só sorriu.

— Fala sério, Erica, você está dizendo que não se sente atraída por mim? Nem um pouco?

Ele apoiou o braço na parede, o corpo dele me cercando. Determinada a manter a distância entre nós, pressionei meu corpo contra a porta. Enquanto isso, meu coração estava prestes a pular para fora do meu peito. Será que aqueles poucos centímetros que nos separavam eram a única fortaleza entre mim e... *uma noite inesquecível?*

Não, entre mim e um grande erro.

— Se você está buscando um elogio, não será de mim que você vai ganhar — respondi. — E mesmo que eu me sentisse atraída por você, não faria nada a respeito disso por uma série de razões, uma das mais importantes é manter meu relacionamento com a Angelcom o menos complicado possível.

— Não vou investir no seu projeto, então, não é complicado.

— Eu discordo.

— Como posso persuadir você?

Ele deu um sorriso malicioso, desafiando-me.

O tecido do terno dele esticou-se um pouco em cima dos braços e das coxas dele. Jesus, nerds não deviam ser atraentes desse jeito. Tudo que eu queria era desembrulhá-lo como um presente. Como é que eu poderia resistir a ele se ele me tocasse de novo ou, Deus me acuda, me beijasse?

Eu não queria nada mais que arrastar Blake para meu quarto e foder com ele até não poder mais, mas eu não era idiota.

— É bastante simples. Você não pode.

Virei-me e remexi minha bolsa em busca da chave. No minuto seguinte, o corpo dele estava pressionado no meu e um braço quente e possessivo circundava minha cintura. Fechei os olhos e suprimi um suspiro, vacilando com o contato repentino.

— Tem certeza?

Lutei para conseguir respirar novamente, tentando desesperadamente ignorar a sensação do corpo dele pressionando contra minhas costas. Meus lábios não conseguiram formar as palavras que eu precisava dizer, então, eu simplesmente assenti com a cabeça, torcendo para que ele me deixasse em paz.

O braço dele deslizou para a parte da frente do meu corpo, pausando com um aperto firme no meu quadril. Lá estava ele, tocando-me como se me possuísse de novo. Quem me dera se aquilo não me excitasse mais do que deveria me ofender. Mesmo assim, eu não podia cair nessa com ele.

— Tenho.

Minha voz oscilou, denunciando a dúvida que eu sentia.

A mão dele deslizou pelo meu ombro, onde ele tirou o cabelo de cima do meu pescoço. Ele deu um beijo leve ali, sua boca se demorando na minha pele até que eu estivesse arrepiada de novo. Minha visão turvou e pressionei a porta com as mãos para equilibrar-me.

— Vejo você amanhã — sussurrou ele.

Quando me virei, ele tinha sumido. Desapareceu pelo corredor e entrou no elevador. Encostei-me na porta, xingando a mim mesma e querendo que ele tivesse ficado tanto quanto queria que ele tivesse ido embora. Meus dedos tremiam, mas finalmente encontrei a chave... e a ficha ao lado dela.

CAPÍTULO 4

A PORTA SE FECHOU E meus olhos se abriram. O quarto estava totalmente escuro, mas o grande relógio digital avisava que eram oito horas. A silhueta indistinta de uma mulher se dirigia silenciosamente à cama adjacente. Seu vestido neon quase brilhava no escuro.
— Alli?
— Sou eu.
— Você está chegando só agora?
Esfreguei os olhos e, lentamente, os detalhes da minha realidade atual começaram a amanhecer.
— Sim, mãe — sussurrou ela sarcasticamente.
Acendi o abajur na mesinha de cabeceira, colocando-a em foco.
— Ora, ora, vejam o que o gato trouxe para dentro de casa.
Inclinei-me para trás, apoiando-me nos cotovelos, e sorri. Parecia que ela não dormia há dias, o que era quase verdade. O rímel estava borrado e seu cabelo estava em um estado que eu nunca tinha visto em público — em um nível levemente abaixo de "perfeito".

— Ai, consigo sentir você me julgando.

Ela chutou os saltos altos para longe e desabou na cama ainda vestida.

— Então, vai me contar o que aconteceu?

Eu estava completamente desperta, o que me surpreendia, considerando o horário e meu sono REM curtíssimo.

— O que você quer saber? — murmurou ela com a cara na coberta.

— Cada detalhe sórdido, claro.

Alli se virou e ficou olhando desatentamente para o teto.

— Eu realmente gosto dele.

Pensei ter ouvido um suspiro. *Essa não.*

— Meu Deus, Alli, por favor, me diga que você não dormiu com ele.

— Por que diabos você liga para isso?

Ela bateu as mãos ao lado do corpo.

Saí como um raio da cama e meus olhos encontraram os dela.

— Eu ligo, Alli, porque estou tentando projetar uma imagem profissional para nossa empresa e não esperava que você fosse dar para o irmão do Blake. Agora ele vai contar para o Blake e, putz, que merda...

Calculei todas as possíveis implicações da indiscrição dele.

Ela se sentou rapidamente.

— Pode parar por aí. Eu disse para ele que você iria dar chilique se o Blake soubesse, então, ele me prometeu não contar.

— Inacreditável.

Fui até as cortinas para abri-las.

Alli se encolheu quando a luz desaguou ali dentro.

— Bom, e você? Eu meio que esperava pegar vocês dois no flagra, pelo jeito como ele ficou comendo você com os olhos a noite toda.

— Alli, fala sério. Não tem absolutamente nada entre mim e o Blake.
— Conta outra.
— Estou falando sério. Não posso estragar essa oportunidade. Eu disse a ele, ontem à noite, que não estou interessada. Fim de papo.
— Blake não me parece ser o tipo de cara que ouve a palavra "não" com frequência. Além disso, você não me contou que ele era lindo de morrer.
— Lindo ou não, estou aqui a trabalho.
— Erica, você realmente está brava comigo por causa disso?

Ela fez um biquinho de leve.

Bateu um leve remorso, mas eu não podia absolvê-la completamente.

— Vai ficar tudo bem. Só durma um pouco. Seria ótimo se você pudesse fazer um pouco de *networking* hoje, já que voltamos para casa amanhã.

Escapei para o banheiro, onde, em silêncio, fiquei soltando fogo pelas narinas sob a pressão estável do chuveiro. Eu queria ficar brava com a Alli, mas, na verdade, estava mais preocupada com ela.

Eu tinha dado a ela a oportunidade de baixar a guarda perto de Heath, que provavelmente era um mulherengo mestre. Aquilo era tanto minha culpa quanto dela.

Quando voltei, Alli estava dormindo profundamente debaixo do edredom. Coloquei meu traje pré-aprovado para o evento, uma blusa preta estampada estilosa e um *blazer* branco chamativo com jeans escuro de pernas retas. Coloquei os escarpins pretos que Alli tinha deixado ao pé da cama e peguei minha bolsa. Hora de trabalhar. *Sem nenhum suporte de novo*, pensei. *É melhor eu me acostumar com isso.*

Quinze minutos depois, encontrei o caminho para a sala onde faria minha apresentação. Subindo no palco vazio, li as

plaquetas com os nomes dos participantes da mesa-redonda.
Você não deveria estar aqui, Erica.

Às vezes, eu realmente odiava aquela vozinha na minha cabeça, mas agora minha ansiedade estava entrando em parafuso. Eu estaria lado a lado com CEOs astros da área de tecnologia, verdadeiras celebridades do mundo tecnológico.

Nervosa, larguei-me na cadeira destinada a mim e analisei a sala, que já estava enchendo com centenas de ansiosos participantes da conferência.

Minha cabeça estava a mil, enquanto eu me atrapalhava com minhas anotações, querendo estar em qualquer outro lugar. Bem quando o pânico completo estava se instalando, Blake assumiu a cadeira ao meu lado, delicioso em uma camiseta de decote V e calça jeans.

— O que você está fazendo aqui?

Minha voz soou mais exasperada do que eu pretendia.

— Bom dia para você também.

Ele me deu um sorriso e meu corpo relaxou um pouco, talvez pelo simples alívio de ver um rosto familiar naquela multidão. Além do mais, a lembrança da boca dele no meu corpo noite passada não era uma memória nem um pouco distante.

Tudo com relação àquela viagem tinha sido tão inesperado — encontrar o Blake por acaso noite passada e a fascinação compreensível, porém problemática, da Alli pelo irmão dele. Agora cá estava eu com Blake novamente, sentada ao lado de gênios da tecnologia.

Depois de deixar-me matutar um pouco, ele finalmente respondeu.

— Sou o moderador da mesa-redonda.

Minha boca se abriu, mas as perguntas de como e por quê ficaram presas em minha garganta. Só havia uma razão lógica para aquilo.

— Você fez isso.

— Fiz o quê?

Fiquei encarando-o, querendo ser franca com ele com meu olhar.

— Você fez com que me convidassem para vir aqui, falar nesta mesa-redonda.

Ele deu um sorriso malicioso.

— Não acho que posso levar todo crédito. Você é uma competidora significativa no espaço social. Foi isso que você nos disse na reunião, certo?

Ele se recostou na cadeira da mesma maneira que tinha feito no *pitch*, observando-me atentamente.

— Sim, foi *mesmo* o que eu disse.

Engoli seco, não menos enfurecida.

— Bom, então, você não deveria se preocupar por estar sentada aqui com os peixes grandes. Você vai se sair bem.

Ele mudou o foco para seu *smartphone*.

Merda. Eu tinha feito contato visual com Blake e agora ele tinha me enfiado nesse jogo profissional de gato e rato. Por quanto tempo isso iria durar? Até que eu dormisse com ele? Enquanto isso, como é que eu iria sobreviver àquela mesa-redonda que estava completamente acima das minhas capacidades?

A sala estava lotada e os outros participantes tinham se sentado à nossa volta. Apertei os olhos, massageando minhas têmporas para dissipar a enxaqueca de tensão que estava se aproximando.

— Você não gosta de ser desafiada?

Abri os olhos e o encontrei me olhando fixamente, seus lindos olhos verdes observando-me com cautela. Ele estava me provocando e algo estalou.

— Gosto de ser desafiada, Blake. Não gosto de ser sabotada.

Foi difícil manter nossa conversa audível apenas para nós dois. Talvez, na cabeça dele, Blake estivesse me desafiando, mas não parecia assim do meu lado. Eu tinha muitas inseguranças, mas quando alguém obviamente me subestimava, eu punha as asinhas para fora. Eu tinha trabalhado incansavelmente e não dei a ele motivos para duvidar das minhas habilidades.

— Acredite em mim. Se eu quisesse humilhar você, você não estaria aqui.

— Você é abusado pra caralho.

Minha voz ecoou pela sala. A mestre de cerimônias tinha ligado o sistema de microfones e todos os olhos estavam em mim. *Merda.* Encolhi-me na cadeira, querendo sumir pelo chão. Aparentemente, eu não precisava de Blake para me humilhar. Podia fazer isso muito bem sozinha.

A mestre de cerimônias contornou a situação, começou a apresentar os participantes da mesa-redonda e o moderador, o estimado Blake Landon. Encolhi-me quando ouvi o nome dele e os aplausos que se seguiram, mas precisava me recompor. Ficar atirando facas em Blake não ia me ajudar em nada naquele momento. Ele iria moderar a mesa redonda e eu tinha acabado de xingá-lo em público. Endireitei-me na cadeira e me acalmei, respirando fundo algumas vezes, permitindo-me relaxar e focar. A mesa-redonda começou com apresentações, que foram bem, visto que eu tinha praticado a minha pelo menos umas cinquenta vezes no voo. Daí, Blake fez uma série de perguntas preparadas, direcionando-as aos participantes apropriados. Nada estava longe da minha área de conhecimento e logo minha ansiedade se dissipou. Eu até consegui angariar coragem para intrometer-me quando os outros começavam a divagar, apesar de ter tomado o cuidado de evitar contato visual com Blake. Ele podia arruinar minha concentração com um sorrisinho bem calculado. O rosto dele era comprovadamente uma distração na esfera profissional.

Depois de algumas rodadas de perguntas da plateia, encerramos. Dei um suspiro de alívio, grata por ter sobrevivido. Ralhei comigo mesma por ter pirado com algo que, no fim das contas, tinha sido um bate-papo público totalmente administrável. Crise revertida.

— Nada mal — disse Blake.

Paranoica demais quanto aos microfones, só dei uma olhada para ele. Peguei todas as minhas coisas e levantei-me, repentinamente ansiosa para sair dali e distanciar-me de Blake.

Ele rapidamente se levantou comigo,

— Ei, não saia correndo ainda.

Ele parou um dos outros participantes da mesa-redonda quando ele estava saindo do palco.

— Ei, Alex — disse ele, chamando a atenção do homem.

Ele se virou e pegou-me pelo cotovelo. Resisti, até perceber que ele iria me apresentar a Alex Hutchinson, CEO de um dos maiores sites de e-commerce dos Estados Unidos.

— Erica, Alex. Alex, temos trabalhado com a Erica na Angelcom e pensei que seria bom que vocês se conhecessem. Pode ser que haja algum interesse mútuo com o foco dela em acessórios para mulheres.

— Prazer em conhecê-la, Erica. Estou ansioso para dar uma olhada em seu site.

Alex tinha pelo menos 15 anos a mais que eu e se parecia mais com aqueles caras de terno da reunião do *pitch* em Boston, mas ele deu total atenção.

— Obrigada, eu adoraria saber sua opinião.

— Claro. Quando foi que vocês lançaram?

— Há mais ou menos um ano.

— Excelente, vou dar uma olhada. Aqui está o meu cartão e meu celular está no verso. Vamos manter contato e me avise se eu puder ajudar com qualquer coisa, tudo bem?

— Com certeza avisarei. Muitíssimo obrigada.

Quando Alex foi embora, outros dois se aproximaram de nós, ambos homens mais ou menos da nossa idade. Um administrava uma popular loja virtual de desenvolvimento de *games* e outro tinha fundado uma crescente rede social de música para descobrir novos artistas pouco antes de lançarmos o Clozpin, o que fazia com que eu me sentisse melhor por estar ali.

Trocamos algumas ideias e Blake sempre direcionou encantadoramente a conversa de volta para mim em todas as situações apropriadas. Uma animação vertiginosa tomou conta de mim. Eu estava petrificada demais para procurar essas pessoas por conta própria. A recepção, no geral, foi muito positiva e eu senti que confirmava que eu podia me virar sozinha, que tínhamos construído algo que valia a pena usar.

Finalmente, a plateia e o restante dos participantes da mesa-redonda se dispersaram, deixando-me sozinha com Blake novamente.

— Uau — falei, ainda zonza com aquilo tudo.

— Foi tão ruim assim?

— Não, na verdade, foi incrível. Eu não estava esperando por nada disso.

— Talvez isso seja uma coisa boa.

Ele tinha razão. A expectativa de saber o calibre das pessoas com quem eu estaria me apresentando, e que conheceria na sequência, teria sido demais para suportar. Meu pânico aquela manhã tinha sido misericordiosamente curto e, apesar do incidente com o microfone, tudo tinha corrido excepcionalmente bem. Mesmo assim, eu não iria dar a ele nenhuma satisfação ao assumir isso.

— Isso foi ótimo, mas eu não preciso da sua caridade, Blake.

Aquelas intromissões precisavam parar.

Ele franziu a testa de leve.

— Você acha que isso foi caridade?
— Bom, ou é isso ou é uma manobra superelaborada para me levar pra cama.

O canto da boca dele se ergueu enquanto ele entrelaçava os dedos com os meus.

— Eu estaria mentindo se dissesse que não é.

O outro braço dele deslizou por debaixo do meu *blazer* e puxou-me para perto dele. O abraço dele era gentil, porém firme, dando-me um gostinho da força de seu corpo. Suspirei de leve, deleitando-me no calor do corpo dele contra o meu e no alívio que parecia sempre surgir em seguida.

— Não vai acontecer.

O protesto parecia tão fraco quanto minha resolução. Minha mão livre encontrou um lugar no peito dele, contornando a curva de seu peitoral. O coração dele batia forte e estável sob minha mão, refletindo o meu próprio à medida que meu corpo se derretia no dele. *As coisas que poderíamos fazer...*

Ele me puxou ainda mais para perto, o semblante de autocontrole completo em sua expressão era contradito pelo calor em seus olhos.

— Eu discordo.

Ele inclinou o rosto sobre mim, sua boca a um fio de cabelo da minha. Apertei os dedos na nuca dele e os deslizei pelas mechas sedosas de seus cabelos. Meu coração estava disparado, silenciando quaisquer pensamentos remanescentes de protesto. Eu não podia vencer esse desejo.

Sim.

Em resposta a ele, fiquei na ponta dos pés. Nossos lábios se encontraram — quentes, macios. *Perfeito.* Absorvi o cheiro dele. Em um instante, a mão dele estava enrolada em meus cabelos, prendendo-me naquele beijo do qual eu não tinha nenhuma vontade de escapar. Entreguei-me a ele, gemendo suavemente, rendendo-me ao ataque violento de sensações que ter a sua boca na minha provocava.

A ponta da língua dele passeou por meus lábios, persuadindo-os a se abrirem para ele. Atendi ao pedido e os abri, ansiosa para saber se o gosto dele era tão bom quanto seu cheiro. A língua dele penetrou minha boca e encontrou a minha, provocando-me com lambidas breves que deram lugar a movimentos mais intensos. Ele engoliu meus suspiros, beijando-me com cada vez mais intensidade, puxando-me mais para perto.

A mão que não estava conduzindo nosso beijo provocou a pele desnuda entre minha blusa e meu jeans, perambulando pela saliência do meu osso do quadril. Uma das minhas mãos ficou grudada nos cabelos dele, enquanto a outra se esparramou por seu peito. Eu estava paralisada de medo de que se me movesse um centímetro, perderia completamente o controle e montaria nele ali mesmo naquele palco.

A realidade começou a interferir quando sussurros e cliques de câmeras de celular atravessaram a sala. Um pequeno grupo de participantes estava reunido na entrada dos fundos, seus rostos escondidos pelos celulares, que estavam apontados diretamente para nós. *Puta merda.*

Afastei-me de Blake, que não pareceu perturbado pelo grupo de *paparazzi nerds*. Agitada e nervosa, agarrei minhas coisas e saí correndo do palco, indo até o elevador mais próximo. Contra minha sensatez, eu tinha perdido o controle com Blake e agora estava humilhando nós dois.

— Erica! — Blake apareceu correndo atrás de mim. — Espere. Você está bem?

O cabelo dele estava completamente bagunçado, mas resisti à vontade de arrumá-lo. Eu estava ofendida demais e um toque, por mais inocente que fosse, poderia aniquilar minha decisão, perigosamente fraca, de não dormir com ele.

— Sim, eu realmente mal posso esperar para me tornar a piada da conferência.

Balancei a cabeça, incrédula, reprimindo-me por ter sido tão descuidada.

— Ei, qualquer publicidade é boa, certo?

Ele sorriu e tentou me tocar, mas eu me afastei do toque ele.

— Blake, você não entende! Tudo está em jogo para mim agora — ralhei.

Eu estava tremendo. Muitas emoções oscilavam dentro de mim — alegria, tesão implacável e vergonha tremenda.

— *Shh*, relaxe. — Ele colocou as mãos nos meus ombros. — Tenho certeza de que aqueles pirralhos sequer sabem quem somos, e se souberem, vai ser só um deslize.

Aqueles pirralhos, que tinham a minha idade, provavelmente não me conheciam, mas eu não podia dizer o mesmo de Blake.

Dei de ombros. Minha exaustão era total agora. Recostei-me na parede, sentindo-me mais esgotada a cada minuto.

— Que seja... Acho que não tem muito o que eu possa fazer a respeito disso agora.

Blake deu um passo pequeno na minha direção e colocou uma mecha de cabelo atrás da minha orelha.

— Ouça, tenho algumas reuniões esta tarde, mas quero levar você para sair hoje à noite.

Suspirei. O homem era persistente.

— Vou ser o perfeito cavalheiro — prometeu ele, mas um perigoso brilho faminto encobriu seus olhos.

— Você tem o hábito de me ofender indiscriminadamente. Não faça promessas que não pode cumprir.

O sinal do elevador tocou e as portas se abriram. Entrei no elevador vazio e, milagrosamente, Blake não me seguiu.

Pouco antes de as portas de fecharem, ele disse:

— Pego você às oito.

* * *

Eu estava apreciando uma taça de vinho, e Alli tinha começado seu segundo *espresso martini* em um dos restaurantes italianos premiados do cassino. Contei a ela todos os detalhes da manhã, incluindo os pontos altos de ter feito contatos com vários executivos poderosos do mercado, e os pontos baixos de ter perdido potencialmente todo crédito ao ter sido flagrada nos braços do Blake, e fotografada, poucos minutos depois.

— Ele é persistente. Mas isso não me impressiona — disse Alli.

— Sinto que estou perdendo a guerra para ele.

Fiquei cutucando minha massa *fradiavolo*, confusa pela maneira como eu me sentia com relação a Blake. Em um minuto, eu o estava xingando, e no outro, tinha que angariar cada grama de autocontrole para não ceder a ele.

— Erica, sei que você está hiperfocada na empresa agora, mas se você se sente atraída por ele e ele é obviamente superatraído por você, por que você simplesmente não vai fundo?

— Já estive no inferno e voltei, Alli. Você sabe disso. A empresa é a primeira coisa com a qual me preocupei em muito tempo. Ela mantém meus pés no chão e se eu ferrasse com tudo porque não consigo controlar meus hormônios, não sei o que eu faria.

Apesar de arranjar um emprego tradicional ser uma possibilidade remota, eu me recusava a aceitar o fracasso como opção. É claro que, periodicamente, eu vivenciava uns momentos em que tudo parecia estar desabando, mas eu sempre saí mais forte, dando mais de mim mesma e indo mais adiante do que jamais esperávamos ir. Sob circunstâncias normais, eu poderia balancear sexo casual com o trabalho ou a faculdade, mas este não era um desses casos. Eu precisava me manter focada ou arriscaria perder tudo.

— Você já se provou para ele profissionalmente. Você realmente acha que ele não iria respeitá-la se você dormisse com ele?

— Talvez. Não é algo que eu queira arriscar.

Blake era imprevisível. Ele tinha sido ao mesmo tempo devastador e de extrema ajuda para o meu negócio, então, eu não fazia ideia do que esperar dele, especialmente se complicássemos o relacionamento com sexo.

— Quando você segue essas regras, Erica, você dá crédito a elas. Homens saem fodendo por aí o tempo todo e ninguém dá muita bola para isso. Só porque você é mulher, isso não significa que você não tem direito a uma noite de sexo quente.

— Disse a garota que chegou no quarto às oito da manhã.

— Apontei meu garfo para ela. — Mas é sério, a empresa é mais importante para mim do que qualquer caso passageiro agora.

Alli pausou por um momento.

— Talvez Blake não seja um caso passageiro.

— Eu duvido muito.

— Blake não é um estudante babaca, membro de alguma fraternidade. Talvez você deva dar uma chance a ele.

Encolhi-me.

— Você tem razão, ele é um bilionário babaca. Não sei o que é pior.

Alli arqueou os ombros, uma tristeza se refletia em seus olhos. Ambas sabíamos o que era pior.

— Então, teve notícias do Heath desde que... você sabe? — perguntei, querendo distanciar a conversa de Blake e do meu passado.

— Sim, ele me mandou uma mensagem hoje de manhã.

Um sorriso lento se espalhou pelo rosto dela.

Alli já estava apaixonada. Que Deus nos acuda.

— "Obrigado pela noite"? — brinquei e nós duas rimos.
— Você acha que vai dar em alguma coisa?
— Não tenho certeza. Ele mora em Nova York, então, vai saber? Vamos jantar hoje à noite. — Ela olhou para mim. — Digo, se você não se importar. Podemos fazer alguma coisa juntas se você realmente quer dar um fora no Blake.

Eu sabia que ela estava mentindo, como qualquer amiga decente faria.

CAPÍTULO 5

COMO ERA DE SE ESPERAR, Alli e eu discutimos sobre a roupa que eu deveria usar. Optamos por um vestido pêssego tomara que caia, mais curto na frente, que concordamos ser apropriado para um encontro, e que não berrava "vamos comer a sobremesa no quarto". Coloquei os escarpins *nude* novamente e ajeitei meu cabelo nervosamente em frente ao espelho.

Blake bateu na porta às oito horas em ponto.

— Oi.

Agarrei-me à minha bolsa como um salva-vidas.

— Erica.

Uma ponta de sorriso curvou os lábios dele.

Ele estava usando uma camisa branca social com as mangas dobradas e jeans azul-escuro. Seu cabelo, normalmente rebelde, estava meticulosamente alisado para o lado, apesar de espetar aqui e ali de uma maneira que ainda era sexy e estilosa. Eu tinha passado as últimas horas tentando prever como esta noite seria e, agora, não conseguia manter meus pensamentos nem um pouco puros.

Depois de alguns momentos comendo-o com os olhos desavergonhadamente, encontrei o olhar dele fixado em mim, um reflexo refletido de puro desejo. Uma onda de emoções tomou conta de mim — frio na barriga, desejo carnal e uma premonição perturbadora de que eu perderia totalmente as estribeiras com Blake Landon. O homem era sexy, rico e confiante, e meus hormônios não tinham absolutamente nenhuma força de vontade na presença dele.

— Blake! — Alli se juntou à mim na porta, olhando Blake de cima a baixo. — Vocês dois estão tão fofos!

— Não estamos indo ao baile do colégio, Alli — murmurei, apesar do sentimento ser parecido. A exceção era que o cara mais gato do colégio estava na minha porta e isso não parecia muito certo. Claro que eu me arrumava bem e atraía alguns caras bonitos, mas tinha abandonado o mercado há meses para focar-me no trabalho. Tinha me esquecido de como era ser fisicamente desejada daquele jeito. Na verdade, eu não sabia ao certo se alguém, algum dia, já tinha feito eu me sentir assim, e tudo que eu e Blake tínhamos dado era um beijo.

Blake me ofereceu o braço e virou para sairmos dali. Enganchei o braço no dele e ele nos guiou pelo corredor.

— Divirtam-se, crianças! — gritou Alli atrás de nós.

— Vou trazê-la de volta pela manhã — disse Blake, piscando para ela.

Revirei os olhos, sentindo meu rosto corar com a ideia de ficar com Blake a noite toda. Eu estava realmente fazendo aquilo?

Depois que entramos no elevador, Blake apertou o 45, o número mais alto, e começamos a subir.

Confusa, perguntei:

— Aonde estamos indo?

— Ao último andar.

— O que tem lá?

— Meu quarto, na verdade.

Minha animação prévia murchou.

— Sutil, Blake.

Afastei-me dele e cruzei os braços. Um perfeito cavalheiro uma ova. *Deus, sou* tão ingênua.

Blake riu.

— Não é o que você está pensando. Confie em mim.

Ergui uma sobrancelha.

— Você não me deu nenhum motivo para confiar em você.

— Ouvi dizer que isso leva tempo, então, talvez ainda haja esperança.

As portas do elevador se abriram e ele me levou até o final de um longo corredor, onde inseriu a chave para abrir a porta do quarto. Eu o segui, abismada com a suíte espaçosa que só podia ser descrita como um palacete.

Passamos por uma entrada ornamentada e, à nossa frente, uma parede de janelas do chão ao teto exibiam toda Las Vegas. O sol tinha acabado de se pôr por trás da silhueta de montanhas estéreis, embebendo o céu com gradientes de dourado e âmbar, enquanto todos os principais marcos da rua, criada pelo homem, à nossa frente refletiam o esplendor da natureza. Um milhão de luzes davam vida à noite naquela cidade selvagem e viciante.

— Achei que esta seria uma vista melhor que a do restaurante — disse ele em voz baixa.

— É de tirar o fôlego.

Meus olhos escaneavam o horizonte, entusiasmados com a escolha dele. Pela segunda vez no dia, uma animação vertiginosa borbulhou dentro de mim graças a Blake. Mesmo assim, controlei meu comportamento, sem querer dar a ele a satisfação de deslumbrar-me com tanta facilidade.

— Fico feliz que você tenha achado isso.

Ele me levou até uma mesa posta para dois, perto das janelas.

A suíte de duplex era banhada em luxo e elegância. A decoração se baseava em tons quentes desbotados e uma variedade de texturas, de paredes acolchoadas com *mohair* até superfícies de mármore creme claro, que contrastavam com os aparelhos eletrônicos lustrosos e de bom gosto.

Fiquei casualmente analisando as conveniências da suíte, até que um mordomo nos trouxe um balde de champanhe de uma das salas adjacentes.

— Madame?

O mordomo ofereceu uma garrafa gelada de Cristal Rosé.

— Por favor — respondi.

Ele encheu nossas taças até a borda com maestria.

— Tomei a liberdade de fazer o pedido para nós. — Blake virou a taça para ir de encontro à minha. — Espero que você não se importe.

— Vou deixar passar — brinquei, mas, na verdade, estava aliviada. Eu não conseguia pensar direito quando estava com Blake, muito menos definir que tipo de comida poderia comer com graciosidade na frente dele.

— Então, me fale mais sobre Erica Hathaway.

— O que você quer saber?

— O que você faz para se divertir?

A pergunta era bastante inocente, mas os olhos dele denunciavam um significado mais perverso.

Meu corpo se apertou, meus dedos agarrando a beirada da cadeira. Minhas defesas ficavam perigosamente enfraquecidas perto de Blake. Por que é que eu fui concordar com isso? Bom, eu não tinha concordado, mas também não tinha exatamente recusado. De qualquer forma, cá estávamos nós e, até o momento, todo mundo estava se comportando direitinho, menos a minha libido.

— Para ser honesta, não muita coisa, ao menos não nos últimos tempos.

— Então, você é uma *workaholic*?

— Pode-se dizer que sim.

— Bom, temos isso em comum.

Ele se recostou na cadeira e ficou olhando para o horizonte.

— Parece que você anda se saindo bem em adotar uma postura mais relaxada na vida ultimamente.

— Minha vida está longe de ser um período de férias, se é isso que você está sugerindo.

— Não vejo por que não seria.

— Então, suponho que você não me conhece muito bem.

— Me esclareça — falei. — Um passarinho me disse que você costumava ser um hacker.

Sobre a borda de minha taça de champanhe quase vazia, percebi uma careta passar rapidamente pelo rosto dele e, então, desaparecer.

— Você não deveria acreditar em tudo que lê na internet.

— Não?

O mordomo nos trouxe nossas refeições, dois filés de costela perfeitamente assados em uma cama de aspargos e cogumelos salteados. Meu coração cantarolou por um momento e eu agradeci ao mordomo, que desapareceu com a mesma rapidez com que tinha chegado, nos deixando sozinhos novamente.

Faminta por conta do dia intenso, comi, curtindo cada garfada divina.

— Você não está interessado em partilhar sua história de vida, pelo que entendi?

Ele fez uma pausa antes de responder, focado atentamente em seu prato e evitando o contato visual.

— Você já leu um resumo. O que mais eu teria para contar?

— Como é que eu vou saber como me tornar insanamente bem-sucedida, a não ser que você me conte todos os seus segredos?

Busquei pelos olhos dele, querendo que ele me contasse mais, algo que eu não pudesse encontrar na internet.

Ele suspirou e passou a mão pelo cabelo.

— Desenvolvi um software para bancos, vendi, e agora invisto em outros empreendimentos, em sua maioria bem-sucedidos, para passar o tempo. Satisfeita?

— Não muito — respondi, honestamente.

— Então, o quanto Alli está envolvida no seu negócio?

Eu queria saber mais sobre a parte não famosa da vida de Blake, mas decidi retomar depois, já que aquele parecia ser um assunto delicado e ele ainda não tinha começado a me irritar.

— Ela foi minha inspiração para o site, na verdade. Depois de três anos, acho que finalmente terminei meu "curso de moda" com ela, apesar dela ainda insistir em me vestir na metade das vezes. Enfim, agora ela faz o nosso marketing. É responsável pelos contatos que resultaram na maior parte das nossas contas pagas.

— Mas você disse que o envolvimento dela depende do investimento.

— Os pais dela esperam que ela arranje um emprego que pague mais do que ganhamos agora, então, ela não tem muita escolha até que a gente consiga um investimento ou cresça com mais rapidez. Ela fez umas entrevistas em Nova York, então, acho que é para lá que vai acabar indo, no fim das contas, se as coisas não derem certo por aqui.

— Como vocês estão financiando o site hoje?

— É sério?

Ele balançou a cabeça de leve.

— Você não está conseguindo um investimento meu. Só estou curioso.

— Complementamos a renda do site com minha herança, que, graças a todos esses anos maravilhosos de estudo, está finalmente diminuindo.

— Tenho certeza de que você não é a única que fez isso com as suas finanças pessoais para correr atrás de um sonho.

O champanhe aqueceu-me, um relaxamento bem-vindo na presença de alguém que tinha o hábito de deixar-me agitada. Mas ele estava sendo surpreendentemente amável. Ao menos quando não estávamos falando sobre ele.

Quando terminamos, Blake jogou o guardanapo na mesa e encheu nossas taças, esvaziando a garrafa cara de espumante cor-de-rosa. Ele pegou sua taça, levantou-se e esticou a mão para mim.

— Venha comigo.

Hesitantemente, aceitei, e ele nos levou até os sofás de couro branco do outro lado da ampla sala principal. Sentei-me e ele se sentou ao meu lado, passando o joelho ao lado da minha perna para se virar de frente para mim.

— Então, você acabou de se formar e agora está conversando com o Max. Qual o próximo passo?

— Essa é a pergunta de um milhão de dólares.

— Ou de dois milhões de dólares, nesse caso — disse ele.

— Certo. Não sei exatamente. Preciso sair do dormitório na próxima semana, então, suponho que eu tenha que definir meu próximo passo bem depressa.

— Você me parece alguém que vai fazer as coisas darem certo, de um jeito ou de outro.

Ele colocou uma mecha de cabelo atrás da minha orelha, brincando com meu brinco antes de repousar a mão no encosto do sofá.

Minha respiração tremeu e eu sabia que ele com certeza tinha notado.

— O que você quer fazer esta noite? — perguntou ele em voz baixa, seus olhos passeando pelo meu corpo.

Como se o olhar dele tivesse controle direto sobre a temperatura do meu corpo, corei, minha pele ficou insuportavelmente quente. Eu não era tão ingênua de achar que aquela noite não acabaria na cama de Blake, mas eu estava perdendo a batalha um pouco mais rápido do que tinha planejado. Eu já tinha desejado outros homens antes e os tive. Sem me apegar e focada na parte física, eu quase sempre conseguia manter as coisas nos meus termos. Mas nada relacionado a estar com Blake parecia desapego agora.

— Que tal outro *drink*?

Ele hesitou, seus dedos acariciando meu ombro desnudo.

— Claro, mas se for para você não conseguir andar no fim da noite, prefiro que seja por minha causa.

Ó Deus. As visões que as palavras dele evocaram engoliram minha sensatez. Fechei os olhos por um momento, silenciosamente assimilando para onde a noite estava me levando.

— Que tal um *tour*, então? — perguntei, mal conseguindo pronunciar as palavras.

Ele ergueu as sobrancelhas.

— De Las Vegas?

Eu ri.

— Que tal começarmos com a suíte?

Os olhos dele escureceram para um tom intenso de verde, descendo pelo meu corpo e subindo de volta aos meus olhos. Os dentes dele prenderam o lábio por um segundo antes de soltá-lo.

— É isso que você quer?

Algo se moveu no ar entre nós. Prendi a respiração quando vi a fome queimando nos olhos dele. Minha necessidade de ter as mãos e a boca dele em mim tinha se tornado única e dominadora. Eu me preocupava cada vez menos com as repercussões quanto a tomar uma atitude sobre aquele desejo.

Assenti silenciosamente. Ele se levantou, e eu me ergui com ele quando ele pegou minha mão.

— Um *tour*, então.

Cômodo por cômodo, ele nos guiou pelas salas de massagem, pela copa do mordomo e pelos banheiros de visita. A opulência de cada cômodo era tão obscena quanto o preço que ele devia estar pagando por aquele lugar.

Subimos por uma escadaria com corrimão dourado até o segundo andar e entramos na suíte máster, outro cômodo de canto com janelas que iam do chão ao teto. Ele parou na porta. Deixei-o lá, enfeitiçada pela vista da cidade, com a qual eu ainda estava admirada.

— Eu poderia me acostumar com esta vista.

— Eu também — murmurou ele.

Ele estava perto o suficiente para me tocar agora, mas não tocou, quem sabe cumprindo sua promessa de cavalheirismo em um nível enlouquecedor. Nesse meio campo tenso, esperei por ele, querendo que desse início às coisas, mas a cada segundo que passava, a tensão e a energia sexual entre nós se tornava cada vez mais palpável.

Soltei o ar que eu estava prendendo.

Foda-se.

Encorajada pelo champanhe, encontrei a barra do meu vestido. Agrupando todas as camadas, puxei-o por cima da cabeça. Fiquei parada ali, de peito nu, vestida apenas com minha calcinha, meus saltos altos e autoconfiança em forma de champanhe. A parede de vidro refletia minha imagem e Blake surgiu atrás de mim. O calor do corpo dele irradiou para o meu, minha pele já em chamas, tanto de constrangimento quanto de desejo crescente.

Então, ele me tocou, seu polegar traçando um caminho que descia pela minha coluna até o elástico da calcinha. Ele contornou a borda de renda até a lateral, onde ergueu meu quadril com uma pegada firme, colando nossos corpos de imediato. Ofeguei com o contato repentino, uma pontada de pânico misturando-se ao desejo.

Minha cabeça soltou-se no ombro dele e pude sentir que o desejo estava vencendo. Os lábios dele começaram uma trilha deliciosa de tortura, provando e lambendo a pele ultrassensível da minha orelha ao meu ombro. Uma mão apertava meu quadril enquanto a outra segurou meu seio. Meu corpo transbordou com o toque dele e meu mamilo endureceu sob sua mão. Eu estava pegando fogo por ele. Meus sentidos inflamados, a luxúria tomando conta de mim até que eu estivesse quase cega de desejo.

— Me diga o que você quer, Erica — murmurou ele contra meu pescoço.

Minha mente vagueou por uma série de apelos silenciosos. Curvei-me levemente, sentindo seu pau duro comprimido contra a calça jeans e as minhas costas. Cobri as mãos dele com as minhas e virei-me para encará-lo de frente, desavergonhada e vulnerável sob o olhar dele. Agora, compactamente verdes, os olhos dele queimavam lentamente, derretendo-me de dentro para fora. Nossos corpos mal se tocavam quando deslizei uma mão pelo peito dele, diminuindo a velocidade acima do cinto. Deus, ele parecia incrível, duro e quente. Fiquei na ponta dos pés e dei um beijo trêmulo nos lábios dele, minha boca se abrindo para a dele.

— Quero você, Blake — sussurrei.

Ele me beijou de volta intensamente. O corpo dele ficou rígido de tensão, mal se contendo.

— Você não faz ideia do quanto eu quero você agora, porra.

Meus joelhos enfraqueceram um pouco. Ele me levou de volta a ele, roubando minha respiração com mais um beijo urgente. Deleitando-me nos movimentos aveludados de sua língua, abri os botões da camisa dele às cegas, os músculos fortes de seu abdômen tensos sob meus dedos. Cheguei até o botão da calça jeans e o abri.

— Eu também quero isso.

Dei um sorriso malicioso.

Os olhos de Blake se arregalaram levemente. Dei uma mordida brincalhona em seu lábio inferior antes de traçar um caminho de beijos pelo peito dele. Sua pele morena se esticava por cima dos músculos. Pelos escuros encaracolados se espalhavam por seu peito e no centro de seu abdômen bem definido.

De joelhos, olhei para cima, para ele. Ele era tudo que eu tinha imaginado na primeira noite em que nos encontramos e muito mais. Lindo. Um exemplar de primeira de um homem.

Deslizei o dedo pelo contorno impressionante da ereção dele antes de puxar a calça e a cueca para baixo, apenas o suficiente para libertá-lo. Quando ele se soltou, segurei-o com as mãos. Sua carne era quente sob a minha, queimando com um desejo primitivo. Ele ofegou forte enquanto eu o circundava com delicadeza. Eu estava molhada com a expectativa, mas por mais que ansiasse por ele, eu precisava prová-lo primeiro. Para desfrutar de um momento de controle sobre aquele homem que tinha virado meu mundo de cabeça para baixo em uma questão de dias.

Comecei chupando curto e devagar. Depois, fui mais fundo e com mais pressão. Ele xingou, passando os dedos pelos cabelos. Masturbei-o com uma mão, enquanto a outra repousava na barriga dele, mexendo-me com o mesmo ritmo de sua respiração ofegante.

— Erica, meu Deus. Venha aqui, espere...

Ele ficou implacavelmente mais duro, mais grosso. Após algumas chupadas profundas que atingiram minha garganta, ele xingou de novo e eu soube que ele estava quase lá.

Antes que eu pudesse finalizá-lo, ele me colocou de pé. Os olhos dele estavam selvagens e intensos, como se ele tivesse passado dos limites de seu controle.

— Minha vez — disse ele, a voz tão rouca e grave que quase parecia uma ameaça.

Ele me pegou no colo e, sem fazer esforço algum, jogou-me na cama.

Blake tirou minha calcinha de renda e colocou as mãos nos meus joelhos, afastando-os. Envergonhada e excitada ao mesmo tempo, senti meu rosto aquecer. Eu estava completamente exposta, mas quando ele desceu até mim, a sensação de sua boca entre minhas pernas sobressaiu-se a tudo.

Engoli uma profunda respiração forte, o nome dele em meus lábios.

Ele lambeu meu sexo molhado e trêmulo com a mesma habilidade mestra que tinha usado em minha boca, tocando de leve, provocando e chupando. Meu Jesus, ele tinha uma boca talentosa.

Ele gemeu, vibrando meu clitóris enquanto me chupava. Contraí-me deliciosamente por dentro e agarrei os lençóis de seda sob nós. A energia dentro de mim aumentava a uma velocidade alucinante.

— Seu gosto é tão bom.

A sensação da respiração dele naquelas partes sensíveis, seguida pelos movimentos determinados de sua língua sobre aquele emaranhado de nervos, levou-me à loucura. Minha mente saiu de mim.

— Ó Deus!

Gozei com força, deixando o orgasmo reverberar dentro de mim.

Minha respiração estava ofegante, enquanto eu tentava recuperar os sentidos. Por baixo de pálpebras pesadas, eu assisti a ele se despir por completo à minha frente. Apesar do orgasmo bastante recente, meu desejo por Blake pouco tinha diminuído. Eu ansiava por ele, por tê-lo dentro de mim, terminando o que tínhamos começado.

Ele me fitou com uma expressão tão intensa e determinada que quase gozei de novo na mesma hora. O pau dele balançou levemente, longo, grosso e duro como pedra, enquanto ele colocava uma camisinha.

— Está pronta para mim, gata?

Concordei rapidamente com a cabeça. Mais pronta do que nunca.

— Graças a Deus, porque não sei ao certo se eu conseguiria parar agora se quisesse.

Ele subiu na cama e em mim e eu ofeguei suavemente, ardentemente ciente de que ele se aproximava. Os músculos grossos e rijos das coxas dele abriram minhas pernas para ele. Enganchei uma perna por cima de seu quadril e curvei-me, querendo-o ansiosamente dentro de mim.

Ele me agarrou pelo quadril e interrompeu minha tentativa. Mal estávamos nos tocando, a cabeça do pênis dele parada na entrada da minha vagina.

— Blake — falei, minha voz ofegante e desesperada.

Ele se inclinou para vir de encontro à minha boca e nossos gostos se misturaram ao cheiro da minha excitação. O ato parecia íntimo demais, primitivo demais, dadas as circunstâncias, mas exacerbou meu desejo já ofuscante por ele.

Debati-me contra o bloqueio dele, louca para tê-lo por completo. Ele afrouxou e empurrou para dentro. Soltei um gemido chorado na boca dele, perplexa com como ele me preenchia completamente. Saboreei a delícia daquela sensação. Nada parecia mais certo do que a penetração dolorosamente lenta do corpo dele no meu. Meu corpo se expandiu para acomodá-lo e a dor do início logo deu lugar a uma ânsia ainda maior.

— Perfeito — disse ele, dando outra investida.

Fechei os olhos e o apertei com força contra mim, permitindo que aquele mundo único governasse no momento. Ele se movia com investidas deliberadas e calculadas, preenchendo-me e segurando-se com pausas meticulosas. Satisfação infinita com um desejo impossível. Cada movimento deixava-me mais perto do êxtase.

A promessa de alívio estava próxima, mas ele me deixou querendo mais, enquanto dominava minha boca com beijos lentos e intensos. O ritmo estava me deixando louca com a necessidade do orgasmo

— Blake, por favor.

Minha voz sumiu.

Ele diminuiu tanto o ritmo que eu achei que ia morrer de frustração.

— Confie em mim — sussurrou ele.

Então, sem aviso prévio, ele agarrou minha bunda e meteu com força dentro de mim. Na segunda investida do castigo, eu encontrei minha voz perdida, apesar de mal reconhecê-la quando gritei. Implacável, ele reclamou novas profundezas do meu corpo, dando-me tudo que eu quase implorei dele. E eu aceitei tudo.

— Deus... Caralho... Blake!

Uma tempestade uivou dentro de mim, meu corpo respondendo incontrolavelmente ao dele. Agarrei os cabelos dele e prendi-me a ele.

— Isso mesmo, gata. Goze forte para mim — disse ele roucamente.

Meu clímax pulsou dentro de mim. Eu me agarrei toda a ele, todo meu corpo tremendo à medida que ele ficava impossivelmente maior, equiparando seu próprio alívio ao meu.

Ele gemeu, ficando imóvel dentro de mim, pulsando intensamente.

Olhos fechados, ele desabou nos cotovelos sobre mim. Gradualmente, nossas respirações desaceleraram, nossos corpos esfriaram e começamos a voltar a nós mesmos. Ele deu beijos suaves no meu rosto e pescoço, enquanto meus braços e pernas continuavam envoltos nele.

Suspirei.

— Eu não sabia...

Ele sorriu e me beijou.

— Não sabia o quê?

— Que... podia ser assim.

O sorriso dele desapareceu e seus lábios se abriram levemente enquanto ele passava o polegar pela curva da maçã do meu rosto. Meu peito doía com a proximidade dele e admiração que pensei verem seus olhos semiabertos.

Ele me deu um beijo rápido e se afastou.

— Vou tomar uma ducha. Já volto. A não ser que você queira me acompanhar.

Meneei a cabeça lentamente.

— Não sei se minhas pernas estão funcionando agora.

Ele deu uma risada rápida enquanto se levantava.

— Eu avisei você.

Quando ele desapareceu no banheiro da suíte, tive um breve momento de excitação observando-o de costas. A bunda dele era perfeitamente esculpida, como cada outro delicioso centímetro de seu corpo. Tudo com relação a Blake tinha se tornado demais, um ataque violento aos meus sentidos, um trem congestionando minha sensatez.

E eu estava amando cada minuto daquilo.

* * *

Acordei abruptamente, desorientada, até reconhecer as borboletas douradas pintadas à mão no teto. Blake estava deitado de bruços ao meu lado, roncando silenciosamente no travesseiro. O corpo dele estava tranquilo e relaxado, uma imagem diferente do animal musculoso que tinha me feito ir à loucura bastante recentemente. Eu devo ter pegado no sono enquanto ele tomava banho. Ele não quis me acordar e mandar-me embora.

Mesmo assim, eu não podia estar ali quando ele acordasse. Eu estava completamente em êxtase, mas a ideia de ter que encarar a "caminhada da vergonha" sob a luz do dia deixou-me sóbria rapidinho.

Uma luz ambiente preenchia o quarto, mas o céu do deserto à nossa frente estava completamente escuro, com exceção das luzes frenéticas da cidade, com nenhum sinal do amanhecer iminente. Saí silenciosamente da cama e me vesti, apesar de, mesmo tendo me esforçado muito, não ter conseguido encontrar minha calcinha em lugar nenhum. Coloquei meus sapatos e parei na escrivaninha. Rabisquei um bilhete, colocando a ficha de dez mil dólares em cima dele.

O que acontece em Las Vegas...
Bjo, E.

Admirei a vista da cidade por mais um minuto, então, saí da suíte de Blake sem fazer nenhum barulho.

Minutos depois, entrei no nosso quarto de hotel bastante furtivamente, mas Alli estava encostada no travesseiro assistindo tevê.

— Ei, o que você está fazendo acordada?

Eram quase duas da manhã.

— O que *você* está fazendo acordada?

Ela apertou os lábios.

— Hum, nada.

— Sua putinha. Me conte tudo.

Ela colocou a tevê no "mudo" e sentou-se de pernas cruzadas na beirada da cama.

— Não tem muito o que contar.

Dei de ombros e troquei meu vestido por um roupão.

— Nem comece com isso, Erica. Desembuche, agora.

Ela apontou seu dedo mínimo com a unha bem-feita para mim.

Suspirei e sentei-me na beirada da cama, de frente para ela. Aquela manhã, eu tinha dado uma bronca nela pela mesma coisa. Que hipócrita.

— Só vou dizer que se o Heath for sequer parecido com o irmão, hum, na cama — tropecei naquelas palavras —, eu perdoo você, está bem?

— Fala sério! Foi incrível?

— Não há palavras. Agora só tenho que descobrir como ficar longe dele.

— Por quê? Como assim?

Uma ruga marcou a sobrancelha de Alli com aquela mera ideia.

— Tivemos nosso momento, mas realmente espero que seja esta única vez e ele esteja satisfeito, porque...

Deixei o rosto cair em minhas mãos, que ainda cheiravam a ele. Inspirei seu cheiro e deixei que a lembrança de nossa noite tomasse conta de mim.

— Erica, o quê?

Sentei-me abruptamente, como se tivesse sigo flagrada fazendo algo que não deveria.

— Você estava me contando por que quer que isso seja uma transa de uma noite — ela me lembrou.

— Não sei! — Retorci os dedos em meu colo. — Só sei que eu poderia me viciar naquilo. Nele. Estou aqui a trabalho e ele já é basicamente tudo em que consigo pensar.

Apontei para cima, para a direção onde Blake estava, Afastei as memórias que pareciam frescas demais, sabendo que Blake ainda estava perfeitamente nu, dormindo a alguns andares de distância.

— Sei lá. Estou confusa. Preciso dormir.

Alli concordou com a cabeça, mas eu percebi um sorriso tímido, antes de ela desligar a tevê e virar-se sob o edredom.

Grata por aquele intervalo, fui até o banheiro para tomar banho. A intoxicação de ter estado com o Blake foi diminuindo à medida que a água escorria por meus músculos já cansados, sugando o restante da minha energia. Ele já significava demais para mim.

CAPÍTULO 6

Poucos dias tinham se passado desde que eu e Alli voltamos de Las Vegas. Eu queria acreditar que a vida voltaria ao normal, mas nada era normal na minha vida agora. Eu estava prestes a não ter onde morar, começando a administrar meu próprio negócio em tempo integral e, agora, não conseguia tirar Blake da minha cabeça.

Por mais que eu quisesse que nossa única noite juntos permanecesse desse jeito, a vozinha na minha cabeça queria que ele viesse atrás de mim de alguma forma. Silenciosamente, eu reprimia a mim mesma por esperar estupidamente por algo — ou alguém — que nunca poderia ter. Assim como nosso caso bastante público na conferência, eu era só mais uma. Um interesse passageiro de um bilionário arrogante que não tinha motivo nenhum para ficar muito tempo com qualquer pessoa.

Remexi minhas correspondências, lembrando-me de que eu tinha recebido exatamente o que tinha pedido. Quando saí do campus, ouvi meu nome. Uma menina com cabelos loiros repicados desceu as escadas para me encontrar. Ela

parecia uma *top model* adolescente. Bronzeada, alta e vestida impecavelmente com um top e uma saia de linho.
— Liz — falei. — Como vai?
Ela deu um sorriso largo.
— Ótima. Nem acredito que estamos quase no fim!
— Eu sei, o tempo voa.
Sacudi a cabeça, incrédula.
— Quer tomar um café? Eu adoraria pôr o papo em dia.

Os olhos castanhos calorosos dela pareciam genuínos, mas eu sempre tinha evitado esses momentos. Nossa amizade tinha enfraquecido quando me mudei para o outro lado do campus, depois do nosso ano de calouras juntas, e nunca realmente conversamos sobre aquilo. Hesitei. Não tínhamos mais aulas, nenhuma tarefa, nenhum plano. Eu não tinha desculpas.

Dei de ombros.
— Claro.

Caminhamos uma pequena distância até o café mais próximo, onde alguns *hipsters* melancólicos nos serviram cappuccinos deliciosos e caros demais. Nos sentamos em uma mesa para duas pessoas, o caos do café preenchendo o silêncio entre nós. Eu tinha visto Liz vez ou outra pelo campus, mas não *conversávamos* mesmo há anos. Mal nos conhecíamos agora.

— Já tem planos para o verão? — perguntei.
— Vou para Barcelona com meus pais por algumas semanas, aí começo a trabalhar, em julho.
— Vai trabalhar em quê?
— Em uma empresa de investimento aqui da cidade, lidando com números ou algo assim. — Ela assoprou o cappuccino quente. — E você?
— Eu, na verdade, comecei uma rede social de moda no verão passado e está indo bastante bem, então, vou administrar isso por um tempo. Vamos ver no que vai dar.

— Incrível. Eu jamais esperaria isso.

Ergui minhas sobrancelhas. O que é que ela esperaria, fiquei imaginando, cutucando a casquinha folhada de meu *croissant* de chocolate.

— Como estão Lauren e todos os outros da casa?

— Muito bem. — Ela pausou antes de continuar. — Mas sentimos sua falta.

Tomei um bom gole de cappuccino, sentindo para onde a conversa estava se encaminhando. A faculdade tinha terminado e um novo capítulo estava começando. Talvez fosse hora de finalmente passar tudo a limpo, especialmente se eu pudesse encontrá-la por acaso aqui na cidade. Boston ainda era pequena o suficiente para proporcionar encontros casuais.

— Desculpe não ter avisado sobre me mudar no final do ano. Eu estava passando por uns maus bocados na época.

Era um eufemismo, mas eu não queria realmente conversar com ela sobre aquilo naquele momento. A última coisa de que eu precisava era reavivar memórias dolorosas.

— Eu entendo isso. Só achei que fôssemos amigas, sabe?

— Nós éramos — respondi. — Ainda podemos ser. Eu só precisava de um recomeço depois de tudo que aconteceu.

Ela concordou com a cabeça e deu-me um sorriso fraco.

Suspirei, conformando-me com o fato de que eu não conseguiria evitar aquele assunto, por mais que tentasse contorná-lo.

— Nada foi o mesmo depois daquela noite. Você e todos os outros eram os mesmos, mas eu, não. Eu não podia sair e festejar com vocês todos como se nada tivesse acontecido.

Respirei fundo, tentando afastar as memórias dolorosas que surgiam. Empurrei meu prato, uma pontada de náusea instalando-se em meu estômago.

— Não teve nada a ver com a nossa amizade, ou com você. Eu só não conseguia suportar aquela expressão na cara de todo mundo. Além disso, e se eu encontrasse por acaso com ele de novo, sabe? Não sei o que eu teria feito.

Lidar com o que tinha acontecido já tinha sido difícil o suficiente. Na época, o pensamento de viver aquilo novamente de qualquer forma tinha me apavorado. A única coisa que me impedia de ficar olhando para trás constantemente hoje era o fato de que eu tinha enterrado aquelas lembranças tão fundo que eu mal me lembrava que o homem que tinha me machucado ainda existia.

Quando olhei para ela, a pena em seus olhos me deixou com ainda mais ânsia. Olhei minha bolsa e procurei por uma desculpa acreditável para ir embora.

— Eu queria conversar com você sobre aquilo, mas você nunca me deu uma chance — disse ela.

— Acredite ou não, eu não gosto muito de falar disso.

Apertei os lábios em uma linha fina. Eu nunca queria falar sobre aquilo — ou pensar naquilo — de novo na vida. Mas isto não era, de maneira alguma, culpa da Liz.

Os olhos dela eram vivos e inocentes, lembrando-me das muitas noites que tínhamos passado devorando as caixas de porcarias que os pais dela mandavam, compartilhando histórias e sonhos em toda nossa ingenuidade caloura.

Recostei-me na cadeira, inspirando fundo.

— Eu precisava botar a cabeça no lugar por mim mesma e, por algum motivo, não conseguia fazer isso naquela casa.

Ela assentiu com a cabeça.

— Eu entendo.

Ela não entendia, mas eu dava um crédito a ela por tentar, mesmo que ela estivesse me arrastando por memórias que eu tinha enterrado há tempos.

— Talvez possamos nos encontrar quando eu voltar da Espanha e botar o papo em dia — disse ela. — Não precisamos falar disso, obviamente. Sei que é chato para você.

— Claro. — Forcei um sorriso. Eu não podia mudar o passado, mas talvez pudesse salvar um pouco do que tinha se perdido. — Vamos manter contato.

Conversamos sobre professores e lugares para morar na cidade, enquanto Liz terminava seu *muffin*. Depois, trocamos números de telefones e nos despedimos. Quando me virei na direção do campus novamente, meu celular apitou com uma mensagem. Era Alli.

Precisamos conversar. Tenho novidades.

Meu estômago revirou. Liguei para ela enquanto caminhava.

— E aí?

— Tenho novidades.

— Você disse. O que é?

Ela pausou por um momento.

— Consegui o emprego.

— Ótimo — soltei, a decepção clara no meu tom de voz.

Não consegui evitar. Aquela era uma notícia péssima.

— Erica?

— O que você quer que eu diga?

Saí do meio do caminho para as pessoas passarem por mim na rua. Ver a Liz tinha deixado meus nervos à flor da pele, e agora eu estava perdendo a Alli — minha melhor amiga, colega de quarto e sócia. Eu me recusava a considerar aquilo um ponto alto do meu dia.

— Parabéns, Alli. Eu sei que você queria isso. Infelizmente, eu, não.

Alli ficou em silêncio no telefone por alguns segundos.

— Já conversamos sobre isso e agora você parece surpresa.

Ela tinha razão, mas aquilo não amenizava a pancada. As coisas estavam acontecendo agora, só dependendo da decisão de Max de investir em nós.

— Quando você vai?

— Em alguns dias. Posso ficar na casa de uma amiga na cidade até encontrar um lugar para morar.

Meu celular começou a vibrar com outra ligação. Não reconheci o número, mas precisava de uma desculpa para sair daquela conversa, antes que dissesse algo que não deveria.

— Tem alguém me ligando, Alli. Preciso ir.

Ela suspirou.

— Está bem, tchau.

Senti uma pontada de culpa quando troquei de linha.

— Alô?

— Erica, é o Blake.

Xinguei baixinho. De todas as vezes que eu quis que ele ligasse...

— Não é uma boa hora.

— Você está bem?

— Estou.

Minha voz não soava nada bem.

— Onde você está? Estou na vizinhança.

Dei uma olhada em volta, procurando pelo ponto de referência mais reconhecível.

— Perto da praça Campbell.

— Pego você em cinco minutos.

Ele encerrou a ligação antes que eu pudesse argumentar.

Sentei-me em um banco da praça, checando meus e-mails à toa para distrair-me da bomba que Alli tinha largado sobre mim. Em um deles, Sid relatava um bom tráfego de novos usuários desde a conferência, o que era uma notícia bem-vinda, já que eu andava pensando se todo aquele esforço se resumiu a um disk-foda de cinco mil quilômetros de Blake. Meus pensamentos vaguearam novamente para Alli e Liz e o quanto eu tinha me sentido completamente sozinha na última hora. Meus olhos queimaram de emoção e eu enxuguei uma lágrima que caiu.

Uma buzina interrompeu aquele momento. Blake estava sentado no banco do motorista de um carro esportivo preto lustroso, esperando junto ao meio-fio. Aproximei-me e fiquei momentaneamente confusa com a falta de maçanetas até que uma delas surgiu de dentro de seu esconderijo secreto na porta do passageiro. Entrei, instantaneamente pasma com a enorme tela de LCD entre os bancos do motorista e do passageiro.

— Que diabos é isto? — perguntei, instantaneamente perplexa com todos os aparelhos e dispositivos.

— É um Tesla.

Fiquei olhando para a rua à frente, esperando o carro arrancar.

— Ei — disse ele suavemente, passando o polegar pela minha bochecha.

Ele parecia renovado e fofo, mas o sorriso dele logo desapareceu. Minha garganta se fechou, como se eu fosse chorar novamente. Reprimi aquela sensação, meu corpo ficou imóvel em um ato de autodefesa.

— Estou bem, é sério.

Virei meu rosto e limpei qualquer resquício de rímel que pudesse dar a ele uma pista do meu baque recente. Eu não sabia se conseguiria suportar ficar ainda mais vulnerável com esse homem do que eu já era e ainda manter um pouco de integridade profissional.

— O que você quer?

— Eu queria ver você. Está com fome?

— Claro.

Eu não estava, mas queria estar em qualquer lugar que não fosse ali. Deixei que Blake nos levasse naquele carro *high tech* extremamente caro, cujas ações tinham acabado de decolar.

— Quantas ações da Tesla você tem? — perguntei, enquanto os prédios da cidade passavam por nós.

— Entrei na segunda rodada de investimentos, então, algumas.

— É claro que entrou — murmurei.

Blake atravessou a cidade em tempo recorde e com pouco respeito pelos pedestres e pelas leis de trânsito, mas, de alguma forma, mesmo assim eu me senti segura e aliviada por deixar o campus para trás. Continuamos o restante do trajeto em silêncio até que Blake estacionou em uma vaga reservada de frente para a torre do relógio.

The Black Rose era um pub irlandês no coração de Boston, a alguns passos do famoso Faneuil Hall e do Quincy Market. Dentro, um bar de madeira escura se estendia nos fundos do restaurante, e brasões da terra natal cobriam as paredes. Blake e eu nos acomodamos em um canto silencioso, onde podíamos ver as pessoas do lado de fora seguindo com suas rotinas, incluindo turistas, banqueiros e homens dirigindo carruagens de cavalos.

A jovem e fofa garçonete estava animada e perguntou qual seria nosso pedido com um sotaque irlandês que me fez pensar em meu professor preferido, que *também* estava indo embora em algumas poucas semanas.

— Dois cafés da manhã irlandeses e duas Guinness — pediu Blake, entregando nossos cardápios para ela e logo voltando sua atenção para mim novamente.

— Você sempre faz os pedidos para outras pessoas?

— Eu não queria que você ficasse em conflito consigo mesma por pedir uma cerveja tão cedo de manhã.

Ele se aproximou, o movimento destacou seu bíceps, que aparecia por debaixo das mangas da camiseta com a logo da Initech, do filme *Como enlouquecer seu chefe*. Ele não tinha nada que estar com aquele traje tão informal em um dia útil.

— Quer me contar por que você estava chorando um minuto atrás?

Meneei a cabeça, emocionalmente esgotada e despreparada para estar com Blake em um momento como aquele.

— Talvez vir para cá tenha sido uma péssima ideia.

Blake segurou minha mão quando me mexi para pegar a bolsa.

— Ei, me desculpe.

Fechei os olhos, querendo desesperadamente cair em prantos em algum lugar onde Blake não estivesse na plateia.

— Fique — pediu ele suavemente.

Recostei-me na cadeira, deixando minha mão na dele, minha raiva dissipando-se. O toque dele tinha um efeito calmante que eu tanto ressentia quanto estava começando a apreciar.

— Por que você queria me ver?

— Bom, para começar, porque você não me deu a chance de me despedir. Você sempre foge daquele jeito?

— Não achei que você fosse se importar — falei, envergonhada com aquilo tudo, mesmo não tendo pensado em praticamente mais nada desde que deixei o quarto dele, dois dias atrás. — De qualquer forma, eu tinha que pegar um voo cedo para cá.

— Teve notícias do Max?

Respirei fundo, aliviada por estarmos falando de negócios de novo.

— Sim, temos uma reunião na semana que vem.

— Como está a procura por um lugar para morar?

Revirei os olhos e grunhi.

— Agora que a Alli vai oficialmente se mudar para Nova York, suponho que tenha acabado de ficar mais fácil.

— Essa não parece uma notícia muito boa.

— É, vou ter que começar a me vestir sozinha de novo, o que vai ser difícil — brinquei.

Eu não estava mentindo, mas obviamente o senso estético não seria a única coisa que me faria falta. Alli era minha melhor amiga, minha confidente, minha copiloto. Eu ainda não conseguia acreditar que minha colega de quarto não ia mais morar comigo. Estaríamos a apenas uma hora de voo de distância uma da outra, mas eu tinha um medo irracional de que nossas vidas começariam a caminhar em direções diferentes que, cedo ou tarde, iriam detonar a amizade que lutamos tanto para construir. Só o tempo iria dizer.

— Tenho uma boa corretora.

Blake pescou um cartão de visitas da carteira e o entregou a mim. *Fiona Landon, corretora de imóveis licenciada.*

— Se ela é parente sua, duvido que tenha alguma coisa dentro do meu orçamento.

— É minha irmã mais nova e nunca se sabe. Ela é conhecida por conseguir boas barganhas. É só dizer a ela que eu recomendei você.

Suspirei.

— Contei sobre a minha situação para manter um diálogo. Não foi um pedido de ajuda. Sou perfeitamente capaz de resolver isso sozinha.

— Eu sei que é — disse ele em voz baixa, passando o polegar pelos meus dedos. — Dê uma ligada para ela — pediu ele.

Soltei a mão da dele e enfiei o cartão na bolsa, sabendo que eu iria ligar para ela pelo simples motivo de que Blake queria que eu ligasse e não me deixaria em paz até que eu o fizesse.

A garçonete trouxe nosso café da manhã, que era delicioso e gordo, dois quesitos para fazer uma pessoa sentir-se bem, e que eu estava apreciando tremendamente no momento. Enxaguar tudo com alguns goles de Guinness também não era nada ruim. Blake e eu conversamos fiado e falamos sobre esportes, um assunto sobre o qual qualquer cidadão de Boston conhecia. Quando eu não estava sofrendo um tumulto emocional e ele não estava me atirando de cabeça em uma montanha-russa profissional, eu realmente gostava da companhia dele. Aos poucos, ele me tirou daquele estado de mau humor.

Lá fora, o sol aquecia as ruas pavimentadas, enquanto caminhávamos de volta para o carro. Após todos aqueles anos, Boston ainda me impressionava. As ruas tinham história e as pessoas tinham um tipo de personalidade que sempre fazia com que eu me sentisse em casa. Era impossível morar ali e não sentir paixão e possessividade com relação à cidade.

Blake entrelaçou os dedos aos meus e meu coração bateu um pouco mais rápido.

— Para onde vamos agora? — perguntou ele.

Eu queria acreditar que a pergunta era inocente, mas vi o desejo nos olhos dele. Eu não teria me importado em responder "para sua casa", mas não ia fazer com que dormir com Blake, toda vez que ele me olhava daquele jeito, se tornasse um hábito.

Olhei para baixo, tentando ignorar o quanto eu ainda queria estar com ele.

— Melhor eu ir para casa. Ainda tenho muito trabalho a fazer — respondi, torcendo para que ele acreditasse em mim.

Ele ficou me olhando em silêncio por um momento.

— Tudo bem. Eu te dou uma carona.

Concordei e Blake nos levou de volta ao carro.

No caminho para casa, o celular de Blake tocou. Uma foto casual de uma morena linda apareceu na tela com o nome "Sophia". Ele ignorou a ligação e ficou olhando fixamente para a rua, demonstrando nenhuma emoção. Eu não tinha direito algum de perguntar quem ela era. O que tínhamos mal podia ser chamado de relacionamento, e a ideia de que alguém tão rico e maravilhoso quanto Blake não estaria curtindo a vida era bastante irrealista. Mesmo assim, a ideia de outras mulheres na vida dele me machucava.

Estacionamos perto de casa e Blake deu a volta no carro para abrir minha porta. Subindo os degraus até a entrada, atrapalhei-me com minhas chaves. Virei-me para dar tchau e Blake puxou-me para perto dele. Fiquei sem ar.

— Você me deve um beijo de boa noite, srta. Hathaway.

Antes que eu pudesse responder, ele cobriu a minha boca com a dele. Derreti naquele beijo e no calor do corpo dele. Misericórdia, aqueles lábios. O estresse da manhã tornou-se uma lembrança distante, substituída por um desejo que nenhum de nós estava em condições de satisfazer naquele momento.

— Me convide para subir.

Afastei-me, sem ar, e meneei a cabeça.

— Então, venha para casa comigo.

A voz dele era rouca.

Em algum lugar distante, comecei a analisar tudo, extraindo-me daquele momento.

— Não posso.

Tecnicamente, eu podia. Na verdade, eu não queria nada mais do que repetir aquela noite na cama de Blake em Las Vegas, mas não fazia ideia do que poderia estar me metendo. Uma série de transas aleatórias? Ficar na fila com uma série de outras mulheres que tinham chamado a atenção dele? Além disso, eu precisava me focar no trabalho agora mais do que nunca. Transar até perder os sentidos com Blake com frequência, provavelmente, não iria me ajudar nesse sentido.

— Vamos jantar, então.

— Não — insisti. — Além disso, você não foi exatamente um perfeito cavalheiro na última vez.

— Não fui? Pelo que me lembro, foi você que pediu para fazer um *tour* pelos quartos.

Ele pressionou a ereção crescente contra mim, provocando um gemido. Tentei permanecer ciente de que estávamos plenamente visíveis para quem passasse por ali, mas me preocupava mais com estar me distanciando de mim mesma e cedendo a uma atração perigosa que já tinha suas garras em mim.

— Blake, é sério, Las Vegas foi... realmente incrível. — Pausei, tentando desesperadamente me recompor. — Este só não é um bom momento para esse... O que quer que seja isso entre nós.

Beijei-o delicadamente, inspirando seu cheiro uma última vez, antes de escapar de seus braços. Ele me soltou, mas pelo desejo em seus olhos, eu podia dizer que ele não estava muito feliz com aquilo.

— Adeus, Blake.

CAPÍTULO 7

Com apenas alguns dias restando antes dos dormitórios fecharem, eu estava ficando sem tempo e opções para encontrar um lugar para morar. Eu não conseguia acreditar em como tinha deixado isso para última hora, mas a vida andava me mandando umas bolas curvas ultimamente, então, decidi procurar a irmã de Blake e torcer por uns resultados rápidos.

Fiona Landon era estonteante. Seu cabelo castanho claro estava enrolado em um único e estiloso *bob*. Jovem, profissional e elegante, ela estava usando um vestido de bolinhas azul-marinho quando fomos nos encontrar para começar a busca por meu primeiro apartamento.

Os primeiros lugares que ela me mostrou estavam mais ou menos na linha do que eu esperava — dentro do orçamento, pequenos e em uma localização razoável, mas um tanto longe de qualquer meio de transporte público. Eu logo percebi que teria ou que abrir mão de algumas exigências ou começar a pensar em um valor mais realista.

Fizemos uma parada para um almoço rápido em um restaurante pequenino, perto dos jardins públicos, para nos reorganizarmos.

Depois de fazer algumas ligações para combinar uma visita de última hora, Fiona juntou-se a mim na mesa.

— Então, de onde você conhece o Blake?

Engasguei de leve na minha limonada. Deus, se ela soubesse...

— Estou negociando com a Angelcom para investir na minha empresa.

— Ah, nossa, isso é ótimo. Espero que dê certo.

— Eu também.

— Blake fica tão envolvido com os investimentos dele. Vi algumas daquelas empresas realmente decolarem.

Concordei com a cabeça e a poupei do fato de que ele tinha me "passado" para frente. Bom, tinha passado a empresa, de qualquer forma. Ele estava atrás de mim fisicamente, com a determinação única que alguém poderia esperar de um homem de negócios sem escrúpulos.

— E você? Trabalha com isso em tempo integral?

— Blake tem algumas *holding* imobiliárias, então, administrá-las ocupa boa parte do meu tempo, mas eu mesclo com outros negócios na cidade.

— Acho que deve ser bom manter as coisas em família.

— Com certeza. Blake mantém todos nós ocupados com seus projetos.

— Eu conheci o Heath recentemente também — falei, convenientemente deixando de fora os detalhes de nosso rendez-vous em Las Vegas.

— Ah é?

— Ele é uma figura — continuei, torcendo para que ela contasse um pouco mais sobre seu carismático irmão e qualquer que fosse o problema que Blake tinha com ele, nem que fosse só pelo bem de Alli.

— Dá pra dizer que é. Não faço ideia de como o Blake o aguenta. — Ela olhou para além de mim, seu rosto cuidadosamente despido de emoções. — Você tem irmãos?

91

— Não, sou filha única.

Há anos era literalmente filha única. Eu volta e meia imaginava como a vida seria com um ou dois irmãos. Alguém para dividir o fardo emocional depois que minha mãe morreu ou para ajudar nos tempos difíceis e seguir em frente juntos. A pessoa mais próxima que sabia pelo que eu tinha passado era Elliott, mas, como eu, ele havia seguido adiante.

Fiona e eu terminamos de almoçar e ela nos levou ao último apartamento do dia, que ela prometeu que seria mais de acordo com o que eu estava procurando. Ela estacionou em frente a um prédio pitoresco de tijolinhos na av. Commonwealth. A rua era ladeada de árvores do começo ao fim, com calçadas e canteiros lindamente cuidados separando os dois lados da rua. O local era residência de muitas caras conhecidas da cidade, e apesar de eu gostar da mudança de cenário dos lugares enfadonhos que eu tinha visto até então, eu me preocupava com quanto acima do orçamento ele seria.

Apesar disso, eu a segui por um lance de escadas.

Entramos em um apartamento claro e espaçoso de dois quartos.

— Uau.

— Este acabou de entrar no mercado — disse Fiona.

Os eletrodomésticos eram novos, as paredes tinham sido recém-pintadas e o piso de madeira escura era impecável.

— Este é perfeito, Fiona, mas duvido que eu possa bancar algo bom assim.

— O dono está alugando pelo preço certo para a pessoa certa. Está acima do seu orçamento, mas é uma barganha tão boa que eu tinha que mostrar a você.

Ela me entregou a listagem com o aluguel pedido, um valor acima do orçamento, mas que valia muito as características extras que oferecia.

Expirei lentamente e fiz alguns cálculos mentais.

— Você sempre pode pegar um colega de quarto, com o quarto extra. Este apartamento não vai ficar disponível por muito tempo, Erica, então, se você estiver interessada, posso fazer uma ligação agora mesmo.

Eu teria *bay windows*, uma banheira e um segundo quarto para fazer o que quisesse com ele. Eu estava vivendo uma montanha-russa nesses últimos tempos, então, por que parar agora?

— Onde eu assino?

* * *

Enfiei minhas últimas roupas em um saco de lixo preto e o joguei perto dos outros. Alli e eu mal havíamos conversado durante todo o dia, a não ser para negociar quem iria ficar com cada coisa que compramos juntas.

Aquilo se parecia estranhamente com um término de relacionamento e, da mesma forma, estraçalhou meus nervos já fragilizados. Quando terminamos, ambas nos sentamos no colchão do dormitório, as molas rangendo sob nós. Eu não ia sentir falta disso.

— Teve notícias do Heath? — perguntei, ansiosa por quebrar o silêncio e a tensão entre nós.

Ela ergueu a sobrancelha de leve e assentiu com a cabeça. Legal, eu estava ganhando o castigo do silêncio.

— E...?

— E o quê? — rosnou ela. — Como se você se importasse, Erica.

— Ouça, me desculpe. Você me pegou em uma hora ruim e eu só... — Uma lágrima escorreu pelo meu rosto e eu imediatamente a sequei. — Eu queria que você não precisasse ir, mas quero que você saiba que eu entendo por que você vai. Eu...

Ela atravessou o espaço entre nós e abraçou-me com força.

— Eu quero que você seja feliz, e sei que você vai ser — sussurrei.

Ela se afastou e segurou meu rosto com as mãos.

— Você é minha melhor amiga, Erica. Algumas centenas de quilômetros não vão mudar isso. E não pense, nem por um minuto, que você não vai conseguir fazer essa empresa bombar sem mim. Este filho é seu. Não tem nada prendendo você agora.

— Você faz parecer que vai ser fácil.

— Você fez isso tudo parecer fácil desde o primeiro dia. Não faço ideia de como conseguimos tirar do papel, mas sei que não teríamos conseguido sem que você guiasse o caminho.

Eu queria acreditar nela, mas agora que a perspectiva de ela ir embora era uma realidade, o peso das minhas responsabilidades caiu com tudo em cima de mim. Ainda bem que eu tinha muito mais tempo para lidar com elas, mas comecei a questionar minha decisão de permanecer em Boston, quando parecia que todo mundo que importava para mim estava indo embora.

Cedo no dia seguinte, Fiona encontrou-me na porta, tão elegante quanto da outra vez, usando um vestido leve.

— Parabéns!

Ela sorriu e deu-me um abraço rápido.

— Obrigada por encontrar um lugar tão incrível para mim.

— Sempre às ordens.

Quando ela deu uma olhada para a SUV que tinha me deixado ali, o sorriso dela enfraqueceu um pouco. Brad saiu do carro e foi ao meu encontro na calçada, em frente ao prédio. Brad era amigo de um amigo. Eu não o conhecia muito bem, mas ele era bacana o suficiente e claramente malhava na academia, então, não me senti tão mal de pedir que ele levasse meu *futon* escada acima para meu novo apartamento.

Ele o fez com uma maestria de expert, não deixando nenhuma marca nas paredes imaculadas da escadaria. Fiona parecia nervosa quando entregou as chaves para que eu abrisse a porta. Depois que abri, Brad passou por ela e foi em direção ao cômodo que seria meu quarto. Antes que eu pudesse segui-lo, alguém veio descendo as escadas.

Ah, um vizinho! Pensei animadamente, até que Blake Filho da Puta Landon apareceu e encarou-me com um sorriso de derreter o coração.

— O que você está fazendo aqui?

Meu tom de voz revelava mais pânico do que eu gostaria. Eu tinha acabado de passar por três dias de arrependimento, acreditando que tinha me livrado dele de uma vez por todas, ao mesmo tempo em que fiquei me questionando por que tinha rejeitado permanentemente o melhor sexo da minha vida.

— Eu moro aqui.

Virei-me para olhar para Fiona, que se encolheu visivelmente, revelando que ela fazia parte daquilo o tempo todo.

— Desculpe — fez ela com a boca antes de nos deixar.

— Você mora aqui.

Não era uma pergunta, mas mais uma confirmação do pior cenário possível.

— Bom, na verdade, o prédio é meu, mas sim, eu moro aqui também.

Cruzei os braços e meu pé começou a bater no chão. Como é que eu podia expressar da melhor maneira possível a raiva absoluta que eu sentia por aquele homem excruciantemente sexy que não conseguia não se meter na minha vida?

— Você parece brava. O que posso fazer por você?

Ele teve a decência de parecer um pouco arrependido, o que era inteligente da parte dele, pois eu já estava considerando a violência física àquela altura. Palavras não significavam nada para ele.

— Para começar, você pode parar de se meter na porcaria da minha vida, Blake! — Cutuquei o peitoral duro como rocha dele com o dedo. — O que faz você pensar que pode entrar aqui e convenientemente me alocar no seu apartamento de baixo e achar que isso é perfeitamente normal, porra?

— Para uma estudante de Harvard, você tem uma boquinha bem suja.

— Pare com essa merda, Blake.

— Você realmente queria morar em algum daqueles apartamentos xexelentos?

— Você não está entendendo nada.

Exasperada, entrei no apartamento e bati a porta atrás de mim. Ele me seguiu, dando de cara com Brad, que parecia surpreso — para dizer o mínimo. Blake era mais magro e, no geral, menos musculoso, mas era um pouco mais alto que Brad. Os olhos arregalados de Blake se espremeram quando ele o viu e suas mãos fecharam-se em punhos ao lado do corpo.

— Hum, oi?

Brad parecia desconfortável.

Peguei minha carteira na bolsa e puxei as cinquenta pratas que devia a ele.

— Muito obrigada, Brad. Acho que estamos acomodados. Só deixe o resto das sacolas na entrada que eu trago para cima.

— Tem certeza?

— Sim — respondemos eu e Blake, em uníssono.

De alguma maneira, no processo de brigar comigo pelo privilégio de levar minhas sacolas para o apartamento, Blake convenceu-me a jantar com ele em seu apartamento no andar de cima. Eu estava morrendo de fome e emocionalmente esgotada, então, relutantemente, concordei.

Entramos em uma sala aberta, com uma cozinha de ponta à direita e uma ampla área de estar e jantar à esquerda. O apartamento, em sua maior parte, era exatamente o que eu tinha imaginado. Iluminada e moderna, a sala principal era repleta de móveis contemporâneos, sofás de microfibra creme, madeiras escuras maciças e pinceladas de azul-oceano nas pinturas e nos objetos de decoração. Supus que outra pessoa, provavelmente mulher, o tivesse ajudado a decorar o lugar.

O que me surpreendia mais, especialmente depois da experiência no Tesla *high tech*, era a total ausência de eletrônicos visíveis, mas talvez ele fosse simplesmente tão *high tech* que eles estivessem camuflados na sala de alguma maneira.

— Nada de aparelhos e dispositivos? — perguntei.

— Não muitos. Se preciso ficar conectado, vou ao escritório.

— Isso me surpreende.

— Por quê?

— Bom, você provavelmente poderia comandar uma pequena conferência da tela do seu carro. Não imaginei que o lugar onde você mora seria diferente.

— Eu olho para telas há 15 anos. Um dia, me ocorreu que tive algumas das minhas melhores ideias quando fiquei off-line por períodos extensos de tempo.

— Consigo entender isso — falei, não totalmente capaz de aceitar-me com minha própria obsessão tecnológica.

Eu precisava estar conectada o tempo todo, só para garantir. A ideia de ficar longe da rede por mais de uma hora, especialmente para alguém como Blake, que devia ter uma demanda muito maior, era impensável.

— Vinho?

O dia tinha sido quente, exaustivo e estressante. Eu não queria nada mais que terminá-lo com uma taça gelada de vinho branco, mas esse era um caminho de mão única para o quarto de Blake — um lugar que eu estava determinada a evitar, especialmente sob essas novas circunstâncias de moradia. Agora que éramos vizinhos, graças ao contrato de um ano que eu tinha acabado de assinar, eu tinha que determinar novos limites.

— Água — respondi. — Então, o que teremos para o jantar? Posso ajudar em alguma coisa?

— Hum... — Ele hesitou e, então, abriu uma gaveta e pegou uma pilha de cardápios de *delivery*. — Pode escolher. Eu recomendo fortemente o restaurante tailandês aqui da rua. A melhor comida tailandesa que você jamais comeu.

Balancei a cabeça, um pouco surpresa por ele ter se esforçado tanto para convidar-me para jantar sem ter um plano traçado. Para ele, aquilo parecia incomum. Ele sempre estava cinco passos à minha frente, uma qualidade que eu jamais subestimaria novamente.

— Me deixe adivinhar. Você não cozinha?

— Tenho muitos talentos, mas cozinhar não é um deles, não.

— Você já tentou?

— Não exatamente.

Ele deu de ombros.

— OK, onde é o mercado mais próximo?

Ele ergueu as sobrancelhas.

— A algumas quadras daqui.

— Certo, tenho uma geladeira vazia e suponho que você também. Que tal irmos fazer umas compras e eu mostro a você como preparar uma refeição decente para a próxima vez que você convidar uma garota para vir ao seu apartamento?

Ele pausou. Não sei ao certo se ele estava irritado ou considerando minha oferta. De qualquer forma, ele tinha passado dos limites comigo vezes demais. Eu me recusava a pisar em ovos com Blake, bilionário ou não.

— Está bem, vamos — disse ele finalmente.

Blake estava completamente fora de seu habitat natural no mercado. Sondei-o para descobrir do que ele gostava e do que não gostava e reuni todos os ingredientes para uma das minhas especialidades, linguine com mexilhões, um dos primeiros pratos que minha mãe tinha me ensinado a fazer.

Como eu ainda não tinha utensílios de cozinha básicos, como potes e panelas, comecei a preparar o prato na cozinha gourmet de Blake, enquanto ele ficou observando de longe. Eu me sentia enferrujada, mas, gradualmente, fui me achando. Depois de quatro anos morando com outras pessoas em quitinetes super básicas, eu sentia falta de uma cozinha de verdade, e a do Blake tinha de tudo.

— Vai ficar aí parado ou vai me ajudar? — perguntei, em tom de brincadeira.

Ele se juntou a mim no balcão e eu dei a ele sua primeira tarefa.

— Aqui, pique isto.

Entreguei a ele uma cebola. Fiquei observando-o de canto de olho, fingindo não reparar quando ele afastava as lágrimas.

Fiquei totalmente à vontade, tagarelando sem parar. Apesar de ficar a maior parte do tempo em silêncio, Blake era um aluno atento. Às vezes, atento demais — eu o peguei olhando para a minha bunda quando eu estava procurando um coador nos armários. Tirei total proveito da inversão de poder, ensinando a ele o básico de cozinhar massas, como identificar massas *al dente* e a diferença crucial entre queijo parmesão ralado na hora e em pacotinhos.

Quando terminamos, servi dois pratos e Blake os levou até a sala de jantar. Nos sentamos à mesa rústica de fazenda, uma peça linda e cara. Confesso que estava começando a acostumar-me com coisas mais refinadas na presença de Blake.

Começamos a comer e ficamos em silêncio por alguns minutos.

— Aprovado.

Ele assentiu com a cabeça e enrolou um pouco mais de massa no garfo.

— Obrigada. A boa notícia é que as sobras serão ainda melhores.

— Como é que as sobras podem ser melhores que isto?

— A massa absorve todo molho dos mexilhões. É divino.

Ele resmungou afirmativamente, enquanto terminava outra garfada.

Sorri, contente e talvez me sentindo um pouco poderosa.

— Está tudo certo para sua reunião com o Max? — perguntou ele.

O prato dele estava quase limpo, enquanto eu mal tinha encostado no meu.

— Não totalmente. Estive ocupada com a mudança e ajustando alguns pontos vulneráveis. Mas planejo trabalhar nos detalhes esta semana.

— Ele vai querer saber mais sobre suas estatísticas de conversão.

— Certo.

Concordei com a cabeça, fazendo uma nota mental para tentar dar mais atenção a esse quesito.

— E você vai precisar de um plano detalhado de seus gastos hoje e de suas previsões depois do investimento. Com Alli fora da jogada e seus gastos pessoais mudando, você precisa começar a pensar em como será a perspectiva financeira se você conseguir o investimento.

— OK. Obrigada.

— Você tem alguma estatística dos seus projetos de marketing? O que está dando certo, o que não está?

— Hum, um pouco — respondi. — Tenho análises, mas não dou uma olhada nesses números há algum tempo.

Ele se inclinou para frente, descansando os cotovelos na mesa.

— O que você vai fazer amanhã?

— Pelo visto, vou fazer meu dever de casa.

— Por que você não dá um pulo no meu escritório rapidinho para eu ajudar você a resolver algumas dessas coisas? Você vai conseguir o investimento mais rápido se responder a todas essas perguntas na lata. Caso contrário, você só vai ter mais reuniões. Há apenas algumas perguntas que você precisa responder para conseguir um acordo, mas você precisa saber todos os ângulos das respostas.

Se tinha alguém que podia ser meu mentor nesse processo, seria Blake. Recusar a oferta dele seria rude, sem mencionar completamente estúpido. Mesmo assim, eu estava em dúvida quanto a envolvê-lo ainda mais nos meus negócios — não que ele tivesse me dado muita escolha.

— Esse não é um conflito de interesses? — perguntei, tentando pensar em qualquer desculpa legítima para recusar a ajuda dele. Eu odiava precisar dele agora.

— Não, Erica. Já disse a você, não vou investir no seu projeto.

— Eu aprecio a oferta, Blake. De verdade. Mas não quero ser inconveniente para você.

— Não vai ser. Meu escritório é bem em frente à torre do relógio. — Ele tirou um cartão de visitas da carteira. — Me encontre lá depois do almoço e podemos dar uma olhada nos números.

Ele pegou o prato vazio e foi até a cozinha.

— Quando foi a última vez que você comeu? — perguntei quando ele voltou com mais um prato cheio e uma garrafa gelada de uma cerveja artesanal local.

— Adoro comida caseira. — Ele sorriu e tomou um gole de cerveja. — Qual o cardápio de amanhã à noite? É só me falar que eu vou abastecer a cozinha.

Revirei os olhos.

— Eu não sabia que precisaria subsidiar meu aluguel com serviços de cozinheira.

— Eu acho que ficaria feliz em deixar você morar aqui de graça se você me alimentasse assim todas as noites.

— Tentador — provoquei, apesar de que jamais consideraria aquilo.

Blake tinha obviamente tomado medidas extremas para colocar-me naquele prédio, disponível à vontade dele, pelo que parecia. Adocicar o contrato com refeições gourmet provavelmente era contra o bom senso. Mas talvez eu pudesse detê-lo por um tempo com comida, em vez de sexo. Podia ser um bom plano, mas eu tinha um ainda melhor.

CAPÍTULO 8

Lavamos a louça e nos acomodamos perto um do outro no sofá, de frente para as *bay windows*, algo bastante parecido com o que tínhamos feito em Las Vegas. Determinada que o resultado desta noite fosse bem diferente, não fui muito sutil quando me afastei de leve dele, tornando a proximidade física de Blake um pouquinho mais tolerável.

— Onde você aprendeu a cozinhar assim? — perguntou Blake.

Fiz uma pausa antes de responder para ponderar cuidadosamente quanto da minha vida pessoal eu realmente queria compartilhar. Falar sobre minha mãe, invariavelmente, induzia ao mistério do meu pai, uma situação difícil das pessoas assimilarem. O fato de que eu não conhecia a identidade do meu pai induzia uma série de reações nos outros; choque, julgamento, pena. Apesar de minha apreensão quanto a revelar tudo ao Blake, esquivar-me das perguntas dele só adiaria a verdade.

— Minha mãe era uma cozinheira fenomenal. Ela me ensinou tudo que sei sobre comida.

— Era? — perguntou ele com cuidado.

— Ela faleceu quando eu tinha 12 anos. — Nadei contra a onda de tristeza que surgia toda vez que eu falava dela. — Ela começou a ficar doente, e quando eles descobriram o que era, o câncer já tinha se espalhado violentamente. Ela se foi poucos meses depois.

— Lamento — disse ele.

— Obrigada. — Entristecida pela lembrança, fiquei cutucando o rasgo da calça jeans. — Já se passou tanto tempo que eu tenho dificuldades em me lembrar de tudo sobre ela. Sinto como se a comida fosse uma das maneiras que eu posso usar para manter a memória dela viva. Isso parece estranho, não parece?

— Acho que não. — Ele se virou de frente para mim e pegou minha mão livre. — Então, seu pai criou você?

Ele traçava círculos com os dedos lentamente nas costas da minha mão, distraindo-me e acalmando-me, simultaneamente.

— Meu padrasto cuidou de mim por mais ou menos um ano. Quando fiz 13 anos, vim para o leste estudar em um colégio interno. Passei um verão de volta em Chicago e os outros todos com a melhor amiga da minha mãe, Marie, que mora nos arredores da cidade. Mas tenho me virado basicamente sozinha desde então.

— É um tempão para se virar sozinha.

Concordei lentamente com a cabeça.

— É verdade, mas não tenho realmente nada com que possa comparar isso. É o que é, suponho.

— Você sente falta deles.

Eu mal sabia o que era ter um pai, mas tenho certeza de que teria gostado de ter um sob as circunstâncias certas.

— Sinto falta da minha mãe todos os dias — respondi. — Mas esta é minha vida e tudo que fez de mim quem sou hoje, então, não posso me apegar ao que poderia ter sido.

Eu sempre seria diferente da maioria das pessoas da minha idade que tinham tido muito mais chances de fazer as coisas certas, cujos pais estavam lá para apoiá-las quando elas falhavam e para apontar o caminho certo nos momentos de indecisão.

Eu tinha aprendido rápido que minha própria rede de segurança tinha buracos de tamanho razoável, que provavelmente explicavam por que, ultimamente, eu me sentia como se estivesse à deriva sem um colete salva-vidas. Agora, minha nova fraqueza por Blake tinha adicionado um nível de dificuldade à aventura já bastante arriscada de assumir meu próprio negócio em tempo integral. Mesmo assim, cá estava eu, dando a ele mais uma oportunidade de esgotar-me.

— Está tarde. Melhor eu ir embora.

— Você não precisa ir.

A voz dele era séria, mas não era sugestiva.

Analisei os olhos dele em busca de pistas, torcendo para que o que eu enxergava não fosse pena. Minha história não era das mais felizes, mas sentir pena de mim mesma não tinha me levado a lugar algum.

— Eu sei, mas tenho um milhão de coisas pra fazer antes da nossa reunião amanhã. — Levantei-me. — Aproveite as sobras.

Ele se levantou.

— Vou esperar ansioso pelo momento em que poderei considerar isso "sobras".

Ele estava perto o suficiente para que sua respiração tocasse meus lábios. A tensão sexual estalava entre nós. Algumas horas atrás, eu estava soltando fogo pelas ventas, mas desde então, ele tinha se lambuzado com a minha massa e sido incrivelmente gentil. De qualquer forma, como agora éramos vizinhos, isso pedia ponderação cautelosa sobre como seguir adiante. Infelizmente, ele não tinha me dado muita chance de ponderar qualquer coisa e minhas emoções estavam misturadas e confusas.

Enfiei as mãos nos bolsos, resistindo à vontade de tocá-lo. Olhei para baixo, avaliando se esta seria uma boa hora para conversar sobre aquilo.

— O que foi?

A preocupação estampou os traços marcantes do rosto dele e ele colocou a mão no meu rosto. Aconcheguei-me naquele simples toque.

— Bom, pra começar, ainda estou brava com você.

Um quê de sorriso curvou a sua boca, enquanto ele contornava meu lábio com o polegar. Ele lambeu os próprios lábios e os meus se entreabriram, formigando com a promessa do beijo dele.

— Gosto quando você está brava — murmurou ele.

— Você sempre é persistente assim?

— Só quando vejo algo que quero.

— Quando é que *eu* fui ter tanta sorte?

Não consegui esconder meu sorriso.

— Está querendo elogios?

— Não, mas espero que você tenha uma boa razão para ter virado minha vida de cabeça pra baixo.

Ele deu um passo para trás e passou a mão pelos cabelos, a ausência dele deixou-me momentaneamente carente. Eu o queria de volta, me tocando.

— Você é diferente.

Franzi a testa de leve.

— OK.

— Eu queria ver você de novo e você meio que não estava me dando essa opção. — Ele arqueou as sobrancelhas. — Satisfeita?

Suspirei e aproximei-me dele.

— Acho que vamos descobrir.

Dei um beijo rápido no rosto dele e fui embora antes que pudesse convencer a mim mesma a ficar.

Voltei para meu apartamento, que era claro demais em comparação com o de Blake. Esta era minha nova casa, mas eu tinha um longo caminho a percorrer antes daquele lugar parecer meu de fato. Dei uma olhada para a montanha de sacolas e caixas que eu precisava organizar antes de voltar ao trabalho amanhã. Então, lembrei-me de uma coisa.

Peguei o celular e liguei para Sid. Ele atendeu no segundo toque.

— Qual é a boa? — perguntou ele.

— Algumas coisas. Alli conseguiu um emprego em Nova York.

— Que porcaria — disse ele, indiferente.

— Além disso, alguém da Angelcom vai me preparar para minha próxima reunião com Max, o que é um bom sinal para o financiamento.

— Legal.

— Por fim, onde você vai morar quando os dormitórios fecharem?

— Eu ia ficar na casa de uns amigos até alguma coisa aparecer.

— Tenho um quarto extra no meu novo apartamento e ter companhia seria bom pra mim. Interessa?

Ele pausou por um momento.

— Tem certeza?

— Sim, definitivamente.

— Está bem, me parece bom.

Sorri e dei a ele o endereço antes de desligarmos.

* * *

O letreiro das portas duplas de vidro fosco exibia *Grupo Landon* em uma fonte negritada. Passei pela porta e entrei em um local repleto de estações de trabalho de ponta enfileiradas ao longo do recinto. Avistei Blake apoiado no parapeito da janela, conversando com um homem jovem com fones de ouvido pendurados no pescoço. Um monte de bugigangas de *Star Trek* decorava a mesa. *Sid iria amar isso aqui*, pensei. Blake ergueu os olhos e murmurou algo antes de vir até mim.

— Oi.

Ele me deu um sorriso infantil e pegou minha mão para guiar-me pelo amplo corredor central da sala até um escritório fechado nos fundos.

O gesto me pegou desprevenida, mas, para minha surpresa, todo mundo parecia completamente compenetrado, como se não houvesse vida além da maré de dados que alimentava as máquinas. Meu traje estava completamente errado também. Vestindo uma saia-lápis branca, uma camisa preta sem mangas e escarpins pretos respeitáveis, eu me destacava no mar de camisetas, moletons e camisas floridas. Aparentemente, eu tinha muito o que aprender com relação à cultura de *startups* de tecnologia.

Do lado de fora do que presumi ser o escritório pessoal de Blake, uma mulher pequena e de estilo punk, sentada em uma mesa em formato de L, estava concentradíssima na tela de seu computador. Ela ergueu os olhos quando nos aproximamos.

— Erica, esta é a Cady.

Ela se ergueu em um pulo e apertou minha mão. Cady estava vestindo roupas casuais, como todos os outros: calça jeans e uma camiseta branca simples. Seu braço esquerdo era coberto por tatuagens coloridas que se misturavam uma à outra em uma extensa obra de arte corporal, mas o que mais se destacava era seu moicano curtinho descolorido salpicado com pontas cor-de-rosa. As orelhas dela ostentavam brincos de metal brilhantes que combinavam com seu cinto de *spikes*.

— Oi, Erica. É um prazer conhecê-la.

Ela pegou minha mão, dando um sorriso lindo que iluminou seus olhos cinza. Mesmo com toda aquela "decoração", ela era muito atraente.

— Da mesma forma.

— Erica, Cady é minha assistente pessoal. Ela também é sua vizinha.

Virei os olhos imediatamente para ele. Eu não tinha percebido que ele tinha uma colega de quarto.

— Moro no apartamento embaixo do seu. Acho que vivemos nos desencontrando — disse ela.

Suspirei, aliviada, surpresa com minha própria reação.

— Ah, nossa. OK.

Mas que diabos? Eu não deveria me importar se ele tinha um colega de quarto. Afinal de contas, eu estava prestes a ter um.

— Me avise se você tiver qualquer pergunta sobre o apartamento ou o bairro. Sou meio que a gerente não oficial das propriedades de Blake também.

— Certo. Obrigada.

Ela deu um breve aceno quando Blake nos levou até o escritório dele, fechando a porta.

O escritório dele se parecia mais com o apartamento do que imaginei, apesar de ainda ter me impressionado. Três monitores enormes tomavam conta de uma das duas mesas. Dois mostravam dezenas de linhas de códigos e o outro estava repleto de planilhas. A afirmação de Heath de que Blake fazia todo o trabalho parecia correta. Nem eu mesma achava que conseguia dar conta de tantas coisas ao mesmo tempo.

Em outro canto do escritório, havia uma TV enorme na parede, conectada ao que parecia ser todos os tipos de consoles de *video game* imagináveis. Ele me levou até uma mesa grande de tampo de vidro fosco de frente para um quadro de escrever, também de vidro.

— Bem *Missão Impossível* — falei, torcendo, em segredo, por uma desculpa para escrever naquele quadro. Talvez eu pudesse ilustrar os limites que precisavam existir em nosso relacionamento.

Ele riu e sentou-se à mesa ao meu lado.

— Certo, me mostre o que você já tem.

Girei uma chave e meu cérebro empresarial assumiu o comando, mudando minhas prioridades e meu foco pelas próximas duas horas, período em que trabalhamos diligentemente, trançando um plano para a segunda fase da apresentação a Max. Revisamos os números e eu expliquei mais sobre o negócio. Fiz anotações, mapeando os pontos que eu organizaria quando voltasse ao apartamento, à noite, tentando não me distrair com a proximidade dele.

Mesmo sob essas circunstâncias, eu não conseguia parar de pensar que Blake e eu uma vez tivemos uma noite de paixão desenfreada. As pessoas evitavam ter casos amorosos no ambiente de trabalho exatamente por esse motivo. Quando eu não estava olhando diretamente para ele, podia fingir que não me sentia insuportavelmente atraída por ele, mas não sem um esforço conjunto.

— Já fiz valer o meu jantar?

Ele estava recostado na cadeira, uma caneta enfiada atrás da orelha e um sorriso safado, que era simplesmente injusto, no rosto. Mulheres têm que batalhar tanto para atingir a beleza "sem esforço", mas Blake conseguia fazer meu coração palpitar com um sorriso bem calculado e uma calça jeans gasta.

— Você sempre usa camisetas no trabalho? — perguntei, ignorando a pergunta dele.

— Geralmente.

Ele deu de ombros.

— Mas usa ternos em cassinos?

— Eu não estava trabalhando.

— Sua lógica de vestuário é meio invertida, Blake.

Voltei a olhar para minhas anotações, mesmo já tendo perdido completamente o fio da meada. Imagens dele naquele terno cinza parado na porta do meu quarto de hotel ficavam embaçando minha mente. *Ele deveria usar ternos com mais frequência*, pensei. *Não. Não, não deveria.* Sacudi a cabeça para minhas anotações, grata por Blake não estar a par de meu diálogo interno.

— Se eu usasse terno aqui, haveria um motim. Tenho uma reputação a zelar, afinal de contas.

Sid não vestiria um terno nem morto, então, talvez ele tivesse razão.

Passamos o restante da tarde no escritório de Blake. Trabalhei exaustivamente em minha apresentação, enquanto ele digitava no teclado, fazendo a mágica acontecer nos três monitores. Eu tinha feito um progresso considerável e sentia-me confiante de que poderia responder a qualquer pergunta que Max pudesse ter para mim em nossa próxima reunião e preencher as lacunas deixadas no *pitch* aquele dia. Fechei o laptop e levantei-me para ir embora quando Blake virou-se na cadeira.

— Qual o plano? — perguntou ele.

Ele me mediu de cima a baixo com um sorriso faminto, que não tinha nada de inocente.

— Não sou sua chef particular. Você sabe disso, né?

— Talvez possamos negociar. — Ele se levantou e se debruçou na mesa à minha frente. — O que eu poderia fazer por você?

Tremi com a rouquidão grave da voz dele. Por que é que ele tinha que sempre ser tão sexy assim, droga? Talvez pudéssemos pular o jantar e ir direto para a sobremesa. Mousse de chocolate parecia-me bom. Lamber mousse de chocolate em cima do abdômen durinho dele veio-me à cabeça. Cada gominho delicioso... até lá embaixo. Ó Deus. Lambi meus lábios secos. Eu não tinha nem de perto passado tempo suficiente admirando o corpo dele na primeira e única vez que o tive nu.

— Você tem algo em mente, Erica?

Blake saiu de seu lugar à mesa e aproximou-se de mim.

Eu tinha ultrapassado o limite de tempo que podia passar sozinha com ele em segurança. Como uma droga, a presença dele era potente. Mordi o lábio ao pensar na fantasia de tê-lo como meu prato de sobremesa de carne e osso.

Recomponha-se, Erica.

Abandonei meu devaneio e endireitei-me.

— Aquele seu carro chique está aqui?

— Está. E não, você não pode dirigi-lo — provocou ele.

— Preciso comprar algumas coisas para o apartamento novo. Me dê uma carona que eu faço frango à *parmegiana* pra você hoje à noite.

— Estarei pronto quando você estiver.

Passamos a próxima hora em uma grande loja de departamento, enchendo o carrinho com utensílios de cozinha, toalhas e roupas de cama. Peguei o jogo de lençóis mais barato que consegui encontrar de uma cor que me agradasse, mas Blake, sem dizer uma palavra, o devolveu e substituiu por um jogo de 400 fios que custava três vezes o preço daquele.

— Não sou feita de dinheiro, sabia?

O canto da boca dele se ergueu.

— Eu compro esse. E prometo que você vai me agradecer depois.

Ignorei o calor que percorreu meu corpo com tudo que aquela afirmação implicava. Mesmo assim, não discuti mais sobre o assunto, já que estava contando com a carona dele.

Na hora de ir embora, eu estava tão ocupada organizando as sacolas no carrinho abarrotado que não percebi quando Blake passou seu cartão de crédito antes que fosse tarde demais.

— Que merda é essa, Blake? — protestei.

— Vamos dizer que é seu presente de boas-vindas à casa nova.

— De jeito nenhum. Você está sendo ridículo.

— É o mínimo que eu posso fazer. Eu, de fato, basicamente forcei você a morar ao meu lado.

— Debaixo de você — corrigi.

— É lá que gosto de você — murmurou ele, seus olhos escurecendo.

Aquelas poucas palavras deixaram-me sem fala e fiquei quente da cabeça aos pés. Minhas mãos estavam tremendo um pouco quando enfiei o recibo na bolsa.

Blake insistiu que eu esperasse no carro enquanto ele o carregava com as sacolas. Voltamos para o apartamento praticamente em silêncio. Fiquei olhando para a tela entre nós e lembrei-me da ligação que tinha aparecido na última vez em que estive ali com ele.

— Então, quem é Sophia? — perguntei.

Fingi estar indiferente, olhando pela janela enquanto os prédios passavam por nós.

— Ela é dona de uma empresa na qual eu invisto — respondeu ele. — Por que a pergunta?

— Só curiosidade.

Dei de ombros e avistei nosso prédio de tijolinhos. Até então, Blake não tinha mentido descaradamente para mim sobre nada, mas ele tinha a propensão de fazer-me entender mal as coisas. Por hora, decidi que acreditava nele e deixei o assunto pra lá.

Blake carregou todas as coisas para mim. Ele subiu os degraus, os braços cheios com umas dez sacolas cada, enquanto eu corria para abrir a porta.

Assim que começamos a organizar as coisas, Sid entrou. Blake parou imediatamente de dobrar toalhas, que, por sinal, ele estava fazendo completamente errado, mas não tive coragem de dizer a ele.

— Sid, oi. Este é o Blake. Blake, você deve se lembrar de que falei do Sid, nosso desenvolvedor.

Blake relaxou visivelmente e o aperto em seu maxilar desapareceu. Por que é que ele agia como se dominasse o meu apartamento? Sid podia ficar agitado com facilidade, então, a última coisa de que eu precisava era que Blake o fizesse sentir-se desconfortável logo no primeiro dia.

— Claro — disse ele, indo até Sid para apertar a mão dele. — Prazer em conhecê-lo.

Sid era mais alto que ele, mas seu braço tinha mais ou menos metade do diâmetro que o de Blake. Os dois homens não poderiam ser mais diferentes, tanto fisicamente quanto de temperamento.

— O prazer é meu. E você é...?

— Sou vizinho da Erica — respondeu Blake rapidamente.

Uma pontada de decepção percorreu meu corpo. O que é que eu esperava que ele dissesse?

— Acho que você é meu vizinho também, então.

Sid tirou a enorme mochila das costas. A tensão no maxilar de Blake fez-me questionar meu grande plano.

— Ótimo — disse ele.

Fui até lá rapidamente, esperando neutralizar a situação na qual Sid não fazia ideia que tinha acabado de se meter.

— É, Sid vai ficar aqui até que a gente resolva a questão do investimento. Os dormitórios fecham esta semana, você sabe.

— Certo — disse Blake, passando a mão pelos cabelos.

Eu explicaria para Sid a associação de Blake com a Angelcom depois. Enquanto isso, eu tinha uma cozinha para organizar, um prato para preparar e um jantar constrangedor para servir.

Mostrei o quarto de Sid a ele. Tudo que eu tinha era um colchão inflável e roupas de cama que iam ter que servir até que comprássemos móveis de verdade. Ele não pareceu se importar muito, então, eu voltei para a cozinha e comecei a preparar o jantar. Antes que eu percebesse, Blake estava atrás de mim. Ele me virou.

— Você nunca me contou sobre o colega de quarto.

A voz dele era tão grave e séria que fez meu coração bater mil vezes por segundo. Será que ele estava bravo? Eu não sabia dizer ao certo, mas me sentia como uma criança prestes a sair para o recreio.

Convidar Sid para ser meu colega de quarto tinha sido uma decisão precipitada, com certeza. Eu sabia como ele vivia, tipicamente em uma pilha de embalagens de biscoito, e isso me preocupava um pouco. Mas, para falar a verdade, eu não estava preparada para viver sozinha de qualquer maneira, e a presença dele no apartamento podia ser útil para deter os avanços de Blake, apesar de não estar funcionando no momento.

Engoli em seco antes de responder.

— Você não tem sido totalmente sincero comigo também, Blake. Não sei o que você espera.

— É uma complicação. Suponho que a gente vá ter que contornar isso.

— Ah?

— Vamos simplesmente passar mais tempo lá em cima, só isso.

Ele se posicionou entre minhas pernas e ergueu meu joelho acima da coxa dele em um único movimento fluido. Fiquei sem ar e agarrei-me à beirada do balcão enquanto ele me encurralava ali. Ele deu um beijo quente no meu pescoço antes de prender minha orelha entre os dentes.

Ofeguei com a sensação e segurei firme. Apertando os olhos, relembrei a mim mesma de todos os bons motivos para não ceder a ele. Havia uma fronteira com Blake. De um lado, eu o queria desesperadamente, mas, de alguma forma, conseguia angariar a força de vontade para rejeitá-lo. Estávamos do outro lado dessa fronteira agora, onde eu estava completamente à mercê dele, impotente contra a determinação dele de possuir-me.

As mãos dele escorregaram por debaixo da minha saia e acariciaram a pele desnuda das minhas costas, o contato levou-me às nuvens. Meus mamilos enrijeceram e rasparam no peito dele quando me curvei em direção a ele.

— Preciso de você, Erica. Esta noite.

Ele pressionou a evidência de seu desejo contra mim.

A sua boca estava na minha antes que eu pudesse dizer "não", eliminando qualquer ideia remota de rejeitá-lo de novo. Ele me beijou com força e intensidade, chupando e lambendo com uma urgência que correspondi completamente. Finalmente, soltei as mãos do balcão e deslizei meus dedos pelo cabelo dele, querendo-o mais perto. Ele se afastou para tomar fôlego e eu o agarrei com ainda mais força, querendo-o de volta perto de mim.

Lá estávamos nós, as mãos de Blake subindo por debaixo da minha saia, ambos pegando fogo um pelo outro, quando Sid saiu do quarto e parou, perplexo, na sala de estar.

Congelei, petrificada por ter sido pega no flagra. Quando Sid não estava mais à vista, Blake recuou lentamente. Ele me deu um sorrisinho malicioso, mostrando-me que nosso showzinho tinha saído de acordo com o que ele tinha planejado. Ele se recompôs antes de se virar e ocupar-se com alguma coisa na ilha central da cozinha.

Alvoroçada com meu desejo e minha recente irritação, canalizei minhas emoções na comida, ignorando as ofertas de ajuda de Blake. Estávamos obviamente jogando um jogo, mas eu já estava ficando cansada dele. O único movimento em que eu conseguia pensar era ignorá-lo, não dar a ele o que nós dois queríamos, mesmo já estando prestes a explodir de frustração sexual. Se eu pudesse controlar isso, talvez ele aprendesse que eu não era alguém com quem se brinca.

De alguma forma, conseguimos sobreviver ao jantar. Comi no balcão da pia. Tanto Sid quanto Blake devoraram o frango à *parmegiana* da minha mãe no balcão. Precisaríamos de móveis de verdade em algum momento. Comprar móveis dignos do apartamento com um orçamento apertado seria um desafio, mas nada impossível. Resolvi procurar por umas barganhas depois que terminasse minhas anotações da apresentação da manhã.

Agora, mais do que nunca, eu precisava que aquele apartamento fosse como um lar para mim, um lugar seguro, longe de todo o resto do mundo. Neste momento, o apartamento era sem graça e estranho. Entre isso, a Alli ter sumido do meu dia a dia e a missão de Blake de virar meu mundo de cabeça para baixo, eu me sentia como se estivesse em uma corda bamba, agarrando-me com todas as forças a qualquer manifestação de normalidade.

Blake deve ter reparado que me afastei, pois quando terminamos de limpar tudo, ele avisou que estava indo embora. Eu o levei até a porta e Sid entendeu a deixa e sumiu dali.

— Você está bem?

Os olhos de Blake, há pouco tempo tão preenchidos pelo calor da luxúria, agora estavam repletos de preocupação.

— Estou bem, só cansada. O dia foi longo.

Aquela era só meia verdade, mas eu não tinha energia para ponderar ou discutir com ele.

— Quer uma carona até o escritório amanhã?

— Não, obrigada. Prefiro terminar tudo aqui. Tenho algumas coisas pra fazer.

Ele assentiu com a cabeça e, então, quando se aproximou para beijar-me, eu virei a cabeça, meus lábios escapando por pouco dos dele. Fechei os olhos. Por mais que eu quisesse deixar minha decisão clara, eu temia a expressão nos olhos dele. Quando os abri, ele tinha desaparecido escada acima.

Fechei a porta e encostei-me nela. Meu rosto desabou nas minhas mãos. Como diabos eu fui me meter nessa bagunça?

CAPÍTULO 9

Passei a manhã fazendo compras on-line e escolhi um conjunto de móveis para o quarto, imaginando que, no fim das contas, doaria meu *futon* para Sid. Também encomendei uma pequena mesa de jantar e cadeiras que combinavam com ela, além de mais uma coisinha aqui, outra ali. Dei uma olhada nos classificados e encontrei um sofá usado decente que alguém podia entregar lá em casa por mais alguns trocados. Sid já tinha trazido sua televisão e os *video games*, que estavam solitários na sala de estar vazia.

Este apartamento provavelmente era a coisa mais próxima de um lar de verdade desde que minha mãe tinha falecido. É claro que, agora, eu o estava dividindo com o Sid, mas quem sabe quanto tempo aquilo iria durar? Agarrei-me à ideia de que este era um lar, meu lar, dando à palavra um novo significado com esse novo capítulo da minha vida, que era repleto de tantas coisas desconhecidas.

Pelos últimos quatro anos, até mais, eu tinha tudo planejado. Agora, não fazia ideia do que esperar do meu futuro. Eu só tinha minha intuição para me guiar. Infelizmente,

Blake estava marchando sobre ela. Eu não estava esperando um homem como ele — e tudo que vinha "no pacote" — na minha vida.

Incapaz de concentrar-me no trabalho, fechei a tela do laptop. Eu precisava de um pouco de ar fresco. Graças ao serviço de chofer que Blake estava me proporcionando e toda essa coisa de apartamento novo, eu andava trancafiada dentro de casa na maior parte do dia.

Saí e percorri toda a rua até que a calçada gramada terminou. Lá, eu me acomodei em um banco vazio e permiti que o sol aquecesse minha pele. O dia estava agradável, ainda frio demais para ir à praia, mas perfeito para ficar fora de casa confortavelmente.

Decidi ligar para Alli. Eu já sentia saudades demais dela. Após alguns toques, ela atendeu.

— Alô? — ela atendeu com a voz rouca.

— Está tudo bem? Você parece doente.

— Estou bem. Noite longa.

— Quem são esses amigos com quem você está ficando? — perguntei, repentinamente preocupada.

— Eu estava com Heath.

— Ah.

— O que posso dizer? Ele não para nas festas.

Ela soltou uma risada fraca.

— Numa quinta à noite? Quando você começa a trabalhar?

— Na segunda, e você pode parar de se preocupar agora. Só estamos nos divertindo. Além disso, estou conhecendo pessoas novas aqui. Fazendo contatos para nós.

— OK.

Mas que contato virava a noite na balada numa quinta?

— Como vão as coisas com você?

— Bastante boas. O novo apartamento é ótimo.

— Hum, que inveja. Os apartamentos aqui são ridículos. Parece que estou indo escolher um closet.

— Se faz você se sentir melhor, pode ser que eu acabe em um desses muquifos em alguns meses. Convidei Sid pra vir morar comigo. A nova coleção de latinhas já começou.

Ela riu.

— Que merda. Tá, não estou mais com inveja. Ao menos não vou ter que dividir meu closet com ninguém, se tiver sorte.

Ri e concordei.

— E com o Blake? Quais as novidades?

Contei a ela sobre a situação do apartamento, que não a surpreendeu tanto quanto eu achava que surpreenderia. Talvez Heath já tivesse contado a ela sobre as tendências controladoras de Blake. Por sorte, ela não me encheu o saco perguntando se eu pretendia manter nossa transa de uma única noite assim mesmo, já que eu mesma ainda estava tentando chegar a uma conclusão.

— Então, quando é que você vem me visitar? — perguntou ela.

— Acho que quando as coisas se resolverem para nós duas. Vamos ver como vão as coisas com Max. Eu provavelmente vou poder visitar você depois disso.

Alli me inteirou sobre todos os lugares divertidos que ela estava descobrindo na cidade e que nós, certamente, iríamos. No meio da nossa conversa, Blake me ligou. Prometi ligar para ela depois e atendi a ligação dele.

— Ei, o site saiu do ar há alguns minutos.

Meu estômago revirou.

— O quê? Como você sabe?

O site já tinha saído do ar antes, o que obviamente não era bom, mas eu precisava que tudo estivesse perfeito para minha reunião com Max amanhã.

— Instalei um programa pra me avisar quando o site saísse do ar.

— Por quê?

— Erica, podemos nos focar no problema em questão?
Ele parecia mais irritado do que eu mesma deveria estar, considerando que era do meu site que estávamos falando.
— Você pode colocar o Sid na linha?
Eu não gostava de ser jogada para escanteio, mas esse não era meu departamento.
— Estou na rua agora, mas posso chegar em casa em poucos minutos.
— Me dê o celular dele. Vou ligar para ele.
— Não se preocupe. Eu ligo pra você daqui a pouco.

De volta ao apartamento, bati de leve na porta do Sid; depois, com mais força. Ele nunca estava acordado tão cedo assim. Finalmente, entrei no quarto determinada a acordá-lo de seu sono profundo.

Ele estava totalmente vestido e desmaiado com a cara no colchão de ar sem lençol.

— Sid! — berrei, quebrando o silêncio daquela manhã quieta e tranquila.

Ele grunhiu e se virou.

— O quê?
— O site está fora.
— Ah — disse ele, sem se mexer.
— Blake ligou. Ele quer falar com você.
— Preciso de cafeína — grunhiu ele.

Bufei, sem paciência para aquela rotina matinal sacal dele.

— Já volto com uns energéticos. Levante e descubra o que está acontecendo, por favor.

Deixei meu telefone na mesa dele com o número de Blake na tela e saí do prédio rumo à loja de conveniências.

Poucos minutos depois, voltei e encontrei Sid franzindo a testa para a tela do computador, analisando o que, pelas minhas experiências passadas, pareciam ser os logs dos servidores. Eles continham as informações sobre as atividades do site e eu não fazia ideia de como interpretá-los. Ouvi barulhos de teclas sendo apertadas vindo do meu celular, que estava no viva voz.

— Parece que eles estão atacando o *login script* e bombardeando o servidor com requisições para que a hospedagem nos derrube — disse Sid.

— Parece que são só uns *script kiddies*, então — disse a voz de Blake.

— O que são *script kiddies*? — perguntei, quase sussurrando, sem querer parecer ignorante. Mesmo assim, eu precisava saber.

— Uns hackers amadores com muito tempo livre — respondeu Sid.

— Ah.

Em comparação a hackers profissionais e experientes? Um hacker era um hacker, até onde eu sabia. Um inimigo ameaçando meu negócio. Eu estava torcendo para que Sid e Blake traçassem um plano de defesa logo.

— Você tem um servidor redundante? — perguntou Blake.

— Obviamente — respondeu Sid secamente.

— Coloque pra funcionar e vamos ver o quanto esses caras são persistentes. Você pode me dar acesso ao servidor?

Sid olhou para mim, aguardando aprovação, e eu consenti com a cabeça.

— Vou mandar agora.

— Posso configurar um bloqueador de IP, se você quiser trabalhar em corrigir as vulnerabilidades — disse Blake.

— Me parece ótimo.

— Preciso ligar para a hospedagem? — perguntei em voz baixa para Sid.

— Não, vou reiniciar o servidor e vamos voltar ao ar em poucos minutos.

Respirei fundo.

— Você precisa de algo de mim?

Sid virou a cabeça, fixando-se na sacola de latas que eu estava segurando. Peguei uma para ele e coloquei o resto na geladeira, sentindo-me um pouco inútil.

Coloquei o laptop na ilha central e fiquei atualizando a página até que o site voltou ao ar, enquanto Blake e Sid continuavam sua conversa tecnológica incompreensível no outro cômodo.

O fato de termos sido hackeados preocupava-me, especialmente visto que eu esperava fechar o contrato com Max em uma questão de semanas. Blake e Sid não pareciam muito preocupados com a natureza da ameaça, mas eu tinha uma sensação perturbadora. Por que tínhamos virado alvo de uma hora pra outra? Quem odiava tanto a moda que precisava nos tirar do ar? Quando tivéssemos superado esse pequeno revés, eu esperava que Sid me desse mais respostas.

Passei o restante da manhã monitorando o site e testando as correções de Sid enquanto ele as implementava. Comemos as sobras da noite anterior e repassamos as estatísticas para eu apresentar na reunião da manhã seguinte. A noite foi passando e não tive notícias de Blake. Eu esperava que ele pelo menos viesse assaltar a geladeira. Afinal de contas, nos vimos todos os dias desde que eu tinha me mudado e ele parecia ter uma dependência crescente de meus pratos italianos.

Dei uma espiada na rua, em busca do carro dele. Como não o vi, considerei mandar uma mensagem, mas o que eu iria falar? Eu sentia falta dele, mas não ia dizer isso.

* * *

Cheguei na Angelcom poucos minutos antes do horário marcado. Entrei na recepção e a mesma morena deselegante cumprimentou-me com um sorriso de boca fechada e guiou-me pelo corredor até o escritório pessoal de Max. Assim como a sala de reuniões, o escritório tinha uma parede de janelas com vista para o porto e para a cidade ao norte. Vestido com um terno preto impecável, Max estava analisando cuidadosamente uma papelada em sua mesa. Ele se levantou quando me viu, dando a volta na mesa para apertar minha mão e dar-me um beijo gentil no rosto.

— Erica, você está linda.

— Obrigada.

Eu não sabia mais o que dizer, mas, constrangida, alisei o cabelo, que já estava bem preso em um coque, para trás. Tentei não parecer afetada pelo novo nível de intimidade de Max comigo. Ele foi até uma pequena mesa redonda.

Max me bombardeou com todas as perguntas certas, aquelas que eu já esperava, graças a Blake. Respondi a todas com expertise, pintando uma imagem precisa e atraente — ou assim eu esperava — do empreendimento. Depois de mais ou menos uma hora, ele parou e ficou me olhando por um momento.

— O quê?

Aquele era o final da reunião? Uma bola de energia nervosa se formou em meu estômago.

— Estou muito impressionado, Erica. Você esclareceu tudo. Realmente não consigo pensar em nada mais.

Fiquei apertando o botão da caneta nervosamente. Revelar o envolvimento do Blake agora seria melhor do que se Max descobrisse depois.

— Blake tem ajudado bastante, na verdade. Ele trabalhou em boa parte disso comigo, então, acho que não posso levar todo crédito.

Ele parou, me encarando em silêncio.

— Ah, é?

— Consigo entender por que os negócios dele vão tão bem. Ele é extremamente detalhista.

Uma ruga marcou a sobrancelha de Max.

— Ele não é tão perfeito quanto você pode estar pensando.

— Bom, ninguém é perfeito.

— Concordo, mas Blake tem sorte de não estar mofando na prisão agora. Todo sucesso que ele teve se deve às oportunidades que meu pai deu a ele. É melhor ele se lembrar disso.

Um novo tipo de ansiedade percorreu meu corpo com aquela informação. Que tipo de crime poderia ter colocado Blake na prisão? Minha mente percorreu rapidamente as possibilidades. Esses dois claramente tinham um histórico e Blake, não surpreendentemente, manteve-me no escuro mesmo com todas as nossas discussões sobre Max investir em mim.

Eu sempre tinha pensado em Max como parceiro de Blake, um colega. Com esse climão ruim entre os dois, por que ambos faziam parte da diretoria da empresa?

— De qualquer forma, acho que ele deixou passar a chance dessa vez.

Ele mudou de novo, retornando ao Max calmo e galanteador.

Aquela transformação me deu uma sensação sinistra, mas tentei ignorar.

— É verdade — respondi.

Para falar a verdade, eu estava confusa com o interesse ativo de Blake não apenas por mim, mas por minha empresa, especialmente depois daquela avaliação tão dramática e da rejeição no final.

— Vamos fazer isso acontecer, Erica — disse Max abruptamente. — Acho que tem potencial aqui e gostaria de fazer parte disso.

A bola de energia nervosa se dissipou à medida que o alívio e a alegria tomavam conta de mim.

— Maravilha! Qual o próximo passo?

— Me deixe preparar a papelada. Tem umas questões legais em que vou precisar trabalhar, mas acho que terei os termos prontos para serem revisados em uma ou duas semanas. Espero que a gente consiga fazer isso decolar logo. Se acabar levando mais tempo, posso providenciar fundos nesse meio tempo para vocês não ficarem apertados.

Dei um sorriso largo.

— Me parece ótimo. Vou seguir as suas coordenadas, então.

— Perfeito. Continue fazendo o que você está fazendo e vamos manter contato.

Levantamos e apertamos as mãos e deixei o prédio querendo gritar as novidades de cima dos telhados. *Nós conseguimos!* Todo trabalho, o estresse e as multitarefas. Deus, as multitarefas. Conseguir me virar com a faculdade e não desistir do Clozpin como um projeto paralelo foi um milagre por si só. Peguei o celular e fui olhando os contatos, tentando decidir para quem ligar.

Um nome se destacou.

Eu estava sendo dura com Blake. Mas será que isso teria dado tão certo sem a ajuda dele? Liguei para ele e caiu na caixa postal.

— Oi, Blake. Só queria que você fosse o primeiro a saber que Max vai seguir em frente com o contrato. Ele vai preparar a papelada na semana que vem. Então, ótimas notícias. Obrigada. Por tudo.

Desliguei e liguei para Alli em seguida, mas a ligação caiu na caixa postal também. Verifiquei o horário. Eram quase onze da manhã e eu não conseguia lutar contra a sensação de que Heath estava se tornando uma influência não muito saudável para minha melhor amiga. Havia algo de errado nele, mas eu precisava saber a história toda antes de fazer qualquer julgamento. Enquanto isso, eu pensaria em um jeito de ir visitá-la logo.

Troquei os saltos altos por rasteirinhas e fui a pé para casa, querendo fazer um pouco de exercício e aproveitar a manhã agradável que estava ficando cada vez mais quente com o passar das horas. Finalmente, o verão havia chegado.

* * *

O apartamento estava silencioso durante todo restante da manhã. Talvez isso de morar com o Sid pudesse dar certo, no fim das contas. Funcionávamos em horários completamente diferentes, o que fazia com que parecesse que a casa era toda minha na maior parte do tempo.

Desenhei uma tabela organizacional com os cargos que seria bom preenchermos nos próximos seis meses. Um diretor de marketing era a prioridade máxima. Sair da minha bolha e fazer *networking* era importante e algo que eu pretendia com certeza continuar a fazer, mas eu precisava administrar o site e supervisionar todas as operações. Eu não podia ser responsável por conseguir todas as contas pagas, cuidar das finanças, da manutenção e, agora, repassar ao Max nosso progresso periodicamente. Perder Alli tinha sido um revés, mas havia centenas de profissionais na cidade ávidos por uma oportunidade como essa. Comecei a trabalhar, descrevendo funções e as responsabilidades do cargo quando Blake me mandou uma mensagem.

Parabéns. Top of the Hub hoje à noite para comemorar. Esteja pronta às sete.

A comunicação dele me deixou desnorteada. Por que ele simplesmente não me ligou? Ele estava distante por algum motivo, mas, aparentemente, ainda estava a fim de comemorar em nada menos que um dos melhores restaurantes na cidade, mas não tê-lo visto por um tempo me deixou preocupada quanto ao que ele estava realmente pensando. Será que tinha sido minha rejeição ao beijo de boa noite dele?

Será que ele estava pensando que eu estava fazendo charme porque não conseguia não me derreter perto dele, mas ficava afastando-o?

Vejo você às sete, respondi.

Meu foco imediatamente mudou de qualidades ideais para diretores de marketing para o que eu deveria usar à noite. A ironia de Blake ter sugerido que estar namorando alguém poderia me distrair do empreendimento quando, agora, era ele quem era a tal distração, não tinha passado batida por mim. Mesmo assim, remexi o conteúdo do meu closet em busca de algo apropriado para usar. Bufei, de mãos vazias. Eu sentia falta do senso estético de Alli e de suas roupas incontáveis.

Liguei para Marie, torcendo para que ela estivesse por perto.

— Socorro! — disse eu, fingindo uma voz desesperada.

— O que foi, minha menina?

— Consegui o investimento e vou sair hoje à noite pra comemorar.

— Eu tinha certeza. Parabéns!

— Mas não tenho roupa pra vestir.

Ela riu, um som gutural que me fez sorrir.

— Querida, esse é um problema que podemos solucionar. Quer almoçar antes de irmos às compras?

— Com certeza. Obrigada.

Depois de dias cercada de nerds e homens de terno, eu precisava de um programa de meninas. Algumas horas depois, estávamos sentadas no The Vine. O lindo e pequenino restaurante mediterrâneo ficava escondido no porão de um prédio de tijolinhos na rua Newbury, um dos distritos comerciais mais exclusivos e caros da cidade. Não surpreendentemente, ficava a apenas algumas poucas quadras do meu novo apartamento. Marie e eu bebericamos um chá gelado e dividimos um prato de lulas, enquanto botávamos o papo em dia.

— Então, me fale sobre seu encontro — disse Marie.

Fiz uma pausa, pensando em como inteirá-la sobre tudo que Blake estava causando na minha vida ultimamente.

— Você por acaso se lembra daquele cara em que eu literalmente trombei no restaurante aquela noite?

Borboletas dançaram em minha barriga quando me lembrei da primeira vez em que me encontrei por acaso com Blake.

Ela ficou imóvel e seus lindos olhos castanhos se arregalaram.

— Você está brincando.

— Estou não. Ele é o diretor executivo do grupo Angelcom, que vai investir na gente.

Pulei a parte dele ter me seduzido em Las Vegas e enganado-me para que eu fosse morar no prédio dele. Marie não era minha mãe, mas ela ficava meio superprotetora às vezes.

— Uau, isso parece bem a sua cara.

— Longe disso. Ele é muita areia pro meu caminhãozinho... Isso é, na verdade, incrivelmente intimidador.

— Não acho que um cara ocupado como esse perderia tempo com você se achasse que você é pouco pra ele.

Suspirei. Queria saber o que Blake estava pensando, mas ele me manteve ocupada demais organizando minha empresa para que eu pudesse sondar.

— É, acho que não. Tem sido meio que um redemoinho, então, não sei realmente o que pensar. — Cutuquei minha salada. — Pra ser sincera, Marie, está tudo de pernas para o ar neste momento.

— O amor é assim mesmo, minha menina.

Ela balançou a cabeça com um sorriso.

Amor? Deixemos que Marie, essa romântica incorrigível, pense assim. Blake era uma distração magnífica, mas isso não tinha nada a ver com amor.

— Não sei se estamos nesse ponto, ou se sequer chegaremos lá um dia.

Ela inclinou a cabeça, um meio sorriso curvando seu lábio.

— Nunca se sabe. O amor pode chegar sorrateiramente para você em um piscar de olhos, mesmo quando você não está procurando por ele.

Concordei com a cabeça com um sorriso nervoso.

— É, suponho que sim. Quais as novidades quanto ao Richard, afinal?

Seu sorrisinho transformou-se em um sorrisão quando ela começou a contar os detalhes do último encontro deles. Recostei-me na cadeira, tentando ouvir, mas tudo em que eu conseguia pensar era naquela palavra de quatro letras. Só que eu não tinha espaço para o amor na minha vida agora.

CAPÍTULO 10

Fingi trabalhar o resto da tarde, mas estava, na verdade, contando os minutos em silêncio até a hora de ver Blake. Eu estava ansiosa por comemorar o contrato com Max, mas tinha sentido falta de ver Blake ultimamente. Agora, eu sentia como se devesse, em grande parte, esse enorme passo rumo ao sucesso à ajuda dele. Mesmo que essa ajuda tivesse vindo com toda a tensão sexual que eu estava tentando entender, eu era grata por tudo da mesma forma.

À medida que o horário se aproximava, coloquei o vestido sexy e supercaro que Marie tinha me ajudado a escolher. Inteiramente preto, com uma tira branca fina na borda da saia tulipa, o traje era elegante, mas ainda adequado ao dia quente, com alças finas e camadas leves de *chiffon*. Complementei o vestido com sandálias de salto de tiras e brincos pendentes prateados, e prendi o cabelo em um coque frouxo.

Veríamos o que Blake tinha a dizer sobre aquilo, pensei. Retoquei a sombra cinza esfumaçada. Com ou sem Blake, eu estava me sentindo o máximo e queria estar linda esta noite. Alli ficaria orgulhosa.

Sid estava fuçando a geladeira quando saí de meu quarto, meus saltos fazendo um barulho alto no chão. Parei no balcão de refeições para esperar por Blake. Sid se virou e me viu, seus olhos se arregalaram.

— O quê? — perguntei, repentinamente com medo de não estar nem perto de tão bonita quanto eu achava que estava.

— Hum... — Ele piscou. — Nada. Você está muito bonita.

Ele sorriu e desapareceu em seu quarto bem na hora em que Blake bateu à porta.

Após mais um segundo, ele abriu a porta e diminuiu o passo quando dei a volta na ilha central para cumprimentá-lo. Ele estava usando o mesmo terno cinza escuro de Las Vegas, com uma camisa recém-engomada. A barba por fazer destoava da formalidade de seu traje. *Caramba*. Fui até ele, tentando ao máximo manter-me estável sobre os saltos, saboreando a expressão de puro tesão carnal que passou pelo rosto dele.

— Oi — falei.

— Você está me matando com esse vestido.

Mordi o lábio, sem nunca saber o que ele podia fazer quando estávamos sozinhos daquele jeito. Com um toque leve como uma pluma, ele traçou uma linha da minha bochecha ao meu queixo, erguendo meu rosto para ele antes de me dar um beijo lento e doce que, quando terminou, tinha acabado com todo meu ar.

Entramos no badalado restaurante e o *maître* nos acompanhou sem demoras à mesa para dois que parecia segregada por uma parede de vinhos que nos separava da área principal. Pelas janelas enormes, Boston se expandia. Lá embaixo, dezenas de pequenos veleiros brancos pontilhavam o rio Charles e o pôr do sol refletia seu caminho serpenteante pela cidade.

— Você sabe como eu adoro uma bela vista — murmurei.

Eu adorava o fato de estarmos terminando aquele dia perfeito ali e tenho certeza de que dava para perceber.

— Eu sei, e agora que sei que você entende de gastronomia, vou inverter as coisas e deixar você fazer o pedido por nós dois.

Eu ri.

— Que mudança, hein.

— Tudo aqui é incrível, então não tem erro.

— Não tenho dúvidas.

Analisei o cardápio.

Quando o garçom chegou, fiz o pedido. *Confit* de pato para ele e hadoque para mim.

Depois que o garçom se foi, perguntei:

— É difícil para você não estar no comando?

Ele fez uma pausa.

— Sim, mas tenho experimentado em pequenas doses ultimamente.

— Como tem sido essa experiência?

— Hum... nem sempre é fácil.

— Me parece que pode ser libertador. Acho que, às vezes, seria legal dar um tempo para se submeter a outra pessoa completamente. Nem que seja só por um tempinho.

— Você pode se submeter a mim sempre que quiser.

Ele prendeu o lábio inferior entre os dentes, curvando a boca em um sorriso safado. Estreitei os olhos para ele, entrando na brincadeira, sentindo minha pele formigar. Eu estava gostando daquela provocação pseudossexual mais do que esperava, mas precisava distanciar a conversa do assunto "sexo". Blake conseguia levar minha mente do nada à perversão com algumas palavras calculadas.

— Você não tem aparecido muito. Algo de novo?

Os olhos dele encontraram os meus com uma expressão penetrante.

— Só apagando alguns incêndios no trabalho.

— Você não me perguntou sobre a reunião com Max.
— O que há pra contar? Eu sabia que Max ia investir no momento em que vi você naquela sala de reuniões.

Eu queria ter sabido, pensei, *nem que fosse para me poupar um bocado de estresse e ansiedade.*

— Como você sabia disso?
— Bom, pra começar, você é linda.

Fiquei quente com o elogio, apesar de ter vindo de alguém que era a definição da perfeição física, tive dificuldades em acreditar.

— Não entendi bem o que a aparência tem a ver com isso.

Fiquei brincando com meu guardanapo.

— A aparência pode ser persuasiva, especialmente para caras como Max. Em segundo lugar, você tem um bom projeto.

Franzi a testa, confusa com o fato de a opinião maravilhosa de Blake esta noite ir tão contra a linha brutal de questionamentos do dia do *pitch*.

— Se você achava que meu projeto era bom, então não entendo bem por que sentiu a necessidade de me humilhar no *pitch* e me detonar.

Eu tinha conhecido Blake melhor nessas últimas duas semanas, mas o turbilhão de emoções que eu senti naquele primeiro dia não foi facilmente esquecido. Meu punho se fechou com a lembrança daquela experiência, a rejeição fácil e simples dele estampada na minha memória. Fiquei irritada de novo, minha pele agora coçava de raiva.

— Eu queria ver como você se saía sob pressão. Além disso, como é que eu iria descobrir se você estava disponível? Dois coelhos com uma cajadada só.

Ele deu de ombros, como se aquilo não fosse nada.

Para ele, provavelmente não era. Para mim, era um evento que mudaria minha vida, a culminação de meses de trabalho duro. Se íamos seguir adiante juntos, ele precisava saber daquilo.

— Blake, eu dei um duro danado para ter a oportunidade de conseguir um *pitch* com o grupo de vocês e você me desrespeitou completamente. É difícil, para mim, imaginar como eu teria me sentido se não tivesse conseguido a segunda reunião por sua causa. Me ocorre a palavra "devastada".

Olhei para a cidade lá fora para evitar os olhos dele, com medo de que minha raiva pudesse enfraquecer quando eu queria genuinamente que ele soubesse como ele tinha sido babaca aquele dia. Eu estava guardando aquele pensamento para mim já há semanas e fiquei repentinamente envergonhada por ter, na verdade, dormido com Blake antes de ter lhe dado uma bronca por seu comportamento. Todo orgulho que eu sentia por ter conquistado o que conquistei com a minha idade, e eu estava longe de ser um ícone do feminismo.

— Você tem razão — disse ele em voz baixa.

Minha raiva desmoronou com o choque de ouvir aquelas palavras.

— Você não merecia aquilo.

Os olhos dele estavam desconcertantemente sérios, enquanto eu tentava processar aquele quase pedido de desculpas. O garçom chegou com nossa comida e comemos em silêncio por alguns minutos.

— Max pareceu chateado por você ter me ajudado — falei.

A mão dele bateu na mesa com força suficiente para me assustar.

— Você contou a ele que eu ajudei você?

Meus olhos se arregalaram.

— Supus que ele fosse ficar sabendo, em algum momento. Achei que vocês fossem amigos.

— Somos colegas, não amigos, Erica.

135

Ele enfiou o garfo no pato agressivamente e cortou um pedaço antes de enfiá-lo em sua boca perfeita.

— De onde você conhece o pai dele?

Ele ergueu as sobrancelhas, sua paciência com aquele assunto claramente acabando. Fiquei preocupada que meu dia perfeito estivesse sendo ameaçado, mas já que tínhamos chegado a este ponto...

— Blake, você sabe todos os tipos de coisas sobre mim e eu sinto como se não soubesse nada sobre você. Me conte algo. Qualquer coisa!

Gesticulei com a mão, frustrada, para que ele soubesse o quanto esta diferença estava ficando difícil para mim.

O maxilar dele se contraía, enquanto ele continuava comendo a entrada. Meu apetite minguou, apesar do filé de dar água na boca à minha frente. Comida divina como aquela jamais deveria ser desperdiçada. Cutuquei o cuscuz temperado em torno do peixe, quando Blake começou a falar.

— Quando eu tinha 15 anos, me meti em uma encrenca.

— Que tipo de encrenca?

— Coisas de hacker.

— Que tipo de coisas de hacker? — pressionei.

— Não importa.

Recostei-me na cadeira, fazendo uma ligeira careta.

— Na época, Michael, pai de Max, queria diversificar, então ele começou a investir pesado em softwares de computador. Ele conhecia minha história e veio me procurar. Eu estava em uma fase ruim da minha vida, mas ele me deu uma oportunidade. Pude programar o software para bancos nos meus termos, da maneira que precisava ser programado. Obviamente, valeu a pena para nós dois, dobrando o tamanho do portfólio dele e me deixando em uma situação bacana, que me permitiu fazer o que faço hoje.

— Onde é que Max entra nessa história?

— Max é alguns anos mais novo que eu. Ele viu Michael investir em mim. Não apenas profissionalmente, mas também como mentor e amigo. Ele ficou ressentido, e quando o software vendeu, ele soube que jamais conseguiria chegar no meu patamar. Ele tem dor de corno com isso até hoje.

— Ah.

— Está feliz agora, chefe? — perguntou ele, apontando o garfo para mim.

Ele era meio fofo quando estava irritado e fazendo confissões.

— Bom, não estou feliz com a história em particular, mas estou feliz por você ter me contado.

Reprisei as duas reuniões na Angelcom na minha cabeça, agora sabendo que Max estava em competição constante com Blake, ávido por qualquer oportunidade de superá-lo. Meu negócio estava prestes a ficar irrevogavelmente preso a Max. Agora, eu estava com um medo bem racional de que meu contato com Blake pudesse se tornar problemático em algum momento, mas Max não teria sabido de nosso relacionamento se eu não tivesse contado a ele.

Quando a conta chegou, Blake entregou seu cartão ao garçom antes que eu pudesse pegar minha bolsa. Deixei passar e pedi licença para ir ao banheiro.

Quando voltei, comecei a andar em direção a Blake, que estava esperando perto dos elevadores. Ele estava parado com uma elegância casual, as mãos nos bolsos, o terno repuxado em todos os lugares certos, lembrando-me daquele corpo escultur.al por debaixo dele. Eu não conseguia me focar em praticamente mais nada, enquanto passava pelo longo e elegante bar e seus clientes, mas um rosto no meio do caminho chamou minha atenção.

Congelei, repentinamente apanhada por um pânico detonador que abafou todo o barulho do restaurante lotado. As batidas do meu coração saíram de controle. Uma dor gelada percorreu meu corpo, estendendo-se dos pulmões às pontas dos dedos.

Apoiei-me na parede ao meu lado, parecendo incapaz de mover-me mais um centímetro para frente enquanto o rosto do homem que eu reconhecia se virava na minha direção, como se ele sentisse que eu o observava.

Vestido com um terno de alfaiataria de risca de giz, ele parecia apenas mais um no bar, tomando uma bebida depois de um dia duro, mas eu não era boba. Depois de alguns segundos, o rosto dele se contorceu em um sorriso, quando ele me reconheceu.

Ele se lembrava de mim.

Após três anos espiando por cima do ombro, sem nunca saber quando eu poderia vê-lo de novo, eu tinha começado a acreditar que nunca mais o veria. Sem um nome, ele era um fantasma, uma lembrança tão excruciante que eu tinha passado anos tentando me convencer de que ele nunca tinha existido. Mas ali estava ele, um pesadelo vivo que tinha voltado para assombrar-me. Xinguei a mim mesma quando, irracionalmente, pensei que ter conversado com a Liz tinha, de alguma forma, o invocado de volta à vida.

Lembro-me vagamente de ter ouvido Blake chamar meu nome antes de ele estar do meu lado, pegando no meu braço para tirar-me no transe. Ele entrou em foco e eu tentei, em vão, mascarar o medo que me assolava.

— O que foi? — perguntou ele, seu rosto enrugado de preocupação.

— Nada.

Peguei a mão dele e o puxei em direção aos elevadores.

Após algumas tentativas de fazer-me falar no carro, Blake pareceu desistir. Entramos no ar gelado do apartamento dele e eu fingi estar em casa, servindo-me no barzinho na sala de estar. Enchi um copo de vidro lapidado até a boca com gelo e uma bebida âmbar esfumaçada de uma das muitas garrafas da coleção dele.

Afundei-me no sofá e pressionei o copo gelado contra a testa, querendo que os pensamentos frenéticos que tinham tomado conta fosse embora. Escondê-los onde eles não aparecessem ser meus mais ou, melhor ainda, onde eu pudesse esquecê-los por completo. Tomei um bom gole da minha bebida para acelerar esse desaparecimento.

Eu não deveria estar aqui, mas não conseguia ficar sozinha neste momento e dividir alguns metros quadrados com Sid não contava. Eu precisava de uma distração poderosa e Blake sempre tinha sido muito útil nesse sentido. Ele se sentou na mesa de centro à minha frente, prendendo minhas pernas entre as dele. Ele acariciou a pele sensível acima dos meus joelhos, mas meu corpo estava amortecido, incapaz de processar até mesmo os desejos mais primitivos que Blake inspirava em mim.

— Fale comigo, por favor — pediu Blake calmamente.

Olhei para além dele, não revelando nada. Compartilhar meu passado com Blake parecia impossível, mas alguma coisa ganhou vida. Uma pequena parte de mim queria demolir o muro que mantinha meu passado escondido do presente em segurança.

— Não tenho nada pra dizer — falei, incerta quanto a como sequer começar a contar a ele, mesmo que quisesse. Eu mal podia conter a enxurrada de emoções que estava me aterrorizando desde que deixamos o restaurante.

— Isso é mentira. Parecia que você tinha testemunhado um crime lá dentro.

— Eu estava me lembrando de um.

Arrependi-me de ter dito aquelas palavras assim que elas saíram da minha boca. Meu corpo ficou tenso com um tipo diferente de medo. Blake jamais olharia para mim da mesma forma.

Ele saberia que alguém tinha roubado o meu prazer dele e que, na minha ignorância estúpida e juvenil, eu tinha deixado.

Em silêncio, ele esperou que eu continuasse. Forcei o restante da bebida goela abaixo, esperando pelo alívio que ela prometia. Se eu contasse a Blake agora, ou ele fugiria correndo ou talvez ficasse preocupado, apesar de eu não conseguir imaginar por quê. Concluí que se fôssemos ter qualquer chance no futuro, ele teria que saber.

— Éramos calouros. Saí do campus com uns amigos para um fim de semana de festas e acabamos em uma fraternidade. O lugar estava em polvorosa. Dançamos, bebemos ponche demais. Eu quase nunca bebia, então estava fora de mim quando terminei meu copo. Me afastei do grupo. Um cara lá, ele... — Minha voz sumiu, perdida na lembrança que eu tinha enterrado com tanto cuidado.

Como é que eu poderia explicar como eu tinha sido ingênua de seguir um estranho simpático para um bar que nunca encontramos, como uma criança sendo atraída por um doce? E que estava tão embriagada que mal consegui lutar contra ele, minhas recusas perdidas no caos da festa que pegava fogo lá dentro?

O homem que eu tinha visto esta noite era o homem que tinha roubado minha inocência, deixando-me violada e doente no quintal, onde Liz me encontrou. Anos preservando-me para o primeiro amor ou, no mínimo do mínimo, uma noite animada de consentimento mútuo tinham sido em vão e a vergonha tinha me mantido calada.

— Tentei lutar contra ele — sussurrei.

Dessa vez, não consegui conter as lágrimas que escorriam livremente pelo meu rosto. Meus membros estavam fracos e pesados, puxados para baixo pelo meu passado e pela realidade de que perder o que quer que fosse que eu tinha com Blake seria um baque tremendo.

O maxilar de Blake contraiu-se e ele se afastou, passando as mãos pelos cabelos. A separação momentânea do toque dele doía fisicamente, os lugares onde nossas peles se tocavam ansiavam pelo retorno dele como uma confirmação de que o que eu tinha contado não iria melindrar o que ele sentia por mim. Um enjoo brotou dentro de mim só de pensar nisso.

— Está feliz agora?

Ri fracamente em meio às minhas lágrimas, querendo que Blake respondesse.

A expressão dele estava congelada com uma emoção não identificável.

— Sou mercadoria estragada.

— Pare.

O tom autoritário na voz dele me fez parar.

— Parar com o quê?

— Você não é estragada, Erica.

Engoli seco, querendo conseguir acreditar nele.

— Estou apenas constatando o óbvio. Não faz sentido para você querer ficar com alguém como eu de qualquer maneira. Você deveria estar namorando socialites, modelos, não alguém como... eu.

Minha voz sumiu quando aquelas palavras saíram da minha boca.

— Não estou interessado em namorar modelos.

— Isso não faz nenhum sentido, caralho, você percebe isso? Sou um caos. Digo, olhe pra mim.

— Eu olho. Com frequência, na verdade. Você tem me deixado louco há dias. Mal consigo dormir à noite.

— E agora?

— Agora eu tenho você. Nada de colegas de quarto, nada de multidões, e você está tentando inventar todo tipo de motivo para afastar-me de você. Se você acha que isso muda alguma coisa, você está enganada.

Desviei o olhar, lutando inutilmente contra as lágrimas que insistiam em cair. Quando ele finalmente se sentou ao meu lado e me pôs em seu colo, fui de boa vontade, querendo senti-lo perto novamente. Eu jamais entenderia como ele ainda me queria. Ele me abraçou forte, me aninhando em seu peito até que minhas lágrimas secaram.

— Você é deslumbrante — disse ele.

Acomodada em seu ombro, eu balancei a cabeça.

— Como você pode dizer isso depois do que eu acabei de contar?

— Porque é verdade. Erica, uma experiência terrível não define quem você é. Se definisse, duvido que você fosse querer ficar comigo também.

— Mas eu quero — falei.

Minha mão deslizou por cima da camisa dele para sentir seu coração batendo em um ritmo lento e estável. Eu não sabia nada sobre o coração dele, mas algo dentro de mim queria merecê-lo. Como seria ter o desejo e o amor dele? Repentinamente, meus sentimentos por Blake começaram a sobrepor-se às lembranças dolorosas que ele tinha extraído de mim momentos antes.

Ele ergueu minha mão e passou os lábios suavemente por meus dedos.

— Também quero ficar com você, gata.

Naquele momento, senti como se estivéssemos juntos e nos conhecêssemos há muito mais tempo do que a realidade. Eu tinha mostrado a ele parte de mim e ele ainda estava ali comigo, apesar de tudo. Pouco a pouco, ele foi me acariciando, reclamando cada pedacinho de pele desnuda com uma ternura silenciosa que eu nunca tinha experimentado, curando-me com suas mãos e seus lábios. A dor e o amortecimento deram lugar ao alívio e, então, a um calor familiar que fervia lentamente sob a superfície.

Ergui a cabeça, um apelo silencioso pelo beijo dele. De alguma forma, ele tinha ultrapassado minhas barreiras, dominando meus sentidos com o desejo crescente de ser possuída. O cheiro dele, seu gosto e sua fome primitiva —

eu ansiava por tudo aquilo. Os lábios dele encontraram os meus. Inseguros no começo; depois, mais certos. Explorei as profundezas da boca dele, enroscando minha língua na dele, ávida por ele. Ele me correspondeu com uma intensidade equivalente. Ele me virou, de modo que fiquei montada nele, pressionando nossos corpos juntos para que ficassem alinhados. Um gemido leve escapou de meus lábios com o contato repentino e a efervescência dos movimentos dele. Então, ele parou, cerrando as mãos e colocando-as ao lado do corpo.

— O que foi?

— Estou receoso demais, Erica.

A cabeça dele caiu para trás, no sofá, e ele engoliu seco, mexendo seu pomo de adão.

Eu queria beijá-lo ali, mas precisava entender o que se passava na cabeça dele antes.

— E daí?

Ele apertou os olhos e seu corpo ficou tenso sob o meu toque.

— Me toque — implorei.

Atrapalhei-me com os botões da camisa dele, incapaz de esperar mais por ter a pele dele na minha.

Passando os dedos por seu peito, aproximei-me para sentir o gosto do pescoço dele, saboreando seu cheiro e o sal de sua pele.

— Espere — pediu ele entre dentes cerrados.

Afastei-me, obedientemente.

— Por quê?

Meu coração se afundou e a tristeza retornou à medida que o silêncio crescia entre nós. Depois de tudo que eu tinha compartilhado com ele esta noite, seria tola de achar que podíamos continuar como se nada tivesse acontecido.

Analisei os olhos dele. Um vacilo de emoção passou pelo seu rosto, antes de ele desviar os olhos. Aquilo era medo?

— Eu quero você, Blake.

Deus, como eu queria. Mexi-me, incapaz de ignorar a dor desconfortável entre minhas coxas.

— Eu também quero você. — Ele soltou um suspiro trêmulo. — Só não quero... apavorar você.

— Não sou uma boneca de porcelana. Prometo que você não vai me machucar.

Ele fechou os olhos novamente, suas mãos sem se mover ao lado de nós dois, como se ele pudesse bloquear a tentação de tocar-me daquele jeito.

Curtindo cada gominho duro do abdômen dele, deslizei meus dedos por seu peito, seguindo os pelos macios que desapareciam sob o cós da calça. Fui abrir o zíper, mas antes que eu pudesse libertá-lo, Blake agarrou meus pulsos, segurando-os firme enquanto respirava ofegante.

— Quero sentir você perder o controle, Blake.

Meu corpo pulsava, meu autocontrole estava por um fio. Tudo que eu queria era que ele me possuísse da maneira que queria, da maneira que eu precisava que ele fizesse.

Ele me pegou pela cintura e se levantou, erguendo-me sem esforço algum. Enrolei minhas pernas nele, enquanto ele caminhava até o quarto. O cômodo era levemente iluminado por duas arandelas de parede, a quase escuridão envolveu-me como o calor do corpo dele.

Ele fechou a porta atrás de nós e prensou-me contra ela com um rosnado. Prendi a respiração quando minhas costas bateram na madeira dura da porta. Mordi o lábio e o apertei ainda mais, querendo tudo que ele podia me dar. As alças finas de meu vestido caíram pelos meus ombros, um convite bem-vindo para que ele libertasse meus seios, um de cada vez, provocando cada bico com a língua e, depois, com os dentes. O agudo daquela sensação atravessou meu corpo. Sussurrei o nome dele em gemidos, implorando por mais.

Ele colocou meus pés no chão e libertou-me do vestido, deixando-me nua e desavergonhada, enquanto ele se ajoelhava à minha frente, trançando um caminho de beijos quentes e devassos do tornozelo às dobras do meu sexo molhado, que agora se contraía com a expectativa. Ele jogou uma perna minha por cima de seu ombro, abrindo-me para ele. A fricção da barba por fazer na parte interna da minha coxa quase me desmontou na mesma hora.

Passei os dedos pelos cabelos dele e apertei com mais força quando ele me tomou em sua boca. Um fogo começou a crescer na minha barriga após apenas alguns movimentos da língua dele. Deus, aquela boca tinha um talento único. Ele centralizou seu foco no pequeno emaranhado de nervos que estava fazendo todo meu corpo se contrair, chegando no limite do alívio. As lambidas dele ficaram mais intensas e ele chupou meu clitóris com um fervor que me deixou sem fôlego.

Minha visão turvou quando cheguei no ponto máximo, uma queda livre rumo ao clímax estremecedor que quase me fez desabar nos braços dele.

Antes que meus joelhos pudessem ceder, Blake me pegou, meu corpo macio e rendido contra os contornos duros do corpo dele. Ele me beijou, beijos lentos e intensos que suprimiram os tremores do meu orgasmo recente. Minhas mãos se espalharam pelo peito desnudo dele e removeram sua camisa, sedentas com a chance de tocá-lo livremente, do jeito que eu queria há dias fazer. A pele dele estava pegando fogo, totalmente esticada por cima de cada músculo contraído, que pareciam estar se esforçando para conter-se de maneira impressionante. Eu ansiava por tê-lo por completo. Sem contenções. Ao natural.

— Blake, se você não me foder agora, juro que vou enlouquecer.

Os lábios dele se curvaram debaixo dos meus e ele nos levou até a cama. Blake tirou a roupa rapidamente, seus músculos flexionando-se com cada esforço, cada movimento uma promessa do poder que ele podia empregar. Esperei, não muito pacientemente, enquanto ele pegava uma camisinha na calça e a deslizava por aquela extensão admirável. Xinguei-me por nos ter feito esperar, por nos ter privado daquele lugar onde nós dois tanto queríamos estar.

Bem quando eu esperava que ele viesse me fazer companhia, ele segurou minhas coxas e me puxou para a beirada da cama, enrolando minhas pernas em sua cintura e se encaixando na carne escorregadia entre minhas pernas. Os olhos dele estavam sombrios. Sua respiração sibilou quando ele me penetrou em um único e forte movimento, enterrando os dedos nos meus quadris.

Ofeguei com o tamanho dele, permitindo que meu corpo se acostumasse a estar tão completamente dominado pelo dele. Fechei os olhos por um minuto para absorver aquilo tudo, a perfeição que era senti-lo dentro de mim.

Como ele não se mexeu, eu abri os olhos. A expressão dele era tensa; a linha de seu maxilar, rígida. Ele escorregou a mão do meu quadril ao meu joelho e retrocedeu um pouquinho.

Soltei uma leve lamúria de protesto. Travei os tornozelos e o puxei mais pra perto, mais fundo.

— É assim que eu quero você.

— Erica...

— Não quero que você se contenha. Quero você por completo, Blake.

Desesperada, curvei-me em direção a ele. A necessidade de senti-lo se movendo dentro de mim, assolando-me, era implacável. O que quer que ele estivesse pensando que eu não iria aguentar, era exatamente do que eu precisava.

— Por favor — implorei.

Ele soltou um suspiro trêmulo e retrocedeu lentamente. Então, penetrou-me de novo, forte e fundo. Gritei. Minhas costas arquearam sobre a cama.

Assim mesmo.

Acompanhei as investidas rápidas dele, agora ferozes e destemidas, enquanto minha boceta se contraía ao redor dele. Todo meu corpo estremeceu em um estado aparentemente perpétuo de êxtase. Deleitei-me enquanto ele penetrava cada vez mais fundo, atingindo um ponto sensível dentro de mim que eu jamais soube que existia até que ele o tinha criado.

Agarrei a borda da cama, dando ainda mais alavancagem às investidas dele. Quando eu achava que não poderia mais suportar, ele ergueu meus quadris do colchão, levando o contato a um outro nível. Fechei as mãos em punhos em cima dos lençóis.

— Blake, ah, meu Deus. Isso.

Gritos ininteligíveis saíam de mim à medida que eu me derretia em torno dele, o prazer reverberando fundo dentro de mim.

Blake ficou tenso. Cada músculo do corpo dele virou pedra, sua respiração acelerou enquanto ele gozava furiosamente.

— Erica, puta merda.

Ele jogou a cabeça para trás, os dedos deixando marcas na minha pele.

Ele congelou dentro de mim enquanto meu corpo tremia com os choques posteriores àquele sexo louco.

Exausta do orgasmo, fiquei ali, mole e satisfeita. Após um instante, Blake deitou-se na cama, puxando-me para perto dele. Ele me envolveu com os braços e se aninhou no meu pescoço.

— Erica?

Resmunguei, amontoada no peito dele.

— Você está bem? — murmurou ele.

Olhei-o nos olhos, dilatados da nossa paixão, mas repletos de preocupação. Meu coração se contorceu e eu me esforcei para encher os pulmões na inspiração seguinte.

— Estou mais que bem. — Engoli o nó em minha garganta. — Nunca estive com ninguém como você, Blake. Eu...

As próximas palavras sumiram. Ele encostou as pontas dos dedos nos meus lábios e deu um beijo suave ali, roubando as palavras não ditas. Eu estava me apaixonando por Blake, com mais intensidade e rapidez do que já tinha me apaixonado por qualquer outra pessoa.

Ele foi beijando meu maxilar até chegar na minha boca, acalmando-me com movimentos longos e profundos de sua língua. Apesar de carinhoso, o gesto deixou-me pegando fogo de novo. Minhas mãos passearam pelo corpo dele, apreciando cada curva de tirar o fôlego de sua anatomia. Eu não conseguia ter o bastante dele, fosse olhando para ele ou dormindo com ele. O desejo de reclamá-lo para mim me esmagava. Meus afagos se tornaram mais urgentes. Puxei-o mais para perto e ele veio para cima, trazendo o peso de seu corpo para cima do meu.

— Você é insaciável — murmurou ele entre beijos, prendendo meu lábio inferior entre os dentes.

— Desculpe. Não sei o que há de errado comigo.

Curvei-me na direção dele. Quando mais ele me dava, mais eu desejava.

— Por que diabos você pediria desculpas?

— É cedo demais — falei, sentindo-o endurecer entre nós enquanto as palavras saíam da minha boca.

— Posso aguentar a noite inteira se você conseguir.

Esticando meus braços acima de mim, ele entrelaçou nossos dedos. Ele me manteve prisioneira, uma situação que elevava meus sentidos e deixava-me formigando de novo da cabeça aos pés.

Estar com Blake intoxicava-me de todas as maneiras e meu vício nele se solidificava a cada orgasmo de contorcer os dedos dos pés que ele provia. Enrolei as pernas nele, meus braços impotentes, e o puxei para mim.

— Isso é um desafio? — provoquei, tentada a testá-lo.

— Sim — respondeu ele. Sua voz estava rouca de luxúria, enquanto seus lábios vinham com tudo para cima de mim.

CAPÍTULO 11

Acordei pela manhã enrolada no edredom macio de Blake e nas lembranças da noite. Espreguicei-me, tomando conta do lado de Blake da cama, que estava vazio. A luz do sol banhava todo o quarto e eu senti o cheiro de café sendo passado. Levantei-me e peguei uma camiseta branca básica do closet de Blake para me cobrir. No banheiro, Blake tinha separado alguns artigos de higiene pessoal para mim. Sorri. A maioria das meninas tinha que se virar sozinha.

Terminei minha limpeza e saí andando pelo apartamento, seguindo os sons que vinham da cozinha. Encontrei Blake quebrando ovos em uma tigela. Ele estava sem camisa, usando apenas uma calça de pijama de flanela que se moldava aos seus quadris. O cabelo dele ainda estava uma bagunça completa, e ele estava usando óculos de grau de aro escuro que amplificavam a sensualidade do seu *look* matutino. Os óculos faziam ele parecer mais velho e, de certa forma, mais humano, um quê de Clark Kent.

Debrucei-me na ilha central e fiquei avaliando o progresso dele. Ele tinha cortado umas frutas e colocado bacon em uma frigideira, enquanto tentava descobrir como funcionava o esquema dos ovos. Meu estômago deu uma pequena cambalhota quando pensei que ele estava fazendo aquilo para mim.

Ele largou o que estava lavando e se virou para mim. Ele deu um sorriso malicioso e contornou a barra da minha camiseta.

— Gostei disso.

— Eu não estava tentando lançar uma tendência de moda, mas fico feliz que você tenha gostado. — Apoiei-me de costas no balcão e inclinei a cabeça para o lado. — Eu não sabia que você usava óculos.

— Eu geralmente não uso, mas você me manteve ocupado na noite passada, aí eu me esqueci de tirar as lentes.

— Desculpe.

— Não se desculpe. Não achei nada ruim.

Ele me colocou em cima do balcão e se posicionou no espaço entre minhas pernas. As mãos dele deslizaram por minhas coxas até em cima e passaram por debaixo da camiseta até minhas costas, onde ele acariciou minha pele, deixando rastros de calor por onde passava. Gemi quando ele chegou no meu peito e brincou com meu mamilo com o polegar, até que ele enrijeceu sob o toque dele. Enquanto ele me beijava, sua língua fazia movimentos suaves calculados que me lembraram da dor doce e fraca entre minhas pernas da maratona da noite passada.

— Você está me transformando em uma meretriz promíscua — falei, sentindo todo meu corpo avivar-se com um despertar diferente.

— Mmm, gosto de como isso soa.

Ele rosnou em meu pescoço, onde beijou e chupou, a vibração espalhando-se por mim. Com uma mão, ele pegou meu tornozelo e enrolou minha perna em sua cintura, e com a outra, massageou a pele sensível entre minhas pernas.

— Deus, você já está encharcada.

— Não consigo evitar, Blake. Você faz isso comigo.
Curvei o corpo na direção dos movimentos da mão dele.
— Estou só começando, gata.

Ele dominou minha boca, enquanto colocava dois dedos dentro de mim, espelhando o movimento dos dedos com a língua, reduzindo-me a um caos trêmulo. Agarrei-me a ele desesperadamente, minhas unhas afundando-se em seu ombro. Com a respiração acelerada e o coração palpitando selvagemente, segurei-me, enquanto o orgasmo rasgava-me por dentro.

Os dedos dele saíram de mim e ele ajustou a ereção, agora bem palpável, armada em sua calça.

— Preciso pegar uma camisinha. Não esperava comer você no café da manhã.

Ri um pouco com aquela brincadeira.

— Não precisamos fazer isso, se você não quiser.

— Confie em mim, eu quero comer você no café da manhã.

— Não, estou falando da camisinha. Eu tomo pílula.

O silêncio dele me trouxe de volta à Terra momentaneamente. Tentei rebobinar a fita.

— Desculpe, não tem problema, só estava pensando.

Merda, assim que se quebra o clima.

Ele balançou a cabeça.

— Não, não é isso. Eu confio em você. É que eu nunca *não* usei.

— Esqueça, me desculpe.

A maioria dos homens reclamava de usar camisinha, mas eu me sentia ainda mais segura sabendo que ele sempre usava.

— Pare de pedir desculpas pra mim, Erica — disse ele, rispidamente.

Mordi o lábio, querendo ver aonde aquilo iria nos levar.

— Boa menina — disse ele em um tom baixo e predador.

Ele me livrou da camiseta dele, expondo meu peito nu. Os olhos dele escureceram. Antes que eu percebesse, ele tinha nos levado até a sala de estar, colocado-me em seu colo de modo que eu estava montada nele, pelada, no grande sofá creme. Dei um beijo lento e preguiçoso nele, tirando seus óculos e os colocando em segurança na mesa atrás de nós.

Blake baixou o cós da calça até abaixo dos quadris, liberando seu pau, que, com a luz brilhante da manhã, parecia mais impressionante do que nunca, grosso e viril, esperando por mim.

Querendo saboreá-lo, escorreguei sobre meus joelhos e fechei os lábios em torno daquela cabeça deliciosa. Dei pequenas lambidas sobre a ponta sensível antes de colocar mais na boca. Chupei com avidez, esquecendo de mim mesma enquanto o idolatrava, até que Blake puxou meus cabelos com mais força, endireitando-me.

— Monte em mim — ordenou ele.

Estremeci e minha pele ficou mais quente. A reação física que eu tive àquela ordem era inequívoca. Molhada com a expectativa, obedeci e subi nele.

— Agora, sente no meu pau. Devagar.

Em chamas de expectativa, desci sobre ele, contendo-me dolorosamente, querendo aproveitar esse novo estado. Com nada entre nós, ele me preencheu deliciosamente, centímetro por centímetro, até que estava totalmente enterrado em mim.

Fechei os olhos e um pequeno gemido saiu da minha boca.

— Olhe pra mim — sussurrou ele.

Abri os olhos e vi o desejo primitivo nos dele. Ele segurou meu rosto com as mãos e beijou-me intensamente. Gemi, mantendo-me estável com as mãos nos ombros dele. Ele se afastou, a respiração ofegante. Blake deslizou um dedo pela minha bochecha e pela minha clavícula, passando por meu mamilo ultrassensível e, finalmente, parando no meu quadril, que ele ficou segurando possessivamente. Ele ergueu os olhos e segurou-me neles.

— Você é linda.

A intensidade nos olhos dele me arrasou. Senti um aperto no peito. Eu estava envolvida demais com Blake, mas não me importava, não quando ele estava dentro de mim, tocando-me, olhando para mim daquele jeito. Eu não conseguia fugir da maneira que ele fazia eu me sentir.

Respondi com um giro sutil dos quadris. Com um braço, ele os envolveu, mantendo-me parada, enquanto mudava o ângulo e dava investidas para cima, golpeando com força, dando-me mais dele. Prendi a respiração com o choque de dor quando ele me atingiu bem no fundo. O leve desconforto logo deu lugar ao prazer quando ele massageou pequenos círculos em meu clitóris.

Um arrepio leve passou por minha pele, enquanto ele metia dentro de mim — movimentos estáveis e determinados que me fizeram esquecer momentaneamente minha vantagem em nossa posição atual. Fui de encontro aos movimentos dele, equiparando-os, até que Blake afrouxou os braços, passando o controle para mim gradativamente. As mãos dele apertaram e soltaram meus quadris ansiosamente.

— Confie em mim — sussurrei.

Contraindo-me em torno dele, deslizei as unhas de leve em seu peito e o beijei fervorosamente, compartilhando cada respiração que nos levou ao ápice, onde desmoronamos, juntos, sem nunca tirar os olhos um do outro.

* * *

Eu tinha pegado no sono no sofá após o café da manhã, quando finalmente comemos. Com os exercícios da noite passada e os desta manhã, eu estava exausta. Quando acordei, horas depois, Blake estava sentado no outro sofá, seu laptop preto brilhante repousando em suas coxas. Ele era um Blake diferente daquela manhã, completamente vestido e olhando atentamente para a tela, digitando com velocidade de *expert*.

— Achei que você não trabalhava em casa — falei, espreguiçando-me.

— Só estou fazendo umas pesquisas.

Ele não moveu os olhos.

— Que tipo de pesquisa?

Ele fechou o laptop e o colocou de lado, sua expressão suavizou quando nossos olhos se encontraram.

— Acho que o encontrei — disse ele em voz baixa.

— Quem?

Ele fechou as mãos em cima do colo.

Ó Deus. Meu estômago revirou, ameaçando devolver o café da manhã. Meus pensamentos ainda estavam embaçados pelo sono e, agora, cambaleavam, enquanto eu processava o que Blake tinha acabado de me contar.

— Como?

Sentei-me e tentei afastar as teias de aranha.

— Puxei os registros de transações do restaurante. Especificamente, do bar. Afunilei com bastante facilidade a partir dali, baseado na idade e na formação dele.

— Eu sequer quero saber como você fez isso.

Aquilo era absurdo. Ele tinha ido longe demais.

— Bom, eu não estava planejando contar a você, de qualquer forma. Como eu encontrei a informação é bem menos importante do que a informação em si, não acha?

— Por que você faria isso? Isso sequer tem importância.

— Você não acha que identificar o homem que estuprou você tem importância?

Ele ergueu as sobrancelhas.

— A essa altura da minha vida, não. Por que eu preciso de um nome para um rosto que eu prefiro esquecer?

— Você ainda pode prestar uma queixa contra ele.

— E o que é que eu iria dizer? Oi, oficial, eu tinha 18 anos e estava bêbada em uma casa de fraternidade quando esse babaca se aproveitou de mim. Aposto que eles nunca ouviram essa antes.

— E se ele ainda estiver fazendo isso?

Minha garganta ficou inchada e apertada ao pensar naquilo. E se eu não fosse a única? Por mais que eu me culpasse por ter me metido em uma situação tão perigosa, no fundo eu sabia que ninguém merecia passar pelo que passei. Eu teria feito quase qualquer coisa para apagar aquela lembrança dolorosa do meu passado.

Mesmo assim, eu não estava pronta para encarar aquilo. Aquelas memórias ou ele. O homem que tinha feito aquilo comigo. Agora, Blake estava forçando tudo em cima de mim, colocando um holofote nos detalhes que eu tinha desistido de um dia saber. Agora, eu não queria saber. Eu não queria ter nada a ver com nada daquilo.

Levantei-me rapidamente, mas o movimento repentino me deixou tonta, quase me derrubando quando desci o corredor até o quarto.

— Aonde você vai?

Ignorando-o, desapareci quarto adentro. Um vestido azul-petróleo apareceu na cama, que Blake deve ter pegado no meu apartamento enquanto eu dormia. Em cima dele estava a calcinha de renda branca que tinha desaparecido no quarto de hotel de Blake em Las Vegas.

Droga. Fechei os olhos apertado, oprimida em todos os sentidos. O dia de ontem com Blake tinha sido incrível e intenso. Estar com ele estava provocando sentimentos que eu ainda não sabia ao certo como interpretar. Eu não queria machucá-lo, mas não conseguia pensar direito agora.

Vesti-me com pressa e peguei o restante das minhas coisas.

Ele me encontrou no corredor, bloqueando minha passagem.

— Erica, não vá.

— Você não tinha o direito.

Ele franziu a testa, tirando as mãos do vão da porta.

— Você está me dizendo que eu não tinha o direito de encontrar o homem que machucou você?

— Não quero saber quem ele é. Você não entende?

Contraí o maxilar, piscando para evitar a queimação das lágrimas que se acumulavam atrás de meus olhos. Eu gostaria de conseguir ficar brava com ele. Quando olhei em seus olhos, tudo que vi foi confusão, mas eu não esperava que ele entendesse.

Com mãos trêmulas, eu o empurrei para fora do caminho. Desci as escadas correndo. Parei em frente à minha porta, tentando ouvir os passos dele, mas não escutei nada. Entrei no apartamento e tranquei a porta. Fechei os olhos e engoli seco, mas nada podia impedir que as lágrimas e as lembranças viessem. Escorreguei até o chão e solucei até que a dor diminuísse.

* * *

Cheguei em Nova York alguns dias depois, naquela mesma semana. De alguma forma, eu tinha conseguido evitar Blake e fiquei grata por ele não ter me procurado. Graças ao fato de morarmos no mesmo prédio, só de saber que ele estava perto era distração suficiente, e eu precisava de tempo para pensar. Os últimos dias tinham sido intensos.

Decidi que aquela era uma hora tão boa quanto qualquer outra para ver Alli e espairecer a cabeça.

Percorri um curto trajeto de táxi do JFK até o endereço que Alli tinha me passado no Brooklyn Heights. O taxista estacionou em frente a um edifício de muitos andares com um beiral ornamentado. Entrei no amplo lobby e cumprimentei o porteiro, que sorriu gentilmente.

— Sou Erica Hathaway. Estou aqui para ver Alli Malloy.

— Certamente. Ela está à espera na suíte do sr. Landon, número 42.

— Obrigada — falei, tentando esconder minha surpresa. Meu grande plano de ficar longe dos radares por alguns dias em Nova York tinha ido por água abaixo.

Bati uma vez e esperei por alguns segundos. Bati com mais força — nada ainda. Tentei a maçaneta. Assim que fiz isso, Alli abriu a porta, seus olhos brilhando e sua pele vermelha, parecendo... bom, eu conhecia aquela cara. Ela se aproximou e puxou-me em um abraço apertado.

— Você está aqui!

Abracei-a de volta. Eu sentia muita falta dela. Ela estava pequena e quente nos meus braços. Será que ela tinha emagrecido? Antes que eu pudesse comentar isso, ela se afastou e analisou-me. Nova York estava monstruosamente quente no dia, então, eu estava usando shorts de sarja de barra desfiada e blusinhas sobrepostas, e para completar, um chapéu fedora branco, só por diversão.

— Você está tão bonitinha — disse ela.

— É, hum, você também.

Queria que aquilo fosse verdade.

— Ó Deus, não, estou um caos. Acabei de acordar de um cochilo.

— E que cochilo — falei, reparando no penteado recém-destruído que ela ficou tentando consertar, enquanto entrávamos no cômodo enorme de layout integrado da suíte, com vista desobstruída para Manhattan.

Ela deu uma risadinha e ficou vermelha. Dei uma olhada em volta, esperando que Heath aparecesse por ali, mas ele não estava em nenhum lugar visível.

— Belo lugar — falei.

— Não é?

O apartamento, em si, era nada menos que impressionante, tudo e mais um pouco do que eu esperaria da família Landon. Os pés direitos eram altos, marcados por vigas de madeira escura expostas, que combinavam com o piso de madeira. Os móveis e a decoração eram salpicados por toques periódicos de cor. A decoração lembrava-me do apartamento de Blake em Boston,

— Posso pegar algo pra você beber? — perguntou Alli.

— Claro, qualquer coisa com gelo.

Ela se pôs a trabalhar na cozinha, enquanto eu me acomodei em um dos bancos do barzinho na ilha central.

— Então, quando você ia me contar que está morando com Heath?

Ela se debruçou no balcão.

— Desculpe, Erica. Só concluí que seria mais fácil explicar pessoalmente.

— Você pode morar onde quiser, Alli. Mas seria legal ter tido um aviso prévio. Blake não sabe que estou aqui.

Ela franziu a testa e eu ouvi uma porta se abrir no corredor. Heath apareceu, de banho recém-tomado e vestido, um sorriso contente em seu rosto. Ele se parecia mais com Blake do que eu me lembrava. Eu não conseguia me livrar da sensação de que algo estava escondido por debaixo daquele charme dele, contudo. É claro que Blake tinha segredos. Muitos, por sinal, mas ele não parecia escondê-los tão visivelmente.

— Erica, quanto tempo!

Ele me deu um abraço rápido, antes de se juntar a Alli na cozinha. Ele a beijou e eu desviei o olhar.

Heath e Alli eram uns fofos juntos, e a energia radiava deles de uma maneira bem familiar. Eu só estava ali há dez minutos e já sentia que estava me intrometendo na privacidade deles.

Senti um aperto no peito e meus pensamentos direcionaram-se a Blake. O que eu não faria para tê-lo aqui me beijando daquele jeito? Mesmo assim, eu não era boba. Concordasse ele ou não, eu precisava de um pouco de espaço para compreender o que tinha acontecido. A maneira como Blake tinha se intrometido na minha vida era completamente inaceitável e ilegal. A violação tinha me deixado ferida e vulnerável.

Girei-me no banco, levantei e fui até as janelas gigantes com vista para o parque abaixo. Fiquei pensando em quanto daquilo era resultado da ajuda de Blake, ou se Heath realmente contribuía para poder bancar aquele estilo de vida de alguma forma. Talvez eu estivesse sendo dura demais com ele. Ele estava obviamente deixando Alli nas nuvens, o que eu nunca tinha visto acontecer nos três anos que a conhecia. Eu torcia para que aquilo não fosse bom demais para ser verdade, para o bem dela.

— Está com fome? Estava pensando em irmos almoçar — disse Alli.

— Seria ótimo.

— Vou mostrar o seu quarto.

Alli me mexeu para pegar minha mala.

Heath pegou-a da mão dela rapidamente e nos guiou por um corredor do lado oposto daquele de onde ele tinha surgido antes.

Dei uma espiada no quarto de ótimo tamanho, decorado com os mesmos tons de *off-white* e uma colcha vermelho intenso. Lamentei por não poder dividir aquela cama com Blake. A imagem dele espalhado debaixo de mim, ou vice-versa, era mais que atraente. A lembrança de nossa última vez juntos me assolou e meus olhos se encheram de água. Sacudi a cabeça. Eu precisava eliminar Blake do meu sistema.

CAPÍTULO 12

Alli e eu devoramos nossos antepastos entre goles de *Prosecco*, enquanto esperávamos pelo prato principal, que, para mim, seria uma pilha de carboidratos. Lidar com a distância de Blake tinha ocasionado uma falta de apetite séria, mas estar perto de Alli deixou-me relaxada de novo e confortável o suficiente para que minha fome retornasse furiosa.

— Está gostando do emprego novo? — perguntei.

— Estou amando, na maior parte do tempo, de qualquer forma. É uma loucura, a mil por hora, e pode ser estressante sair correndo atrás de todo mundo, mas acho que é um passo essencial para onde eu quero chegar.

Sorri.

— Isso é animador.

— Realmente é. E estou fazendo um monte de contatos pra você, por sinal. Heath me colocou em contato com uma pessoa que vai conseguir nos levar a um evento em uma galeria amanhã à noite.

— Uma exposição de arte? — perguntei, tentando imaginar o que isso teria a ver com moda e eu.

— Sim. Vai ser muito chique e muitas pessoas superimportantes estarão lá.

— Chique, é? Suponho que sim.

Fitei o prato de massa quentinha que o garçom colocou à minha frente. Dei minha primeira garfada. *Paraíso*, pensei. Eu poderia trocar sexo por comida, com certeza.

— O que está rolando com Blake?

Uma onda inesperada de emoções se espalhou por mim. Contei a ela sobre o último dia que eu tinha passado com Blake. Da reunião com Max até o sexo na porta com Blake. O lado bom e o lado ruim.

— Você o ama? — perguntou ela.

— Tá de brincadeira?

Minha voz saiu estridente, a mera menção daquela palavrinha com A levou-me da saudade e da precipitação ao pânico e ao medo.

— É algo tão louco de se perguntar?

— Você está apaixonada pelo Heath? — retruquei, desesperada por mudar de assunto, mas com medo do que ela pudesse dizer.

Ela mudou o foco de volta para seu almoço, sem falar nada.

— Toma — revidei, vingada.

— Estou — sussurrou ela, tão baixo que eu quase não consegui ouvir.

Comemos em silêncio por um tempo. Não sei bem por quê, mas aquela notícia deixou-me triste. Eu tive Alli toda para mim por três anos. Dividíamos tudo, cuidávamos uma da outra e, juntas, montamos o negócio que me dava um propósito hoje. Em uma questão de semanas, ela não tinha olhos para mais ninguém, a não ser Heath. Sentir ciúmes era irracional, pois, acima de tudo, eu queria que ela fosse feliz, mesmo às custas da nossa amizade.

— Ele é bom para você?

— Combinamos — disse ela simplesmente. — As coisas nem sempre são perfeitas, mas, de alguma forma, sempre parecem certas. Estamos nos entendendo.

— Bom, fico feliz por você. Quero que você saiba disso.

O rosto dela relaxou e ela se esticou para pegar minha mão sobre a mesa.

— Obrigada.

Eu sabia que ela estava esperando por minha aprovação todo aquele tempo.

— Fico tão feliz que você esteja aqui. Sinto sua falta — disse ela.

— Eu também sinto a sua falta. Às vezes, parece que estamos a um milhão de quilômetros de distância.

— Mas não estamos. Sempre estarei aqui por você.

Sorri e concordei com a cabeça, sem querer trazer à tona o fato de que ela tinha ficado imensamente distante desde que tinha se mudado para Nova York. Mesmo assim, senti-me melhor de ouvi-la dizer aquilo. Com Blake fora do meu mundo no momento, reanimar a vida com minha amizade com Alli era mais que bem-vindo, mesmo que eu tivesse que dividi-la com Heath.

*　*　*

Com Alli no trabalho, passei a maior parte do dia confraternizando comigo mesma. Fiz alguns intervalos e vagueei pelo parque para organizar as ideias e observar as pessoas. Enquanto dezenas de pequenas silhuetas atravessavam a ponte para Manhattan, fiquei tentando imaginar como seria minha vida se eu fosse nova-iorquina.

Talvez fosse hora de fazer uma mudança. Alli estava tão feliz aqui, em boa parte por causa das habilidades sexuais peritas e, aparentemente, frequentes de Heath, baseada no pouco que consegui dormir na noite passada. Mas talvez eu pudesse ser feliz ali também.

Abri o histórico de mensagens trocadas com Blake no meu celular mais de uma vez, tentada a ligar para ele. Eu sentia saudades dele, mas depois de dias de silêncio, talvez eu tivesse perdido minha chance. Ficar comigo, obviamente, não seria fácil. Eu o tinha deixado no calor do momento, sem saber como reagir à bomba que ele tinha soltado sobre mim, e não tinha sequer dado a ele uma chance de explicar ou conversar sobre aquilo. Grunhi, frustrada em mais de um sentido. *Porra*, talvez eu realmente o amasse, apesar de não fazer ideia de como aquilo realmente era.

Eu amava Marie. Eu amava Alli. Na minha infância, antes de saber qualquer coisa sobre qualquer coisa, eu amava minha mãe profundamente, com cada pedacinho de mim. Mas eu não sabia como amar alguém com quem eu estava dormindo. Com outros caras que eu tinha namorado, manter uma distância confortável sempre pareceu fácil. Ideal, na verdade. Quando eles queriam partir para outra, eu sentia, em sua maior parte, alívio por não ter que negociar um comprometimento mais sério que eu jamais conseguia me ver cumprindo.

Nenhum dos homens que namorei me conhecia de verdade. Não conhecia meu passado, de qualquer forma. Agora, Blake estava não apenas me levando às nuvens na cama, mas também sistematicamente derrubando as barreiras emocionais que eu tinha construído em torno de mim com tanto cuidado ao longo dos anos. Eu tinha orgulho de projetar uma imagem impenetrável de sucesso, de manter o controle, mas ele destruiu isso com alguns movimentos de seus dedos e sua persistência. Sua maldita persistência — que era o motivo pelo qual eu estava naquela situação.

Sinto sua falta.

Escrevi a mensagem curta no celular, arrependendo-me dela no segundo em que a enviei. A cada instante que passava, eu ficava pensando se ele tinha recebido.

Sem notícias de Blake, terminei o que tinha que fazer e me arrumei para o evento na galeria. Eu tinha, na minha cabeça, uma imagem de mim mesma socializando com uma multidão de pessoas esnobes de gola rolê, observando em silêncio uma coleção de arte que eu provavelmente teria dificuldades em apreciar. Xinguei a mim mesma por ser tão negativa, culpando minha mensagem para Blake por ter me desequilibrado.

Fucei o closet de Alli, apreciando algumas de suas novas aquisições. Finalmente, escolhi uma calça capri preta justa, uma túnica ousada preta e fúcsia e prendi o cabelo em um coque apertado. Infelizmente, quando cheguei, o tema do evento era estritamente preto e branco, combinando com a rigidez das fotografias da artista. Avistei Alli papeando com outra mulher do outro lado da galeria. Atravessei a multidão, chamando a atenção por onde passava. Deixei a vergonha de lado. Se eu estava ali pelo *networking*, a última coisa que eu queria era passar despercebida.

Juntei-me às duas mulheres, acenando com a cabeça para Alli antes de apresentar-me à sua amiga de pernas longas. Ela parecia estranhamente familiar. Talvez fosse modelo. Ela era alta e incrivelmente linda, com longos cabelos castanhos.

— Erica, esta é Sophia Devereaux. Ela é amiga de Blake — bom, de Heath também, na verdade.

Ouvir o nome Blake na presença daquela mulher exótica fez minha garganta fechar. Então *aquela* era Sophia.

Alli começou a explicar sobre o Clozpin e nosso papel nele, poupando-me da tarefa de vender meu próprio peixe. Sophia pareceu pouco interessada, mas Alli não parou por ali.

— Sophia, na verdade, tem uma agência de modelos aqui em Nova York. — Alli arqueou a sobrancelha para mim. — Ela trabalha com um monte de marcas nas fotografias deles — continuou ela, permitindo que eu desse pitacos aqui e ali.

— Impressionante — falei, com sinceridade, apesar de ter dificuldades em afastar da minha cabeça os pensamentos sobre o que ela poderia significar para Blake.

Só havia uma maneira de descobrir. As pessoas, invariavelmente, adoravam falar sobre si mesmas e, em poucos minutos, eu fiquei sabendo o quanto Sophia era bem relacionada. Ela havia trabalhado com todos os estilistas consagrados que eu conhecia, dezenas que eu não conhecia e, casualmente, falava deles chamando-os pelo primeiro nome. Contudo, parecia-me estranho que alguém tão jovem administrasse uma agência em vez de estar trabalhando para uma. Ela era a encarnação da perfeição física, ao menos quando se tratava de alta costura e do tipo de aparência que aquilo exigia.

No meio do papo furado, Alli pediu licença rapidamente, piscando para mim, avisando-me em silêncio que iria aparecer logo para resgatar-me. Ao menos era isso que eu esperava que a piscada dela quisesse dizer.

— Então, de onde você conhece Blake? — perguntou Sophia, a voz grave, deliberada e permeada por um quê de maldade que não estava presente em nossa conversa antes.

Fiquei encarando-a atentamente, tentando pescar suas intenções, minha adrenalina decolando.

— Estamos ficando — falei calmamente.

É claro que tínhamos passado os últimos dias sofrendo com o que, ao menos para mim, parecia uma separação devastadora, mas ela não precisava saber disso.

Ela inclinou a cabeça.

— Interessante.

— E você? De onde conhece Blake? — perguntei, queimando de curiosidade.

Ela sorriu, enrolando alguns fios de seu cabelo brilhante e perfeito nos dedos.

— Nos encontramos de tempos em tempos.

— Interessante — falei, imitando o escárnio dela, torcendo para que ela estivesse blefando.

Baseada no tom de voz dela, não havia dúvidas de que aquele *nos encontramos*, nesse caso, queria dizer "transamos". E a ideia de Blake transando com ela me preencheu com um ciúme cego. Juntei cada grama de autocontrole para não demonstrar isso naquele momento.

— Um pequeno conselho, de mulher pra mulher. Se você está atrás do dinheiro dele, ou dos contatos que ele tem, se for o caso, ele não vai ficar com você por muito tempo. Ele protege o que é dele.

— Você tem conhecimento de causa, suponho?

Cerrei os dentes para me conter. Aquela mulher definitivamente tinha um lado negro, quase cruel. Mal a reconheci na hora em que Alli nos deixou e, com a mesma rapidez, a expressão dela mudou de novo quando um homem jovem apareceu com duas taças de vinho tinto.

— Vocês duas parecem sóbrias demais para este evento — disse ele, seus olhos iluminados de bom humor.

— Querido — ronronou Sophia, pegando uma taça dele e dando um beijo em cada lado do rosto dele.

Peguei a outra taça de vinho que ele estava oferecendo, sem ligar para a origem ou a safra. Aquela vaca estava me tirando do sério.

— Isaac. Esta é Erica Hathaway. Ela administra um site de moda. Não sei dos detalhes — disse Sophia com um gesto despreocupado. — Vocês dois me dão licença? Estou atrasada para outro compromisso. Foi maravilhoso conhecer você, Erica. Por favor, mantenha contato.

Forcei um sorriso e apertei a mão dela. Aproveitei a oportunidade para esmagá-la. Ela se encolheu de dor. Sendo tão imponente em altura, ela era uma pamonha quando se tratava de apertos de mão.

— Sou Isaac Perry — disse ele assim que ela saiu.

— O que o traz aqui esta noite, Isaac? — perguntei, com um interesse despreocupado.

— A arte, eu acho. Definitivamente não as pessoas, apesar de precisar admitir que fiquei bem interessado em você.

Ele sorriu.

Isaac não apenas estava de ótimo humor, mas também não era de se jogar fora. Alto e magro, com olhos azuis claros e um bocado de cabelos loiros cor de areia, ele estava usando calça preta e um suéter de gola V. Toda a figura dele parecia casual e jovial, fazendo com que ele parecesse menos pretensioso que a maioria das pessoas à nossa volta.

— E o que você achou da arte? — perguntei, deixando passar a isca que ele jogou para que eu falasse de mim mesma.

Eu já estava com o coração apertado de saudades de Blake. Não conseguiria lidar com flertes sem propósito àquela altura.

Isaac soltou um assobio e olhou para a obra à nossa frente.

— Acho que gosto, o que é bom, já que vou escrever sobre isso.

— Você é escritor?

— Editor. Sou o dono do Grupo Perry Media.

Reconheci o nome, que tinha, em algum momento, penetrado minha bolha tecnológica em algum período da faculdade. A crítica que ele iria escrever poderia ser para uma série de publicações internacionais excelentes. Engasguei de leve com meu último gole de vinho e percebi que ele sorria maliciosamente enquanto analisava o salão.

— Me fale mais sobre o que você faz. Tenho que admitir que não sei muito a respeito das redes sociais nos dias de hoje, mas é fascinante, não é?

— É, sim — concordei. — Não há nada igual. Tenho certeza de que o mercado editorial se move com rapidez, mas a tecnologia voa baixo de vez em quando. Se manter atualizado é um desafio, mas é exatamente o que eu realmente amo nisso.

— Você é tão jovem para estar fazendo isso.

Ele estava me bajulando, mas depois daqueles minutos com Sophia, eu não podia negar alguns elogios e reconhecimentos.

— Acho que sou, sim.

— Além de ser mulher, o que é raro.

— É verdade. Acho que sou meio que uma espécie em risco de extinção no departamento de alta tecnologia.

Eu teria gostado de ter um grupo de colegas com maior diversidade de gêneros, mas concluí que isso mudaria um dia. Tudo a seu tempo.

— Estou do outro lado da moeda. No mercado editorial, estou cercado de mulheres. Elas são simplesmente muito boas nisso!

Ele me deu um sorriso de fazer baixar a guarda. Isaac era oficialmente encantador, apesar de eu não conseguir imaginar por que é que ele se relacionaria com a diabólica Sophia.

— Moda, então, hein? Você deve ter contato com todos os blogueiros de moda da cidade, então? — perguntou ele.

— Na verdade, não.

— Ah, nossa, deveria. Eles são como a força da raiz da grama que faz com que as folhas cresçam na parte de cima. Se você conseguir cair nas graças deles, aparecerá em todos os lugares.

— Com certeza vou dar uma olhada nisso. Obrigada pela dica — agradeci, batendo minha taça de plástico na dele, meu humor jovial começando a se equiparar ao dele.

Eu não sabia ao certo se era o vinho ou simplesmente a força das ondas de energia positiva que emanavam dele, mas eu me sentia melhor do que tinha me sentido o dia todo.

— O que você vai fazer sábado à noite? — perguntou ele. Sua voz era notavelmente mais grave.

Arrepiei com aquele tom sugestivo. Eu não queria ser desejada, mas ele não sabia disso ainda.

— Desculpe, não posso.

— *Brunch* no domingo, então. Eu adoraria saber mais sobre o seu negócio. Talvez possamos encontrar uma maneira de trabalharmos juntos.

Hesitei. O editor-chefe do Grupo Perry Media queria discutir uma parceria profissional comigo. Eu não podia recusar, não importava a maneira como ele estava me olhando. Um jantar seria demais, tinha coisas demais implícitas, mas um *brunch* podia ser.

— Acho que pode ser — falei.

Compartilhamos nossas informações digitais de contato.

Alli se juntou a nós pouco depois e pediu licença para que pudéssemos encontrar Heath para jantar. Decidimos ir a pé, e Alli não perdeu tempo em pressionar pelos detalhes.

— Quem era ele?

— Aquele era Isaac Perry.

— Puta merda, mandou bem, Erica. Ele não conseguia tirar os olhos de você.

— Que seja. — Dei de ombros. — Parece que a Sophia o conhece também — complementei, "jogando um verde" para Alli. Eu queria muito saber mais sobre ela, mesmo que ela já tivesse me deixado de péssimo humor.

Entramos em nosso destino final, um restaurante asiático que exalava alguns cheiros fantásticos quando passamos pela porta. Alli avistou Heath e mudou imediatamente. Seu semblante, sua linguagem corporal, todas as suas energias se focaram nele. Grunhi baixinho, ciente de que nenhum dos dois ouviria.

Nos acomodamos e fizemos nossos pedidos.

— Alli disse que você conhece a Sophia — falei, interrompendo o chamego de Alli e Heath.

Heath se endireitou, como se fosse todo sério agora.
— Conheço. Nós investimos na agência dela, na verdade.
— Blake também a conhece?
— Sim, conhece.
Olhei para Alli, que parecia convenientemente distraída por algo do outro lado do restaurante.
— Parece que ele faz mais que conhecê-la.
Tomei um gole de água.
Heath olhou para Alli, tamborilando os dedos na mesa. Assim como Blake, ele sempre estava calmo e tranquilo, com uma camada adicional de charme despojado que era o que diferenciava os dois irmãos. Por que falar sobre Sophia o deixava agitado? Ela devia significar algo para Blake. Era a única explicação lógica, considerando que ele provavelmente já sabia mais sobre meu relacionamento com Blake do que eu queria que ele soubesse.
— Acho que eles se pegavam de vez em quando, quando ele vinha pra cá, sabe? Mas eles são só amigos há anos.
Foi como se alguém tivesse me dado um soco no estômago. O ciúme pulsava dentro de mim à medida que eu assimilava as palavras dele. Ele enfatizou a palavra *anos*, mas nada que ele pudesse dizer diluiria o fato devastador de que eles tinham um passado.
A questão era se eles ainda tinham um presente, ou um futuro. Dei uma olhada em meu celular. Nada ainda. A rejeição implícita no silêncio dele cavou um buraco em meu coração, e lágrimas ameaçaram cair de repente. *Recomponha-se*, eu disse a mim mesma. O celular de Heath tocou e seus olhos arregalaram-se de leve, migrando de mim para o telefone.
— Com licença, preciso atender.
Ele saiu e nos deixou sozinhas na mesa.
— Bom, isso é constrangedor — falei.
— O quê?

— Odeio ser a pessoa que vai dizer isso, mas você deu uma guinada de 360 graus desde que se mudou pra cá. Primeiro, você vai morar com Heath e nem se importa em me contar e, agora, fica me apresentando para ex-namoradas de Blake sem nenhum aviso prévio? Você podia ter me dado um toque, sabia?

— Desculpe. Não me toquei que isso poderia vir à tona. Como ele disse, eles são só amigos.

— Esse é um motivo de merda pra não me contar, e você sabe disso. Eu entendo que você está levando esse lance com Heath a sério, mas que diabos, Alli? Esta não é você.

— Sou a mesma pessoa que era poucas semanas atrás. É só que... As coisas são mais complicadas do que você imagina.

— Sem dúvidas, já que você não está me contando nada.

Ela suspirou e enrolou o cabelo.

— Já pedi desculpas, tá? Eu admito. Devia ter contado sobre a Sophia. Se você me apresentasse a alguém com quem Heath teve uma história, eu gostaria de saber.

Relaxei um pouco. O fato de Alli ter me protegido da verdade não me ajudava em nada. Eu estava me apaixonando perdidamente por Blake e precisava saber se esse era um esforço inútil. Ela era leal a Heath agora, mas proteger Heath e Blake e deixar-me de lado não era boa coisa.

CAPÍTULO 13

Dormi até tarde na manhã seguinte, quase tão esgotada e confusa quanto estava quando deitei a cabeça no travesseiro na noite anterior. Chequei o relógio e forcei-me a levantar. Supus que Alli tivesse chegado bem no trabalho. Ela e Heath tinham saído para tomar uns *drinks* depois do jantar, mas eu tinha voltado para o apartamento. Nós tínhamos planejado sair juntos na noite seguinte, mas talvez eles precisassem ficar sozinhos um tempo. Agitada, fiquei me debatendo na cama pelo que pareceu serem horas, mas finalmente peguei no sono e não os ouvi voltarem para casa. Como ela estava aguentando aquele ritmo, eu jamais saberia.

Fiquei à vontade na cozinha, passei um café e fritei uma omelete. Dei uma olhada em alguns estúdios locais de ioga e encontrei uma aula à qual eu podia ir a pé pouco antes do almoço. Enquanto eu devorava meu café da manhã, Heath surgiu do quarto adjacente, parecendo exausto. A noite longa tinha deixado olheiras fundas debaixo dos olhos dele e, pela primeira vez, reparei que ele parecia mais velho que Blake, rugas finas se estendendo de seus olhos castanhos-
-escuros.

Ele tinha o mesmo peito tonificado e os mesmos olhos intensos de Blake, mas apesar de eu obviamente conseguir admirar sua aparência naturalmente encantadora, eu não me sentia atraída por ele. A aparência de Blake tinha acendido minha atração desde o início, mas havia muito mais coisas que mantinham aquela chama acesa. Outros homens tinham se tornado invisíveis para mim.

Sem camisa, Heath se arrastou até a cafeteira. Ele encheu uma caneca enorme até a borda e tinha já bebido metade quando reparou que eu estava ali e acenou com a cabeça.

— Bom dia — disse ele, olhando para a própria caneca.
— Noite longa?
— Sim.

Ele esfregou as mãos no rosto e suspirou.

— Como estava Alli esta manhã?
— Hum, bem. Ela... — Ele fez uma pausa. — Ela voltou pra casa antes de mim.

Algo não estava certo.

— Está tudo bem? — perguntei com delicadeza, tomando muito cuidado, visto que eu estava me metendo na vida pessoal dele, apesar de todo mundo achar que aquilo era normal quando se tratava da minha vida pessoal.

— Sim, definitivamente. Sabe como é.

Ele deu de ombros.

Um sorrisinho cansado e ultrapassado que eu tinha começado a sacar como sinal de enrolação surgiu no rosto dele. Ele obviamente estava tentando amenizar alguma coisa.

— Você a ama? — soltei, surpreendendo a mim mesma.

Já era uma pergunta bastante audaciosa, ainda mais quando feita a alguém que estava no estado em que ele se encontrava.

Os olhos dele vieram de encontro aos meus, queimando com uma emoção que eu não consegui identificar, todo resquício daquele sorriso falso tinha ido embora.

— Obviamente.

Ele largou a caneca com força no balcão. Ele parecia amargurado ao dizer aquilo, contudo. Como se a verdade daquilo o incomodasse. Aquele tom me incomodou, meu instinto protetor tomou conta.

— Espero que sim. Porque ela é louca por você. Eu nunca a tinha visto assim antes.

O maxilar dele se contraiu. O mesmo músculo que me avisava quando Blake estava chegando no limite.

— Se você machucá-la, Heath...

Ergui o queixo, pronta para dar meu aviso, mas minha ameaça vazia murchou quando falei aquilo. Como é que poderia atingi-lo de volta? Protegido por seu irmão bilionário e pelo estilo de vida que ele levava, ele estava blindado. Ameaçá-lo era totalmente inútil.

— Não vou — disse ele, sua voz cheia de fadiga e irritação.

Quando nossos olhos se encontraram brevemente, reconheci uma faísca de dor neles antes dele virar-se para ir embora. Terminei meu café da manhã e voltei para o banheiro para me trocar, enquanto Heath dormia e descansava do que quer que seja que o tinha deixado tão angustiado.

Horas depois, o estúdio de ioga estava enchendo rapidamente. O instrutor não perdeu tempo em nos aquecer, física e mentalmente. Eu precisava daquilo. Precisava queimar todas as refeições péssimas que tinha feito em Nova York, mas o que eu mais precisava era clarear a mente, centrar-me. Parecia que eu nunca conseguia fazer isso com o caos constante que Blake criava dentro de mim.

Ao final daquela meia hora, eu estava me esforçando para fazer uma ponte com perfeição, meu tronco se curvando para cima, em direção ao céu. Controlei a respiração em meio ao desconforto. Eu estava terrivelmente fora de forma. Os movimentos desafiadores esgotaram-me, mas me despertaram ao mesmo tempo, à medida que cada músculo era ativado para manter-me em boa forma. Com uma plateia de uma dúzia ou mais de outras pessoas, eu me recusava a falhar.

A aula acabou bem quando eu estava prestes a desistir. Ficamos deitados, relaxando, e meus pensamentos flutuaram até Blake. Que limpeza de mente estupenda... Quando devotamos nossa prática, enviei amor e luz a ele. Eu sentia uma saudade imensa de Blake. Assim que eu rolei para fora de meu colchonete, meu celular começou a vibrar ao meu lado, uma intrusão silenciosa na minha calma conquistada a duras penas. Atrapalhei-me com ele, ansiosa demais. Corri para o corredor para ter um pouco de privacidade.

— Erica, é o Max.

— Oi, como está?

— Ótimo — respondeu ele.

— Está tudo bem? Digo, com o contrato?

— Com certeza. Foi por isso que liguei, na verdade. Queria dizer que a papelada legal está levando um pouco mais de tempo que o esperado, mas tudo ainda está de pé.

Soltei a respiração que não tinha percebido que estava prendendo.

— Isso é ótimo. Na verdade, estou em Nova York fazendo *networking*. Está indo muito bem.

— Excelente, é isso que eu gosto de ouvir. — Alguém estava falando com ele ao fundo. — Tenho que ir, Erica, mas vou manter você informada, está bem?

— Maravilha, obrigada novamente.

— Até logo.

Ele desligou.

Estávamos tão perto de chegar a esse novo patamar que eu podia sentir o gostinho, mas mesmo com as confirmações de Max, eu ainda ficaria preocupada até que tudo estivesse absolutamente concretizado. Tentei ignorar todas as maneiras que podiam fazer aquilo dar errado, mas saber da rivalidade entre Blake e Max agora, adicionava exponencialmente mais possibilidades à lista.

* * *

    Naquela noite, eu estava parada na beirada do deck da cobertura da casa noturna, uma brisa quente dançava sobre minha pele à mostra. Alli tinha enchido o meu saco até não poder mais antes de sairmos juntas. O vestido pelo qual nós optamos era um tanto pequeno, mas as noites eram quentes e a casa noturna abaixo era ainda mais.
    As luzes da cidade decoravam o céu que escurecia, lembrando-me da última noite em que eu tinha apreciado uma vista como aquela. Fechei os olhos e vi Blake. Um sorriso que não deixava dúvidas de que ele sempre conseguiria o que quisesse de mim. O corpo que me deixava louca sempre que ele queria.
    Atrás de mim, Alli e Heath riam baixinho, os braços enrolados um no outro em um dos sofás que decorava a área externa exclusiva da casa noturna. Suspirei e tomei um gole do meu martini, torcendo para que aquilo conseguisse me fazer esquecer do longo silêncio de Blake.
    Talvez minha mensagem tivesse chegado tarde demais. Talvez ele tivesse enxergado que sou complicada demais. Talvez ele tivesse razão. Nunca pedi por um relacionamento, mas agora que eu estava perdendo o que tinha, não conseguia evitar a sensação esmagadora de que eu estava perdendo algo precioso. Eu nunca tinha conhecido alguém como Blake e ninguém nunca tinha feito eu me sentir da maneira que ele fazia.
    A batida intensa da música eletrônica veio e se foi quando a porta do deck se abriu e se fechou atrás de mim. Debrucei-me no guarda-corpo de metal, observando o tráfego lá embaixo. Buzinas de carros ecoavam distantes, misturando-se ao jazz baixinho que tocava em volta de mim.

Eu precisava tirar Blake da minha cabeça e aproveitar ao máximo meu tempo aqui, mesmo tão desolada quanto eu andava me sentindo por esses dias. Virei o restante do meu *drink* e decidi encontrar Alli. Talvez ela pudesse largar Heath um pouquinho para cair na pista comigo.

Virei-me e congelei, incapaz de dar mais um passo adiante. Piscando, certifiquei-me de que a pessoa à minha frente era mesmo Blake e não a lembrança do homem pelo qual eu estava me descabelando há horas.

— Erica.

A voz de Blake deslizou sobre mim, confiante e cheia de significado. A intensidade dos olhos dele me paralisou. Eu o assimilei lentamente, meus dedos agarrando-se ao guarda-corpo atrás de mim como se pudessem me ancorar ali, visto que eu queria voar até ele.

Reuni toda minha força de vontade para não fazer isso. A mera visão dele fez meu coração acelerar. Um calor lento se espalhou pela minha pele, inflamando meus sentidos à medida que eu o analisava. Ele estava usando um terno preto dos pés à cabeça, a camisa escura casualmente desabotoada no colarinho. Jesus, por que ele não usava uma daquelas camisetas idiotas quando me surpreendia daquele jeito? Ele era um pedacinho do paraíso sexy pra caramba, e por mais que eu adorasse vê-lo com aquelas roupas, eu só conseguia pensar em tirá-las.

— O que você está fazendo aqui?

Minha voz era ofegante e instável, confessando as emoções conflitantes que pulsavam por mim neste momento. Talvez Alli ou Heath o tivessem avisado. Por mais que eu quisesse me importar, eu não estava nem aí. Todo o meu corpo ganhou vida ao saber que ele estava perto o suficiente para me tocar, para me enlouquecer de maneiras que ninguém mais tinha conseguido.

O canto da boca dele se ergueu e ele inclinou a cabeça levemente.

— Achei que você tivesse sentido minha falta?
— Eu... Sim — admiti. Não havia por que negar agora. — Eu não esperava ver você aqui.

Ele deu um passo na minha direção, diminuindo a distância entre nós. Tirando as mãos dos bolsos, ele as colocou no guarda-corpo, uma de cada lado meu.

— Você tem sorte de eu estar aqui. Se eu tivesse descoberto que você estava usando isto aqui em público sem mim, seria obrigado a punir você.

A mão esquerda dele saiu do meu lado, vagueando, tocando minha pele onde o vestido não cobria. Segurei o guarda-corpo com mais força e meu peito se agitou com minha respiração ofegante. Um calor nasceu em minha barriga com a promessa que a ameaça dele significava.

— Gostou?

O sorriso malicioso dele sumiu quando ele se abaixou, beijando meu maxilar.

— Se tivéssemos um pouco de privacidade, eu iria mostrar a você o quanto eu gostei — murmurou ele, lambendo a borda da minha orelha antes de morder meu lóbulo com delicadeza.

Suspirei pesadamente, tentando não gemer quando uma dor doce e aguda brotou lá embaixo.

— Estou duro desde que vi você parada aqui.

Suspirei e encostei-me nele, a evidência de seu desejo dura contra minha barriga. Eu adorava conseguir fazer aquilo com ele. O alívio se espalhou por mim ao saber que ele ainda me queria tanto quanto eu o queria.

— Blake... Me desculpe — sussurrei.

Ele se afastou em silêncio, os olhos cravados nos meus.

— Desculpe pelo outro dia. Eu não devia ter ido embora daquele jeito.

Respirei fundo, querendo que pudéssemos apagar aquela parte do passado, mas sabendo que tinha que encará-lo e fazê-lo entender da melhor forma possível.

— Eu estava... com medo.

Ele franziu a testa.

— De mim?

— Não... Dele... ser real. E do fato de você tê-lo encontrado com tanta facilidade. Não consigo explicar. Acho que parte de mim queria que você tivesse me perguntado antes.

— Parte de mim queria ter perguntado, mas uma parte muito mais protetora precisava saber, não importava o que você diria. — Ele deslizou um dedo pela minha bochecha. — Eu não podia ficar sentado ali sem fazer nada. Não consigo suportar a ideia de que alguém machucou você da maneira que ele fez.

— Saber quem ele é não vai mudar o que aconteceu.

— Talvez não. Mas como você vai decidir usar essa informação, depende de você. Você não quer saber quem...

— Não — cortei-o. — Por favor, não quero. Você jamais conseguiria entender, Blake.

— Tudo bem. — Ele me aquietou e raspou os lábios de leve nos meus. — Eu não vim até aqui pra deixar você chateada.

Beijei-o de volta e enrolei meus braços em torno dele, querendo senti-lo próximo.

— Fico feliz que você veio.

Ele se aninhou no meu pescoço, passando os lábios pela pele sensível dali.

— Eu ia voltar, sabia? Você não precisava ter vindo até Nova York por minha causa — falei, feliz por ele ter vindo.

— Eu sabia que você iria voltar. Mas venho a negócios aqui também, ocasionalmente, então, pensei em surpreender você. Pode me chamar de maluco, mas eu também senti a sua falta.

Derreti-me um pouco, até que um pensamento desagradável estragou o momento. *Sophia*. Será que era ela o motivo dele ter vindo a negócios? Arrepiei-me com a visão dos dois juntos, dele a encontrando por qualquer motivo, platônico ou outro. Ela era tóxica e detestável.

— Conheci a Sophia — falei, tentando soar casual.

Ergui o queixo para observar a reação dele, meu olhar fixo nele. O que ela significava para ele? Se ele estivesse planejando vê-la aqui ou, Deus me livre, se já tivesse visto, eu não conseguiria suportar. Ele tinha que estar aqui por minha causa.

— Ela é uma mulher e tanto — falei, incapaz de disfarçar meu total desprezo por ela.

Fiquei pensando se ele conseguia enxergar além dos traços perfeitos dela. O maxilar dele se contraiu e ele ficou olhando por cima de mim, para o horizonte, sem dizer nada.

Meu estômago se retorceu com um ciúme que estava me assombrando desde que eu tinha conhecido Sophia. A maneira como ela exibiu o relacionamento dela com Blake na minha frente, e aquela porra daquele sorriso falso. Eu queria acreditar na versão de Heath, mas não conseguia afastar a preocupação de que ela significava mais para ele do que ele tinha dado a entender.

Movi-me para o lado, sentido-me presa entre ele e o guarda-corpo, à mercê de suas mãos e de circunstâncias que estavam bem além do meu controle. Antes que eu pudesse passar por ele, ele segurou meu pulso.

— Aonde você vai?

A voz dele era severa e enviou um arrepio pelo meu corpo. Engoli seco. Por mais que eu o quisesse, fiquei pensando se conseguiria suportar dividi-lo com outra pessoa. Apertei os olhos, sentindo que o álcool estava dominando minha sensatez.

Eu não ligava. Não esta noite. Fiquei esperando por ele por horas e ele estava ali. Iríamos resolver aquilo depois.

— Vamos dançar — falei, abrindo os olhos e reparando que os dele estavam repletos de preocupação.

Chega de conversa. Eu queria me perder na música e nos braços dele. Queria fingir que ele era meu antes que pudesse descobrir que não era.

O rosto dele suavizou por um segundo, bem como a força com que ele estava me segurando. Ele entrelaçou nossos dedos e me levou para o andar de baixo.

CAPÍTULO 14

Entramos na escuridão nebulosa do andar de cima da casa noturna. Apreciei o barulho, esperando afogar os pensamentos que giravam em minha mente.

Ele nos levou até a pista de dança, até bem no meio da multidão, em meio a tropéis de pessoas perdendo a linha ao som de um *remix* conhecido da Rihanna. Parei e me mexi para virar de frente para ele, mas ele me parou. Sua mão forte agarrou meu quadril e me puxou para trás de leve até que nossos corpos estavam encostados um no outro. O movimento foi extremamente fluido e fácil, como se ele simplesmente estivesse nos colocando onde deveríamos ter estado a noite inteira. Juntos.

Em um instante, meu corpo derreteu no dele. Tudo parecia certo nos braços dele. O baixo estrondoso guiou meus movimentos quando comecei a me mexer no ritmo da música que reverberava pelo meu corpo. Meus músculos relaxaram e eu me perdi no momento, em Blake.

Havia muita gente ali, mas eu não me importava. Tudo que conseguia sentir era as mãos de Blake em mim. Em sincronia com a música, pressionei as costas contra ele, sentindo um frenesi selvagem por conta da aproximação com ele, do contato físico pelo qual eu ansiava há dias. A música terminou e mesclou-se com a próxima, mudando levemente o ritmo e nos aproximando ainda mais. A ereção dele ficou ainda mais evidente, pressionada contra minha bunda, demandando em silêncio o que nós dois queríamos. A excitação arrepiou minha pele e eu joguei a cabeça para trás. O braço dele circundou minha cintura e ele beijou meu pescoço. Um beijo quente, de boca aberta, que fez minha cabeça girar. Talvez fosse o álcool, mas mais provavelmente o que estava me dominando era aquela droga chamada Blake.

Ele me virou para ficar de frente para ele. Antes que ele pudesse falar, agarrei-o pelo *blazer* e o puxei para mim. Grudando minha boca na dele, beijei-o com uma fome selvagem. Ele me correspondeu plenamente. Nossas línguas se entrelaçaram e eu o puxei ainda mais para perto. Ele escorregou a mão por debaixo do elástico apertado do meu vestido, segurando minha bunda e passando os dedos pelo fundo da calcinha. Gemi na boca dele, perdendo a cabeça e esquecendo onde estávamos. Eu queria montar nele ali mesmo, em meio àquelas centenas de pessoas quentes, suadas e excitadas.

Ele resmungou baixinho quando se afastou. A interrupção do contato foi abrupta, deixando-me carente, mas o desconforto de não estar em contato com ele logo foi remediado, quando ele me arrastou da pista de dança por um corredor para longe do caos que nos rodeava.

Andamos um bocado até que o corredor bifurcou. À esquerda, um homem alto e musculoso guardava a porta. Blake se aproximou do segurança e colocou algumas notas na mão dele, que acenou com a cabeça na direção da porta. Entramos no que parecia ser outra área VIP privada. Uma luz ambiente iluminava o recinto, que era bastante amplo e completamente vazio. Havia sofás de couro vermelho alinhados nas paredes de dois lados e, de outro, um bar privativo estava abastecido com tudo que uma boa festa poderia precisar.

— Que lugar é este?

Blake fechou a porta e não perdeu tempo em prensar-me contra ela.

— Este é o lugar onde vou foder você sem interrupções.

Ele enganchou minha perna em seu quadril e pressionou o corpo contra mim. Ofeguei quando ele roçou em mim, apertando meu clitóris por cima da calcinha do jeito perfeito.

Deslizei as mãos pelos cabelos dele e puxei seu rosto para baixo, beijando-o intensamente. As mãos dele estavam em todos os lugares, massageando meus seios por cima do tecido fino, antes de libertá-los com facilidade do vestido tomara que caia. Desvencilhei-me da parte de cima do vestido e ele pegou meu mamilo com a boca, acariciando o outro seio com a mão. Um desejo violento queimou dentro de mim, tão potente que eu teria feito praticamente qualquer coisa com ele naquele momento se não fosse por aquela dúvida irritante que estava me incomodando. *Uma última vez*, pensei. *Mas...*

— Espere. Melhor não fazermos isso.

A mão de Blake bateu com força na porta atrás de mim.

— Jesus, Erica. Esperar pelo quê?

Cobri-me com os braços, sentindo-me repentinamente exposta demais. A raiva combinada à energia sexual que emanava dele me assustava. Eu já o tinha visto nervoso antes, mas nunca assim.

— Eu quero você, Blake. Mais que qualquer coisa neste momento ou, possivelmente, na vida. Mas não posso dividir você com outra pessoa.

— O quê?

Ele passou as mãos pelos cabelos e deu um passo para trás.

— Não sei o que rola entre você e a Sophia e não vou dizer a você como viver sua vida. Sei que você deve ter mulheres de sobra pra escolher. Eu entendo. Mas a maneira como eu me sinto com relação a você... Eu simplesmente acho que não consigo.

Encolhi-me com o aperto que senti no peito.

Blake não era como os outros caras com quem eu tinha ficado. Na verdade, ele não era parecido com eles nem de perto, e estar com ele tinha virado toda minha filosofia sobre sexo e relacionamentos de cabeça para baixo. Agora, eu estava me apaixonando perdidamente por ele e imaginá-lo com Sophia, agora ou em qualquer outro momento, era mais do que eu podia tolerar. Uma traição de Blake me arrasaria.

— Você acha que eu estou transando com a Sophia?

Encarei-o.

— Ela deu a entender que sim; eu simplesmente assumi...

Ele fez uma careta, como se tivesse comido algo de que não gostou.

— Vou conversar com ela sobre isso, então. Mas você precisa saber que não existe absolutamente *nada* entre nós. Há anos.

— É, Heath já contou essa história — falei, interrompendo-o.

— Não é uma história. É a verdade. Que diabos eu tenho que fazer pra que você acredite em mim?

— Não sei — falei, apoiando-me na porta, querendo que minha consciência simplesmente calasse a boca e nos deixasse em paz.

Blake diminuiu a distância entre nós, segurando meus ombros e acariciando meus braços com os polegares, enviando ondas de alívio pelo meu corpo.

— Erica... — Ele inclinou minha cabeça na direção da dele. — É por você que estou aqui.

Ele me beijou lenta e intensamente, explorando cada oportunidade de hipnotizar-me com sua língua, deixando meus joelhos impossivelmente fracos. Ele se afastou e nossos olhares fixaram-se um no outro.

— Só você.

— Você é meu — respondi ofegante para ele, embriagada com seu cheiro e seu gosto.

— Se você pudesse parar de fugir de mim por malditos cinco minutos, eu poderia ter dito isso a você.

Meus lábios se ergueram e eu o beijei novamente, lambendo e provocando. Ele rosnou em resposta, erguendo-me e enrolando minhas pernas em torno dele.

— Agora, me deixe mostrar a você.

Concordei com a cabeça. Eu não podia falar sobre amanhã ou o dia depois, mas nada mais se meteria entre nós dois esta noite. Ele deslizou as mãos por debaixo do vestido e, com um grunhido repentino, rasgou o tecido delicado da minha calcinha. Ele a jogou para o lado, carregou-me até um dos grandes sofás de couro e me deitou. Blake posicionou-se em cima de mim, prendendo-me entre seus braços. Curvei o corpo em direção a ele, sabendo que não demoraria muito para que ele estivesse dentro de mim novamente, onde eu o queria desde que o tinha deixado alguns dias atrás. Ele me prendeu com os quadris, esfregando-se em mim, uma promessa do que com certeza estava por vir. Desabotoei a camisa dele rapidamente e meus mamilos rasparam nos pelos macios de seu peito.

Ele me masturbou gentilmente, deslizando os dedos pela abertura molhada e dobrando-se para atingir o ponto sensível dentro de mim, enquanto massageava meu clitóris com a palma da mão. Tremi, chegando perto do clímax. Ele diminuiu o ritmo e seguiu para o sul, traçando um caminho de beijos na parte interna da minha coxa.

Tentei trazê-lo de volta para mim, sem muito sucesso.

— Por favor, Blake, não me faça esperar.

— Quero sentir seu gosto, gata — respondeu ele, pondo e tirando os dedos de dentro de mim.

Gritei, quase louca de desejo.

— Preciso de você dentro de mim. Agora!

Meus nervos estavam à flor da pele e a promessa do estilo de foda nada misericordioso dele apenas aumentava minha ânsia. Com aquilo, ele tirou os dedos de dentro de mim e abriu o zíper da calça, abaixando-a o suficiente para liberar seu pau. Segurei o pau duro dele com as mãos, acariciando a pele quente e curtindo o que eu sabia que ele podia fazer por mim enquanto o posicionava em meu sexo e o guiava para dentro de mim. Lento e profundo, ele foi até o fim. A sensação era ardente e intensa.

Completa.

Lutei contra a onda de emoção que tomou conta de mim com aquela conexão. Meu peito pareceu pesado, como se meu coração estivesse prestes a explodir. Desesperada por distrair-me do que aquilo significava, eu o beijei freneticamente, nossas línguas entrelaçadas no calor do momento. *Preciso disto. Preciso de você.*

Mexi-me impacientemente debaixo dele, ávida pela fricção de seu pau movendo-se dentro de mim. Eu queria possuí-lo e ser possuída e esta era a única forma que eu conhecia de me certificar de que ele não poderia pensar em mais ninguém a não ser eu.

— Me foda, Blake.

— Com todo prazer.

Ele me penetrou, forte e profundo, de novo e de novo. Gozei rapidamente com o nome dele nos meus lábios, lágrimas escorrendo dos meus olhos à medida que as ondas quebravam em cima de mim. Tentei secá-las antes que ele pudesse ver, mas ele as interceptou com a boca. Blake as beijou para secá-las, seu toque um alívio à intensidade do meu êxtase e à dor da nossa separação nesses últimos dias. Ele diminuiu o ritmo por um instante, antes de mudar o ângulo e aumentar a profundidade de suas investidas castigadoras. Agarrei-me no precipício de mais um orgasmo.

— Mais — gemi, jogando a cabeça para trás, dominada por cada sensação, mas querendo mais mesmo assim.
— Mais?
— Mais fundo.
Ele parou repentinamente e eu prendi a respiração. Ele me deitou de bruços e ergueu meus joelhos, dando-me um tapa tão forte na bunda que eu berrei, a dor atordoante me trazendo de volta à realidade. Antes que eu pudesse protestar, ele enfiou o pau em mim de novo com uma força que me deixou sem ar.
Ele saiu completamente e debruçou-se em mim, deixando-me vazia e dolorida.
— Chega de fugir de mim, Erica. Estou falando sério.
A voz dele era rouca e sua respiração, quente em meu pescoço.
— Blake, por favor — gemi, movendo-me na direção dele.
— Me prometa.
— Sim. Eu prometo.
Ele se ergueu e deu outro tapa forte no mesmo lugar, o ardor chiando baixinho em contrapartida à sensação do pau dele metendo implacavelmente dentro de mim. Ele recuou novamente. Fui de encontro a ele de novo, a necessidade de gozar com ele dentro de mim destruindo minhas inibições. Ele atendeu meu apelo, penetrando-me ritmadamente, e quando sua mão atingiu minha bunda de novo, eu me contraí em torno dele descontroladamente, espremendo seu pau com as paredes do meu sexo.
— Mais — gritei.
Ele aumentou a velocidade, nunca quebrando a conexão e despedaçando-me com cada tapa calculado. Meu corpo tremeu, cada músculo se tensionando além do meu controle, enquanto ele me levava ao ápice. Gemi no sofá, meus dedos arranhando o tecido caro, e gozei com um grito que o segurança muito provavelmente ouviu.

Blake atingiu o próprio êxtase, libertando-se dentro de mim com um suspiro trêmulo, sua respiração varrendo meu pescoço quando ele se debruçou em mim. Ele ficou imóvel, então, abraçou minha cintura e virou-me de frente para ele, dando-me um beijo gentil e ofegante.

— Isso foi diferente — murmurei, mole e embriagada daqueles tapas.

— Você gostou — disse ele.

Gemi e apertei as pernas em torno dele.

Ele deu um sorriso malicioso.

— Para uma meretriz mandona, você dá uma boa submissa.

Meus olhos se arregalaram.

— Eu dificilmente me descreveria como *submissa*.

Ele riu.

— Você fala como se fosse uma palavra feia.

— Para mim, é. Eu não...

— Espere, antes de você começar, me deixe só perguntar uma coisa. Você quer que eu faça isso de novo outro dia?

Pisquei, repentinamente envergonhada por ele estar me fazendo confessar. Ter levado uns tapas no calor do momento foi bem diferente de negociar cara a cara.

— Não sei. Talvez.

— Ótimo. Porque eu pretendo fazer.

O rosto dele não deixava dúvidas de que ele estava falando sério, sua voz mais severa do que antes. Minha pele formigou, quente e ansiosa novamente.

Eu queria discutir, falar para ele ir se foder e mandá-lo pastar, mas estava ficando excitada só de pensar naquilo.

— Você está me fazendo querer coisas que não sei ao certo se quero.

— Você pode querer coisas diferentes do que você faz na cama no seu dia a dia. E prometo não bater em você em público. — O rosto dele amenizou com um sorriso enquanto ele descia de cima de mim. — A não ser que você seja uma garota muito má.

Ele pegou meu mamilo com a boca e prendeu o bico endurecido entre os dentes.

Ah, eu amo isso. Meu corpo contraiu-se com a sensação, e eu ofeguei um pouquinho.

— Vou ser boazinha — prometi delirantemente.

Ele riu de leve.

— Eu duvido muito.

— Sou tão má assim?

Os olhos dele escureceram e a curva suave de seu lábio amenizou um semblante que, sem isto, seria perigoso.

— Melhor você se acostumar com a ideia de ser castigada.

Blake chupou meu mamilo com força novamente e afagou o outro com os dedos, beliscando a pele o suficiente para causar a medida exata de dor.

Ofeguei, mas ele não abrandou.

— Como sei que esta não é apenas a próxima etapa para que você domine todas as partes da minha vida? Primeiro, o apartamento; agora, isso... — suspirei, mal conseguindo manter a linha de pensamento.

— Esta é uma ideia tentadora, mas eu acho que você dificilmente me deixaria escapar ileso.

Ele foi mais para cima, raspando os lábios na minha clavícula. Chupando meu pescoço, ele continuou provocando meus mamilos.

Curvei o peito na direção da mão dele e um sorriso satisfeito espalhou-se em seu rosto quando ele se afastou e levantou-se. Ele ainda estava duro, uma demonstração emocionante de resistência. Fiz uma careta quando ele colocou a calça de volta.

— Não faça bico. Me deixe levá-la para casa — disse ele, com a promessa de mais brilhando em seus olhos.

Menos de vinte minutos depois, estávamos atravessando as portas do apartamento. Deixei Blake estendido sob mim sobre a colcha fúcsia do quarto de visitas em uma questão de segundos, exatamente onde eu o queria há dias. Depois dos castigos de antes e de nossa breve conversa sobre eu ser sua submissa, eu ainda estava pegando fogo por ele. Frenética, tirei a camisa dele, lambendo e mordiscando a pele que levava até a calça, libertando-o. Ele se ergueu e tirou meu vestido. Nua e tomada de desejo, deixei que minhas mãos passeassem pela pele fervorosa dele enquanto ele traçava os contornos do meu tronco com a boca, idolatrando cada centímetro do meu corpo. A respiração suave dele aqueceu minha pele supersensível e aumentou minha ânsia.

— Erica, seu corpo é maravilhoso, meu Deus — sussurrou ele com uma voz grave.

Eu podia quase saborear o fervor dele, sua determinação de me possuir de todas as maneiras. Ele deslizou as mãos dos meus ombros aos meus pulsos, segurando-os com uma mão só atrás de mim. Mordi o lábio e gemi, agradando a mim mesma com os poucos movimentos que ele me permitia fazer me esfregando em seu pau, para trás e para frente em meu clitóris, até que eu estava tomada de desejo.

Ele apertou meus pulsos ainda mais, e um medo irracional me atravessou. Congelei, meus seios projetados desavergonhadamente na direção dele. Minha pulsação estava frenética, enquanto eu brigava com os instintos que jamais permitiriam tanto controle a qualquer homem.

— Blake, não sei... — falei, minha voz trêmula com uma mistura confusa de medo e desejo, enquanto me mantinha prisioneira.

Ele me silenciou com um beijo carinhoso.

— Vou cuidar de você, gata.

A voz dele não deixava dúvidas, e seu rosto era calmo e reconfortante, mais controlado do que eu jamais esperaria

estar sob aquelas circunstâncias. Olhei nos olhos dele e meu coração doeu pelo que eu sentia por aquele homem.
— Nunca vou machucar você.
Ele contornou meus lábios com o polegar.
Eu confiava plenamente em Blake. Com ele, eu nunca tinha me sentido mais segura, ou mais vulnerável.
A tensão de meus músculos, que me deixara a ponto de bala, pronta para lutar, dissipou-se.
Pronta para entregar-me ao que quer que fosse que ele tinha planejado, eu o beijei de volta. Meu coração disparou, a expectativa sobrepondo-se ao medo.
Blake circundou meus quadris com um braço, erguendo-os de leve antes de nos tocarmos, e eu deslizei cuidadosamente no calor escaldante de sua ereção. Ele tomou meu mamilo enrijecido em sua boca, atiçando o bico com a língua e os dentes, da mesma forma que tinha feito na casa noturna. As sensações dúbias me assolavam, mas também me mantinham presa. Eu não podia libertar nada da energia que me atravessava tocando-o ou apressando nossos movimentos. Em vez disso, aquilo permaneceu dentro de mim, como uma bola de fogo precisando desesperadamente de oxigênio, esperando para explodir e incendiar tudo ao meu redor.
Ele curvou a pélvis, investindo em mim repetidamente e fazendo com que meus próprios movimentos fossem desnecessários. Ele massageou meu clitóris com o polegar, assumindo o controle de todos os movimentos com habilidades de mestre até que eu estivesse perigosamente à beira do êxtase. Meus músculos ficaram tensos de novo contra as amarras das mãos fortes e quentes que me sujeitavam à vontade dele.
— Você consegue sentir tudo agora, não consegue, gata?
Quando ele disse aquelas palavras, uma consciência precisa de todos os pontos em que nossos corpos se tocavam me atingiu. O pau enorme dele enterrado em mim; seus

dedos tocando a melodia do meu desejo como uma música que ele conhecia como a palma da mão. Tremi, perdendo o controle a cada instante que passava.

— Sim... A sensação é incrível.

— Você tinha razão, Erica. Vou fazer você querer coisas que você nunca soube que queria.

Ele parou de massagear meu clitóris para mudar o ângulo dos meus quadris novamente, penetrando mais fundo. Um gemido baixo e impotente escapou de mim quando me senti desemaranhar em torno dele.

— Você vai querer que eu prenda você na cama e meta com força. Que eu controle o seu corpo.

— Blake, por favor... Ó Deus.

— Sim. Agora. Quero você toda.

Tive espasmos incontroláveis em torno de Blake, as palavras dele estimulando meu desejo voraz.

Então, ele me soltou e me deitou de costas, cobrindo meu corpo com o seu. Blake me possuiu com investidas poderosas que nos fizeram subir pelas paredes e levaram-me a um orgasmo de disparar o coração, que me atravessou como um raio, um calor branco ofuscante. Solucei o nome dele e arranhei suas costas, agarrando-me ao ombro dele enquanto o fogo dentro de mim explodia ao nosso redor.

— Blake!

— Sou seu, Erica — disse ele, o desejo palpável em sua voz enquanto ele prensava meus quadris na cama em sua última investida selvagem.

Ficamos deitados ali por alguns minutos, enrolados um no outro, unidos por aquela experiência, enquanto o alívio e ondas de pura felicidade tomavam conta de mim. Deslizei a mão pelas mechas úmidas do cabelo dele, enquanto ele contornava meu rosto com as pontas dos dedos. Os olhos dele nunca deixaram os meus, paralisados com uma intensidade quase reverente.

Eu nunca tinha me sentido mais conectada a outra pessoa, física e emocionalmente. Ninguém jamais poderia fazer eu me sentir daquela maneira. Tão exposta, tão natural.

Meu carrossel de pensamentos foi se acalmando à medida que ele dava beijos suaves como pétalas em meus lábios inchados, sussurrando elogios no meu ouvido até que adormeci em seus braços.

Acordei algumas horas depois. O dia estava amanhecendo e os braços de Blake mantinham-me firmemente próxima a ele, impedindo qualquer pensamento remoto que eu pudesse ter de escapar. Virei-me de leve para olhar para ele, mas quando me mexi, o braço dele apertou ainda mais minha cintura. O rosto dele estava relaxado e pacífico. Sorri. Eu estava exatamente onde queria estar. Joguei o braço por cima do dele, puxando-o para ainda mais perto de mim enquanto tentava pegar no sono de novo.

De repente, o celular de Blake tocou dentro do bolso da calça, no chão. Após alguns toques, ele se virou e saiu da cama para pegá-lo.

— Qual o problema? — perguntou ele.

Uma maneira estranha de iniciar uma conversa.

— Onde você está? — continuou ele, pressionando o celular no ombro enquanto pegava as roupas no chão. — Certo, chego aí em dez minutos.

Ele encerrou a ligação e terminou de vestir-se, aparentemente se esquecendo de que eu estava ali.

— O que está acontecendo? — perguntei.

Ele parou e olhou para mim, seu rosto marcado de preocupação. Que diabos poderia estar dando tão errado que ele tinha que sair correndo naquele exato segundo?

— Desculpe. Preciso resolver uma coisa. Não devo demorar muito.

— Posso ir com você?

— Não, apenas faça a mala. Vou levar você de volta para Boston quando voltar.

— Não posso ir embora. Tenho uma reunião amanhã — falei, olhando para o relógio. — Hoje, na verdade.

— Com quem?

— Um *brunch* com Isaac Perry.

— Remarque — ordenou ele sem hesitar. — Vou tirar você daqui.

— Blake, que porra está acontecendo?

Cruzei os braços defensivamente, um pouco insegura por ainda estar totalmente nua enquanto ele já estava vestido.

Ele suspirou pesadamente.

— Não posso explicar agora.

— Esqueça. Vou ficar aqui. Encontro você em Boston quando estiver pronta hoje.

Fui até minhas malas, enrolada no lençol.

— Confie em mim, você vai sair daqui — disse ele. Seu maxilar estava contraído daquele jeito familiarmente intransigente. — Vou explicar tudo quando voltar, prometo.

Analisei a expressão dele, querendo poder acreditar nele. Ele se aproximou de mim e tomou minha decisão por mim com um beijo que me fez desejar que tivéssemos mais dez minutos juntos.

— Já volto — prometeu ele e, então, saiu correndo pela porta.

De banho tomado e malas obedientemente prontas, xinguei a mim mesma por permitir que Blake me convencesse a cancelar minha reunião. Acabei pegando no sono de novo esperando por ele. Horas mais tarde, ele se sentou ao meu lado na cama, acarinhando-me para que eu acordasse.

— Hora de ir, gata — disse ele, sua voz baixa e carinhosa.

— Está tudo bem? — perguntei, saindo do transe do sono.

— Venha, vamos conversar no carro.

Ele se levantou e pegou minhas malas. Dei uma geral rápida e o segui.

Dei um adeus silencioso à cidade, enquanto nos dirigíamos à saída norte, percebendo que não tinha tido a chance de despedir-me de Alli. Eu ligaria para ela mais tarde, bem mais tarde, depois que ela e Heath tivessem dormido e descansado do que com certeza tinha sido uma noite longa para eles.

— Você vai me contar o que está acontecendo? — finalmente perguntei.

As mãos de Blake apertaram o volante.

— Quem foi que ligou pra você antes?

— Alli.

Franzi a testa, curiosa para saber por que ela sequer tinha o número de Blake. Minha cabeça ficou maquinando as possibilidades, mas nada fazia sentido.

— Por que é que ela ligaria pra você?

— Tenho certeza de que Alli não contou a você, por motivos óbvios, mas Heath tem um certo problema com drogas. Eu achava que ele estava limpo, mas ele teve uma recaída.

Soltei o ar que eu estava prendendo, absorvendo o choque daquela notícia. Minha mente acelerou, conectando todos os pontos. Tudo se encaixava. A aparência acabada dele aquela manhã, as noites longas e aquela sensação de desconfiança de que eu não conseguia me livrar quando estava perto dele.

— Que tipo de drogas?

— Cocaína, na maioria das vezes.

— Alli — sussurrei, cobrindo minha boca com a mão trêmula.

Como é que ela podia estar com ele sob aquelas circunstâncias? Aquilo era grave. E se Alli estivesse envolvida com drogas agora também por causa dele? Isso explicaria por que ela tinha evitado entrar em contato e a perda de peso que, apesar de sutil, ainda tinha sido notável para mim.

— Alli não está usando nada — disse ele, como se estivesse lendo minha mente.

Franzi a testa.

— Como você sabe?

— Eu acredito nela. Depois de anos lidando com Heath, meu desconfiômetro é bem aguçado. Ela está limpa.

Assenti com a cabeça, aliviada e sentindo-me repentinamente com pena de Blake. Há quanto tempo ele estava lidando com aquilo? Consertando as besteiras de Heath?

— O que aconteceu noite passada?

— Ele se envolveu em uma briga na boate. Eles chamaram a polícia e eles encontraram drogas com ele. A mesma velha história.

— E agora?

— Eles o mantiveram preso durante a noite. Já providenciei para que a fiança dele seja paga, aí vou colocá-lo na reabilitação para que ele não precise ir pra cadeia de novo.

De novo?

— Para onde ele vai?

— Estou pensando em tirá-lo de Nova York. Cocaína, modelos e casas noturnas. Não tem como ter um sem o outro, aparentemente, e ele simplesmente não consegue não cair na farra.

Tentei digerir tudo aquilo, encaixando as peças como um quebra-cabeça. Eu odiava o fato de ter ficado no escuro por tanto tempo. Por quanto tempo Alli soube e escondeu aquilo de mim? Primeiro Sophia e agora isso. Em uma questão de semanas, havia tantos segredos entre nós. Talvez ela não estivesse mentindo deliberadamente para mim, mas estava omitindo a verdade, o que machucava do mesmo jeito.

— Foi assim que você conheceu a Sophia? — perguntei, hesitante por sugerir o envolvimento dela, mas incapaz de resistir.

Ele ficou em silêncio por um longo momento.

— Eu a conheci através de Heath, sim.

Fiquei olhando para ele, observando-o se decidir se contava mais ou não.

— Acho que dá pra dizer que ela andava com a galera dele ou vice-versa. Não sei. Começamos a nos pegar de vez em quando, até que ela ficou com o Heath enquanto eu estava fora.

— Ela dormiu com ele?

— Nenhum dos dois admitiria. Eu sequer tinha percebido que eles tinham problemas até aparecer de surpresa em uma das festas deles no apartamento. Eles estavam no maior clima. Decidi não perguntar e simplesmente supus o pior.

— O que você fez?

— Mandei os dois para uma clínica de reabilitação. Ameacei cortar a grana deles até que eles estivessem limpos. Quando Sophia saiu da reabilitação, eu terminei com ela. Ela não encarou muito bem, mas eu concordei em ajudá-la a recomeçar a vida.

— Foi por isso que você investiu no negócio dela.

Uma expressão passageira de surpresa passou pelo rosto dele. Ele provavelmente estava disposto a fazer qualquer coisa para mantê-la limpa, sabendo que o término do relacionamento a empurraria ladeira abaixo. Será que ele a amava?

— Sim, mas o relacionamento acabou ali.

Ele desviou os olhos da estrada por um momento para olhar para mim.

— Eu acredito em você — falei.

Por mais que eu gostasse de olhar nos olhos dele, queria que eles voltassem para a estrada agora.

— Ótimo.

— O que Alli vai fazer agora?

— Ela pode ficar no apartamento pelo tempo que precisar, obviamente.

— Mas e o relacionamento deles? Digo...

Eu nunca tinha visto Alli daquele jeito, tão apaixonada. Mas será que eu conseguia apoiar seu relacionamento com Heath com seus vários problemas? Problemas sérios. Com um irmão bilionário ou não, ele era sinônimo de encrenca, e só de pensar que ela estava presa a ele de qualquer forma era complicado.

— Ela precisa resolver isso, mas não quero que você se envolva — disse Blake, um tom resoluto em sua voz.

Franzi a testa.

— O que isso quer dizer exatamente?

— Quer dizer que não quero você perto de Heath ou do círculo de amigos dele até que ele esteja limpo por um bom tempo. Isso inclui a Alli.

— Você está me dizendo que eu não posso vê-la?

Fiquei arrepiada com aquela sugestão.

— Se a Alli decidir ficar com ele é uma escolha dela, mas eu não quero você perto de nada disso.

Minha raiva borbulhou até a superfície e eu fervilhei, tentando pensar em uma maneira de ganhar a discussão. Eu precisava de café.

Aproximei-me da janela, tentando ficar o mais longe possível dele quanto o carro permitia.

— Café da manhã? — perguntou ele.

Fiquei olhando pela janela, recusando-me a responder.

Após alguns minutos de tensão, ele saiu da autoestrada e estacionou em frente a uma lanchonete charmosa. Ele desligou o carro, saiu e deu a volta para abrir a porta para mim.

Quando eu saí, ele me prendeu em seus braços, debruçando-me no carro e deixando nossos corpos perto demais para a raiva que eu estava sentindo dele.

— Preciso que você entenda — disse ele.

— Entenda o quê? Sua necessidade doentia de controlar tudo e todos ao seu redor?

— Você já conheceu algum viciado?

Apertei os braços cruzados contra o peito e olhei para além dele, para a estrada e os carros passando por ela. Ele ia tentar me convencer de que controlar minha vida era, de alguma forma, aceitável, eu tinha certeza.

— Não — admiti.

— Ótimo. Não quero que você conheça.

— Você não pode determinar quem pode fazer parte da minha vida. Você disse que não estava interessado em me dominar nesse sentido.

— Eu nunca disse isso e, em segundo lugar, isso é diferente.

— Que ótimo.

Tremi, arrepiada com a ideia de que, no fundo, Blake realmente queria, talvez precisasse, controlar-me — uma perspectiva que parecia se enraizar ainda mais no nosso relacionamento a cada segundo que passava.

— Erica, pare.

— Parar o quê? Eu nunca tive que dar satisfação pra ninguém e com certeza absoluta não vou me submeter a você. Então, enfie isso nessa porra dessa sua sede de dominância e se lambuze com ela.

Mexi-me para sair dali, mas ele não se moveu, mantendo-me presa.

— Erica...

— Não comece...

Ele resmungou e passou as mãos pelos cabelos, colocando uma pequena distância entre nós. Olhei para ele, mas quando meus olhos encontraram os seus, eles estavam cansados, turbulentos de emoção, implorando para mim em silêncio.

— Eu me preocupo com você. Estou me apaixonando por você e vou fazer o que for preciso para protegê-la. Você entende?

Meu coração martelava em meu peito. *Merda. Merda. Merda.* Aquelas palavras dele não podiam ter me atingido com mais força. Minhas mãos pinicaram de calor e ficaram úmidas. Esfreguei-as nervosamente na calça jeans enquanto o silêncio crescia entre nós.

— Heath destruiu nossa família com isso. Meus pais ficam quebrando a cabeça todos os dias, pensando em onde foi que erraram, e estou tentando tudo que posso para colocá-lo na linha de novo, torcendo para que alguma coisa funcione antes que ele se mate um dia.

Relaxei um pouco, grata por ele ter falado aquilo. Eu não estava nem perto de conseguir entender as emoções que se agitavam dentro de mim.

Eu precisava de café, ou dormir. Especialmente, eu precisava ficar fora da bolha de sexo enlouquecedor e emoções intensas de Blake. Eu já estava fodida o bastante sem tudo aquilo. Sacudi a cabeça, querendo me focar na discussão que eu estava determinada a vencer.

Ele tinha me lançado uma bola curva, mas, de alguma forma, precisávamos encontrar um meio-termo, apesar de eu achar que Blake não estivesse muito acostumado a negociar meios-termos quando ele não estava comigo. Respirei fundo e coloquei as mãos no peito dele. Seu coração disparou, assim como o meu.

— Blake, Alli é minha melhor amiga. Se ela vai continuar ao lado de Heath nessa, preciso estar lá pra apoiá-la, da mesma maneira que vou apoiar você.

Por uma fração de segundo, ele pareceu perdido. Sua expressão mudou de novo e ele se endireitou.

— Não preciso de apoio, Erica. Estou acostumado a lidar com isso. Só não quero que você se machuque. Eu não iria suportar.

Minha raiva se transformou em um desejo esmagador de levar a dor dele para longe, de ajudá-lo a arrumar essa bagunça.

— Me escute. Você não pode brincar de mestre do universo e recusar ajuda das pessoas que se preocupam com você.

Blake cobriu minhas mãos com as dele, apertando-as de leve.

— Ouça, foi uma noite longa. Vamos conversar sobre isso depois, quando não estivermos tão exaustos.

Suspirei e concordei com a cabeça, aceitando que estávamos, naquele momento, concordando em discordar.

CAPÍTULO 15

O BARULHO NÃO PARAVA. Escondi-me debaixo das cobertas, recusando-me a acordar e querendo que Alli atendesse a porcaria da porta.

Ah, merda. Meus olhos se abriram e sentei-me em um pulo. Eu estava de volta em meu próprio apartamento. Corri para atender o interfone ao lado da porta. Não havia sinal de Sid.

— Oi?

— Oi, minha menina — cantarolou a voz pelo interfone. Sorri.

— Suba, Marie.

Apertei o botão e abri a porta. Comecei a fazer café, dando uma olhada no relógio do forno. Eu tinha perdido o almoço e boa parte da tarde. Meu estômago roncava. *Primeiro, café.* Marie se juntou a mim alguns minutos depois, parecendo cheia de vida em um vestido floral, as cores vivas contrastando com seu tom de pele invejável.

— Uau, belo apartamento.

Ela deu uma olhada na sala de estar, que agora parecia bem menos vazia, visto que os móveis tinham chegado. Sid tinha organizado tudo enquanto eu estava fora; eu ainda não o agradecera por isso, mas logo o faria. Nós provavelmente estávamos no mesmo turno pela primeira vez.

— Obrigada, estou adorando — falei. — Café?

— Só água.

Ela se sentou em um banco no balcão e largou a bolsa e uma sacola de compras no chão. Pareceu me estudar por um momento, sua sobrancelha se arqueando.

— Você está um caco, Erica. Está tudo bem?

Suspirei, sentindo-me tão destruída quanto provavelmente parecia.

— Noite longa e longa história. Vou poupar você dos detalhes — falei, querendo que o café pingasse mais depressa.

Eu precisava de mais alguns minutos para acordar e compreender minha atual realidade, antes de sequer poder começar a falar sobre isso.

— Qual é a boa? Alguma novidade com Richard?

— Ah, não sei. — Ela deu de ombros, pegando o copo d'água da minha mão. — Ele tem a vida dele, eu tenho a minha. Vamos ver no que vai dar, acho.

— Não estou sentindo muita firmeza.

Recostei-me no balcão para ficar de frente para ela. Marie tinha passado anos no "mercado dos solteiros" e eu estava acostumava a ouvir sobre cada novo potencial candidato a marido. Ela tinha um coração bom, mas parecia nunca conseguir encontrar o sr. Ideal. Deus sabia que ela era uma romântica incurável e merecia um bom relacionamento mais que qualquer outra pessoa.

— Pois é. Nós dois estamos acostumados a ter nossa liberdade. Acho que quando você fica mais velho, é mais difícil mudar sua própria vida por outra pessoa. — Ela suspirou e girou o copo d'água no balcão. — Às vezes, eu sinto saudades do tempo em que podia me perder em outra pessoa, e ela também.

— Isso não parece muito saudável.

— Talvez nem sempre, mas é viciante. Não há nada igual. Você deveria tentar um dia desses.

Ela piscou para mim.

— Infelizmente, acho que já estou numa dessas até o pescoço.

— O homem misterioso?

Suspirei, percebendo que ela não sabia de metade da minha história recente com Blake.

— É. O homem misterioso. Blake é o nome dele. Ele mora no andar de cima, na verdade.

Ela arqueou uma sobrancelha.

— Perdi alguma coisa?

— É complicado, mas ele parece querer ficar comigo. Eu quero isso também, eu acho.

Divaguei, sem saber como pôr em palavras o que eu realmente sentia em relação a Blake.

— Então, qual é o problema?

Peguei uma caneca, enchi, antes que a chaleira fervesse completamente, e tomei um gole cuidadoso. Ela tinha razão. Eu mesma questionava por que tinha lutado tanto para conter meus sentimentos por Blake.

— É... assustador — falei. — Em primeiro lugar, ele é muito intenso e, em segundo, eu nunca precisei de ninguém, mas quanto mais tempo passamos juntos... É como se eu não conseguisse pensar em mais nada. É uma distração muito forte.

Fechei os olhos, tentando limpar meus pensamentos dele, uma tarefa impossível. Ele estava em todos os lugares, mesmo quando não estávamos juntos. E quando não estávamos juntos, eu ansiava por estar com ele. Obviamente, o sexo era inigualável, mas quando não estávamos nos devorando, estar com ele sempre parecia certo. Eu não tinha nada para comparar aquilo, além da série de casos chochos com caras que só estavam matando o tempo comigo, até que seus pais os forçavam a casar com a filha de um senador ou algo assim. Não havia comparação.

— Você está nessa até o pescoço, minha menina — disse Marie.

— Eu sei. Mas não quero me perder, Marie. Cheguei até aqui e esta sou eu. Gosto da minha vida e da minha independência, assim como você. Por que é que eu iria querer perder tudo isso e deixar de ser quem eu sou por causa de alguém que eu mal conheço?

— Perca-se, Erica, porque com a pessoa certa, quem vocês se tornam juntos é algo muito melhor, mais do que você sequer pode imaginar agora.

As palavras dela me atravessaram, atingindo bem fundo dentro de mim. Meu lábio tremeu de leve e eu pisquei para afastar as lágrimas que ferroavam meus olhos.

— Eu acho que o amo — sussurrei. — E isso está me assustando pra caramba.

Marie desceu do banco e veio até mim para me abraçar forte. Abracei-a de volta, extremamente grata por tê-la em minha vida. Mas como é que eu podia entregar meu coração a alguém como Blake? Ele tinha tantos segredos, sem falar nos sérios problemas de controle. Eu não conseguia imaginar como podíamos dar certo no longo prazo com todos esses obstáculos. Se não conseguíssemos, como eu iria sobreviver e lidar com tudo o que eu havia passado até então?

— Tenho uma coisa pra você — disse Marie, interrompendo meus pensamentos confusos e afastando-se para pegar a sacola de compras no chão.

Ela pegou uma velha caixa de sapatos e a entregou a mim. Coloquei-a no balcão e a abri. Dentro, havia um monte de fotos da minha mãe dos tempos de faculdade, bem no comecinho, quando Marie tinha acabado de começar a mexer com fotografia.

— Eu estava remexendo umas velharias e encontrei essas fotos. Você deveria ficar com elas.

Fui dando uma olhada e estudando cada foto.

O rosto e o sorriso de minha mãe me acalentavam. Em momentos como este, eu sentia ainda mais falta dela. Tentei ao máximo me lembrar de como eram a voz e a risada dela. Tanto tempo tinha se passado, mas a lembrança do amor dela ecoava dentro de mim, uma melodia que abraçava meu coração com o tempo e a distância.

Marie se debruçou por cima do meu ombro como se estivesse vendo as fotos pela primeira vez em muito tempo, fazendo comentários sobre onde elas estavam no campus em algumas delas. Parei em uma que mostrava um grupo de cinco amigas de braços enganchados, vestidas com jaquetas leves em um dia frio de outono, a julgar pelas folhas caídas atrás delas. Algo naquela foto fez-me parar. Minha mãe estava rindo, seus longos cabelos loiros esvoaçando em torno de seu rosto. Ela estava virada para o homem ao lado dela. Ao contrário das outras pessoas, as expressões deles revelavam mais do que a frivolidade do momento — uma expressão fugaz de adoração que eu tinha passado a conhecer muito recentemente.

— Quem é este?

Apontei para o homem que tinha cabelo curto castanho-claro e olhos azuis que eu reconhecia.

Marie ficou em silêncio, eu me virei para ela e a vi meneando a cabeça.

— Um velho amigo, suponho. Não consigo me lembrar.

— Mas parece que minha mãe o conhecia.

— Patty tinha muitos amigos. Ela era muito carismática. Metade da faculdade era apaixonada por ela, eu juro.

— Marie...

— Erica, não sei quem é este homem. Queria poder dizer a você.

Ela pegou a bolsa e retocou a maquiagem em seu espelho compacto.

Marie era despreocupada e energética, até um pouco imatura às vezes, mas não era uma boa mentirosa. Ela estava escondendo algo. Eu tinha uma suspeita irritante do por quê, mas não forcei a barra.

— Querida, preciso ir. Me mantenha informada sobre o misterioso Blake, tá?

Ela sorriu como se os últimos cinco minutos não tivessem acontecido.

— Está bem. Boa sorte com Richard também.

Ela respondeu com uma risada fraca, que não me deu muita esperança sobre Richard. Marie abriu a porta e assustou-se quando Blake deu de cara com ela na entrada. Ele pareceu tão surpreso quando ela.

Eu ri e juntei-me a eles.

— Marie, este é Blake. Blake, esta é minha amiga Marie.

— É um prazer, Marie — disse ele, cumprimentando-a com um sorriso de parar o coração.

Ela murmurou algo ininteligível antes de ir embora, dando-me um aceno com um sorriso compreensivo.

Blake se encostou na porta, de banho recém-tomado e descalço, as mãos enfiadas em um short de surfista combinado com uma camiseta branca simples. Só ele podia transformar algo tão casual em um *look* tão impossivelmente sexy.

— Que tal pedirmos comida em casa? — perguntou ele.

— Na verdade, parece perfeito. Ainda estou me sentindo meio esgotada.

— Eu também. Comida tailandesa?

— Claro. Encontro você lá em cima. Preciso me trocar.

Apontei para meu pijama.

— Não precisa. Roupas são opcionais, você sabe.

Ele deu um sorriso malicioso e eu revirei os olhos e dei um soquinho no braço dele, tentando esconder meu sorriso, antes de voltar para o quarto.

* * *

— Ó Deus — gemi — Acho que nunca mais vou cozinhar de novo.

— Não posso permitir isso — disse Blake entre garfadas de macarrão, que ele estava comendo direto da embalagem.

Ele achava que eu estava brincando, mas esta provavelmente era a melhor comida tailandesa que eu já tinha comido. Nos acomodamos no sofá, exaustos e cheios.

— Quer ver um filme? — perguntou ele.

— Quer dizer, lá fora?

— Não, podemos ficar em casa, a não ser que você queira sair.

— E aquela sua regra antieletrônicos?

— Na verdade, é meio que uma orientação.

Ele abriu uma gaveta na mesa de centro à nossa frente e pegou um dos vários controles remotos. O botão que ele apertou fez emergir uma TV enorme de tela plana de dentro de um compartimento secreto.

— Me parece ótimo. Escolha alguma coisa enquanto vou limpar tudo.

Peguei toda nossa bagunça e levei para a cozinha. Meus olhos se fixaram em uma caixinha de veludo quadrada, visto que estava isolada em cima do balcão. Tentei ignorá-la e foquei-me em descartar as sobras.

— Isso é pra você — disse Blake, apoiando o quadril no balcão do outro lado da cozinha.

Meus olhos se arregalaram de surpresa.

— Isso?

Apontei para a caixinha.

— Eu queria ter dado a você em Nova York, mas saímos correndo de lá antes que eu tivesse a chance.

Ah.

— Abra — disse ele, a voz grave com aquela rouquidão sexy que me fazia perder a cabeça.

Peguei a caixinha hesitantemente, enquanto ele se aproximava de mim. Segurei-a nas mãos, incapaz de abri-la. Após alguns segundos constrangedores, ele abriu a tampa para mim, revelando dois braceletes de diamantes, cada um com um pingente pendurado. Ergui um deles e identifiquei o pingente — uma roleta em miniatura feita de platina pura.

— Por ter sido meu amuleto da sorte — murmurou ele.

Sorri com a lembrança. Aquilo tinha sido muita sorte mesmo, eu tinha que concordar.

Ergui o outro. Nele havia um coração trançado delicado. Meu próprio coração começou a bater disparado, meus nervos repentinamente à flor da pele.

— Cada pingente tem um significado — disse ele em voz baixa, colocando a caixinha de lado e colocando os dois braceletes no meu pulso esquerdo, antes de dar um beijo suave na minha mão.

— Obrigada.

Minha voz vacilou. Eu tinha adorado os braceletes, eram simples e elegantes. Conhecendo Blake, eles certamente tinham custado uma pequena fortuna, mas o significado por trás do presente foi o que me deixou sem ar. Eu tinha reprisado as palavras dele daquela manhã na minha cabeça a tarde toda, pensando se ele tinha dito que me amava por impulso ou se era apenas para reforçar seu argumento no calor da discussão. Mas o presente solidificava o sentimento. Ele já sabia antes de ter dito aquilo.

As palavras travaram em minha garganta. Eu queria dizer mais. Eu também amava Blake. Tentar me convencer do contrário era mais que ridículo. As palavras e tudo que elas significavam estavam me consumindo por dentro. Eu queria que ele soubesse também, mas algo me manteve em silêncio.

Fiquei brincando com os braceletes — o metal frio na minha pele e os ruídos baixinhos dos pingentes que sempre

me lembrariam dele, mesmo quando estivéssemos longe. Antes que eu pudesse tentar dizer qualquer coisa, ele colocou a mão em meu rosto e abaixou-se para me beijar. Deslizei os dedos pelos cabelos dele e o beijei de volta com cada gota de paixão que eu sentia, dizendo a ele da única maneira que eu sabia como. Ele correspondeu minha intensidade, abraçando-me apertado e erguendo-me até ele com seus braços fortes.
— Erica...
— Shh.
Coloquei os dedos em seus lábios antes que ele pudesse falar mais. Eu não suportaria ouvir aquelas palavras de novo, sabendo que não conseguiria dizê-las também agora. Em vez disso, eu o beijei com delicadeza, fechando os olhos para evitar os dele.
Ele se afastou antes que pudéssemos ir adiante, segurando minha mão e levando-me de volta para a sala de estar. Aliviada, apoiei-me confortavelmente no braço dele quando o filme começou. Nos acomodamos e eu saboreei aquele momento. Não me lembrava de ter me sentido tão completamente contente com mais ninguém. Sem palavras, sem expectativas — passamos as duas horas seguintes relaxando juntos, esquecendo o drama que tinha nos cercado nos últimos dias, até que adormeci nos braços dele.
O apartamento estava quieto e escuro quando acordei. Blake me carregou para o quarto como se eu não pesasse nada. Ele me sentou na cama e ajudou-me a tirar a roupa. Sentindo-me descansada do cochilo recente, uma energia silenciosa se mexeu dentro de mim. Minha pele ganhou vida sob o toque dele.
— Achei que você fosse estar cansada.
— Não estou mais — murmurei.
Tirei a blusa e o sutiã, terminando o que ele tinha começado. Voltei rebolando para a cama, onde esperei por ele.

Ele tirou a camiseta, relevando o peito desnudo.

— Pelo visto você vai me manter ocupada — sorri. — Foi você quem me disse que relacionamentos podem ser uma distração.

— Eu estava apenas torcendo para ser essa distração.

Tirando o short, ele revelou sua ereção. Sob a luz suave do quarto, ele era lindo. As sombras brincavam nos ângulos esculturais de seu corpo tonificado. Mordi o lábio com força ao admirá-lo.

— Então, por favor, me distraia.

Ele subiu na cama, o colchão afundando à medida que ele se aproximava.

— Deite e eu serei mais que uma distração pra você.

Deitei-me. Ele deslizou minha calcinha para baixo e foi direto na carne sensível entre minhas pernas, lambendo-me com uma delicadeza de *expert*. Ele gemeu, vibrando os tecidos sensíveis enquanto provocava-os suavemente com a língua.

— Eu gosto pra caralho de estar aqui embaixo.— disse ele, sua respiração atingindo minha carne molhada. — Eu poderia lamber essa sua boceta docinha o dia todo.

As palavras dele deixaram meus nervos à flor da pele. Acelerei, a promessa do clímax fervilhando dentro de mim como uma tempestade. Ele afundou os dedos nos meus quadris para manter-me imóvel enquanto eu resistia a ele. Segurei-me, agarrando os lençóis debaixo de mim, à medida que o orgasmo se aproximava. Gritei, meu corpo reagindo além do meu controle, mas antes que eu pudesse me recuperar do último tremor, ele encaixou os quadris entre minhas pernas e me penetrou, mantendo meus quadris em um ângulo de modo a atingir a porção mais profunda de mim em sua primeira investida.

Prendi a respiração, enquanto me esticava para acomodá-lo, meu corpo extraordinariamente apertado.

— É tão bom — ofeguei.
Ele se moveu lentamente, determinando um ritmo que equiparei com facilidade. Devagar e intenso. Nada mais era tão perfeito. Era como voltar para casa. Era ali que eu queria estar todas as noites, nos braços dele, onde eu podia saborear a pressão do corpo dele sobre o meu, em torno do meu, dentro de mim, preenchendo-me completamente e fodendo-me incansavelmente, até que desaparecêssemos um no outro — até que sentíssemos aquela mágica juntos.

— Meu Deus, Erica, você é tão apertadinha — murmurou ele no meu pescoço. — Perfeita.

Respirei fundo e inspirei um amor ofuscante junto com o ar. Arrepios se espalharam pela minha pele. Eu estava louca de pensar que poderia continuar sem ele, sem isto. Eu era dele, em todos os sentidos concebíveis. Eu nunca o quis tanto e queria que esse momento nunca acabasse.

Fizemos amor lentamente, apesar de não ser menos intenso pela falta de pressa. Envolta no cheiro e nas carícias demoradas dele, agarrei-me às curvas rígidas de seu corpo musculoso e à promessa de que ele iria saciar a ânsia que me consumia toda vez que nossos corpos se mesclavam. Ele me abraçou forte quando um novo orgasmo nasceu dentro de mim, lento e estável, o prazer tomando conta de mim. Assolada pelas emoções que me rasgavam, fechei os olhos, mas Blake ficou imóvel.

— Olhe pra mim — sussurrou ele.

Meu corpo respondia ao mínimo comando dele. Abri os olhos e o fitei, e a paixão e o amor que encontrei neles fizeram meu peito doer. Não tinha como negar que eu amava esse homem.

CAPÍTULO 16

Quando acordei, já tinha amanhecido. Blake não estava lá, mas tinha deixado um bilhete.

Bom dia, chefe.
Fiz salada de frutas pra você de café da manhã, está na geladeira. Vejo você hoje à noite.
Com amor, B.

Meu estômago deu uma pequena cambalhota, como se tivesse acabado de sair de uma dessas montanhas-russas de parque de diversões. Dei uma fuçada na cozinha e encontrei uma única tigela de frutas picadas na geladeira. Sorri e a levei para o andar debaixo comigo, juntamente com o bilhete, que preguei no painel de cortiça em meu quarto. Tomei banho e vesti-me, tentando me focar na montanha de trabalho que eu tinha para fazer.

As horas foram passando, e eu estava finalmente começando a ter algum progresso, quando Sid entrou no apartamento inesperadamente. Ele parou quando me viu.

— Você voltou.
— Voltei. Onde você estava?

Espiei-o por cima da tela do laptop.

O cabelo dele estava bagunçado e seus grandes olhos castanhos pareciam cansados.

— Tem essa menina, Cady. Ela mora no andar debaixo.

— Fala sério!

— Ahn, estou falando — disse ele, franzindo a testa.

— Desculpe, esse é um código para "por favor, continue".

— Ela tem o novo *Call of Duty*, então ficamos acordados até tarde jogando. Passei a noite lá.

— Você gosta dela? — perguntei, sem me preocupar se estava empolgada demais.

Aquele era um verdadeiro progresso e Cady parecia não convencional e viciada em tecnologia o suficiente para que isso desse certo, possivelmente.

— Ela é bacana, sim — respondeu ele, enfiando as mãos nos bolsos nervosamente.

— Que legal! — Tentei controlar minha empolgação. — Ei, obrigada por ter colocado os móveis no lugar.

— Não foi nada. Até que foi divertido, na real.

Sorri.

— Só você acharia isso.

Ele deu de ombros.

— Provavelmente. Como foi a viagem?

Hesitei por um segundo. Como é que eu podia censurar a sequência de eventos que tinham comprometido minha viagem bastante curta? Uma ameaça da ex-namorada de Blake, um encontro inesperado com ele e a surpresa de descobrir o problema com drogas de Heath, que tinha consequências desconhecidas para Alli. Ela ainda não tinha retornado minhas ligações ou mensagens.

— Fiz alguns contatos — falei e parei por aí.

Alli e Sid nunca tinham sido muito próximos, e as energias dele eram mais bem aproveitadas na empresa do que especulando, ou mesmo ouvindo, a respeito do drama dela.

— Parece bom.

Ele sinalizou que iria voltar para sua caverna colocando os dedos na testa.

Eu o parei.

— Ei, acho que vou precisar da sua ajuda com uma coisa.

Ele se virou para mim de volta.

— O que seria?

— Espere aqui.

Voltei para o quarto e peguei a foto da caixa. Quando voltei, eu a coloquei no balcão à frente dele.

— Quem é esta?

— Esta é minha mãe. E *este* — falei, apontando para o homem ao lado dela — pode muito bem ser meu pai.

Ele ergueu os olhos rapidamente, olhando alternadamente para a foto e para mim algumas vezes.

— O que isso tem a ver comigo?

— Preciso que você me ajude a descobrir quem ele é.

— Por esta foto?

— Ele estudava em Harvard com a minha mãe em 1991. Essa informação e esta foto são tudo que tenho.

Sid pegou a foto. Ele franziu a testa e apertou os lábios, uma expressão comum quando ele estava fazendo cálculos, e um bom sinal de que ele podia e iria me ajudar.

— Qual o seu plano? — perguntei hesitantemente.

— A não ser que Harvard tenha algum tipo de banco de dados digital público, o que eu duvido, vou ter que descobrir como acessá-lo em privado. Aí vou tentar usar um software de reconhecimento facial decente e partir daí.

— Você faria isso numa boa?

O que eu estava pedindo dele provavelmente requeria acesso ostensivamente ilegal. A culpa já estava me consumindo. É claro que eu podia dar uma olhada nos anuários na biblioteca e descobrir a mesma informação, mas o método de Sid com certeza era mais rápido e mais preciso.

Ele inclinou a cabeça.

— Este cara é mesmo seu pai?
— Queria poder saber.
— Está bem, eu digo o que encontrar — disse ele.
Ele voltou para o quarto, levando a foto consigo.
Voltei a focar-me em meu laptop. Eu ainda tinha centenas de coisas para fazer, incluindo avaliar a pilha de currículos que eu tinha acumulado desde que tinha anunciado a vaga da Alli antes da viagem. Só que agora não conseguia me concentrar nem um pouquinho. Quanto tempo aquela busca duraria? E se Sid o encontrasse em uma questão de horas? E se simplesmente não encontrasse? Roí a unha.

Meu celular tocou, quase me derrubando da cadeira. Eu tinha o número e o reconheci imediatamente.

Respirei fundo e atendi alegremente.
— Oi, Isaac.
Fiquei feliz por ter qualquer distração nesse momento.
— O que você vai fazer hoje à noite? — perguntou ele com uma voz suave que me lembrou do quanto ele tinha sido encantador pessoalmente.

Hesitei.
— Ainda não sei. Por quê?
— Estou indo para Boston esta tarde. Supus que pudéssemos bater um papo enquanto estou na cidade.
— Ah, claro.

Eu ainda me sentia culpada por ter cancelado com ele em cima da hora sem uma desculpa genuinamente acreditável. Até onde ele sabia, algo tinha acontecido com a empresa que me fez ir embora abruptamente ao nascer do sol, em uma manhã de domingo.

— Ótimo, você pode me encontrar no Plaza Park, perto das seis?
— Perfeito. Vejo você lá.

Desliguei. Toda animação quanto a encontrar Isaac fraquejou quando pensei que eu não teria um jantar tranquilo com Blake no apartamento dele. Eu já sentia tanta falta dele. Eu estava me apaixonando perdidamente por Blake. *E daí?* Eu ia parar de martirizar-me por cada passo que me levava mais fundo em nosso relacionamento. Se eu ia me apaixonar perdidamente, ia com todo o coração e sem arrependimentos.

Dei uma olhada no relógio, debatendo comigo mesma por um mero segundo antes de mandar uma mensagem para Blake.

E: Posso visitar você no escritório?
B: Por favor.

Coloquei uma saia lápis bege e uma blusa de botões branca e alisei o cabelo, deixando-o macio e sedoso. Olhei-me no espelho, satisfeita por estar profissional o suficiente para jantar com Isaac e sexy o suficiente para dar a Blake algo em que pensar enquanto eu estivesse longe.

Blake não estava por ali quando cheguei. Ninguém pareceu reparar em mim, então, fui até o escritório dele. Ele estava acampado em frente aos três monitores. As TVs exibiam silenciosamente as atualizações do mercado de ações e canais de notícias do outro lado da sala, lembrando-me do motivo daquela regra antieletrônicos em casa.

Fechei a porta.

Ele se virou na cadeira.

— A que devo essa honra?

Ele se recostou na cadeira com um sorriso perverso no rosto.

— Tenho um jantar de negócios esta noite. — Fui até a outra mesa, onde ele era forçado a trabalhar com simples papéis e canetas e sentei-me nela. — Então, queria vir ver você por um tempinho antes.

— Com quem você vai se encontrar?

— Perry.

Ele fez uma careta.

— Aquele filho da puta não se cansa.

— Você o conhece?

— Conheço bem o suficiente pra saber que ele está a fim de você.

Ri com aquela suposição descarada. Apesar da suspeita não ser totalmente sem sentido, ele não tinha como saber daquilo.

— Você sabe o quanto está parecendo maluco agora?

Ele me ignorou e colocou as mãos atrás dos meus joelhos, rolando a cadeira para perto de mim.

— Por que você não me deixa ir com você? Posso ser seu parceiro de negócios.

Meu sorriso desmanchou.

— Não acho que seja uma boa ideia, Blake.

— Por quê? Ele vai se ater a falar de negócios e eu não vou ter que me preocupar com você.

— Primeiro, você não é meu parceiro de negócios e segundo, eu realmente não acho que você tem nada com que se preocupar. Ele parece bem profissional e eu prefiro que ele se sinta à vontade para falar livremente. Você sabe, cara a cara.

Ele me encarou com uma expressão severa.

— Você está decidida?

Tirei os saltos altos e desci da mesa, montando nele.

— Você está exagerando — sussurrei.

Dei um beijo no pescoço dele, já intoxicada por seu cheiro. Ele tinha um aroma limpo e exclusivamente Blake. Capturei o lóbulo de sua orelha com os dentes e dei uma mordida leve.

Ele prendeu a respiração.

Enganchei os dedos nos passadores de cinto da calça dele e puxei-me mais para perto, deslizando a mão sob a camiseta dele. Seus músculos eram rijos e implacáveis, não diferentes do atual estado de humor dele.

— O que podemos fazer para animar você, Blake? — perguntei, tocando no botão da calça dele.

Ele segurou minha mão antes que eu pudesse ir mais longe.

— Nada disso.

Meus olhos encontraram os dele. Ele estava sério, mas eu tinha a sensação de que podia vencer essa batalha.

— Ah, eu esqueci, você tem uma reputação a zelar. Nada de trepadas no escritório ou os seus *minions* vão fazer motim?

Tentei amenizar o humor dele mantendo o meu divertido. Um relance de sorriso passou pelo rosto dele.

— O que é que eu vou fazer com essa boquinha esperta?

Contornei o maxilar dele com beijinhos.

— Tenho algumas ideias.

Raspei os lábios nos dele, enquanto ele erguia minha saia até as coxas. Minha respiração ficou ofegante, meu desejo por ele já efervescendo. Ele enfiou a mão entre as minhas pernas e tocou-me por cima da calcinha. Gemi, pressionando o corpo contra a mão dele, meu clitóris já palpitando pelo toque dele. Ele empurrou o tecido para o lado, abrindo-me e deslizando por meu sexo.

— Você está pronta pra mim — murmurou ele.

— Sempre.

Girei os quadris de leve, estimulando os movimentos dele.

Ele deslizou dois dedos pela minha abertura, prendendo meu clitóris entre eles, e, então, penetrou-me com eles e massageou meu clitóris com o polegar. Ele seguiu o mesmo caminho, repetidamente, até que todo meu corpo estava tenso com a pressão, equilibrando-se precariamente no precipício do êxtase.

— Goze, Erica. Agora. Quero sentir essa sua boceta insaciável gozar pra mim.

Afundei-me nos ombros dele. Abafei um grito e quase convulsionei em cima dele, meu sexo contraindo-se quase dolorosamente sem o pau dele dentro de mim. Com mãos trêmulas, atrapalhei-me com a braguilha da calça dele, determinada a mudar aquele fato. A ereção dele estava aprisionada debaixo do jeans, a única barreira entre nós. Ele segurou meus pulsos de novo, virando minhas palmas para cima para dar um beijo lento e molhado em cada uma delas.

— Blake — gemi.

— Você precisa ir pra sua reunião.

A voz dele era equilibrada quando ele soltou minhas mãos. Ele ficou me olhando nos olhos e enfiou os dedos na boca, chupando as pontas molhadas nas quais eu estava cavalgando há poucos instantes.

Puta que pariu. Meu coração pulou uma pulsação.

— Temos tempo de sobra — falei, tentando abrir a calça dele de novo. Afinal, eu tinha calculado o horário da minha chegada com isso em mente.

— Levante — ordenou ele, dando-me um tapa leve na bunda.

Relutantemente, levantei-me e apoiei-me na mesa dele, enquanto ele desaparecia no banheiro do escritório. Ele voltou com uma toalhinha úmida e limpou-me, um ato tanto carinhoso quanto excitante.

— Estou sendo castigada? — perguntei, confusa quanto ao porquê de ele estar sendo tão inabalável, especialmente visto que ele claramente me queria também.

— Não.

— Você me quer.

Acariciei o pau dele por cima da calça.

Ele se afastou do meu toque.

— Quero. Você só vai ter que voltar rapidinho da sua reunião para saber o quanto.

Ele se virou e voltou para o banheiro.

Frustrada por aquele ser o fim do nosso *rendez-vous*, endireitei-me. Alisei os vincos leves na minha saia e tentei me recompor, física e emocionalmente. Saindo do modo "sexo com Blake" para o modo profissional — não era uma tarefa fácil, quando tudo em que eu conseguia pensar era em como eu me sentiria incrível se ele me comesse na mesa dele.

Passei os dedos pela mesa, os pingentes dos meus braceletes tilintando.

Blake apareceu atrás de mim e pressionou seu corpo quente contra o meu. Ele me deu um beijo no ombro.

— Preciso ir — falei.

Aquela frase era um meio-termo entre a frustração e o desespero.

— Volte logo. — A intensidade da voz dele reverberou por meu corpo. — Quanto mais eu tiver que esperar, com mais força eu vou foder você.

Ofeguei. Meus seios pareciam inchados e pesados, ansiando pelo toque dele. Pressionei as costas contra ele e ele deu um grunhido baixo. Blake segurou meus quadris e os soltou com a mesma rapidez. Então, ele desapareceu. Virei-me e o vi no frigobar. Ele se serviu de uísque e olhou pela janela.

Eu era orgulhosa demais para implorar e não estava a fim de analisar psiquicamente por que ele insistia em nos torturar. Terminaríamos aquilo depois, mas eu estava pegando fogo agora. Eu ficaria contando os minutos até que minha reunião terminasse. É claro que aquilo era exatamente o que Blake queria. O que mais eu poderia esperar de um hacker obcecado por controle? Ele jogava sujo.

* * *

Em meio às antiguidades restauradas do hotel, os candelabros, as cornijas douradas e a música de Frank Sinatra que tocava no lobby, parecia que eu tinha entrado em um filme do Rat Pack. Isaac levantou-se de uma cadeira do outro lado do salão. Fui até ele, meus saltos fazendo barulho no piso de mármore. Ele estava usando um terno caro, mas a camisa estava com o primeiro botão aberto. Isso, aliado ao seu sorriso desarmador, o fazia parecer casual e acessível.

Quando nos encontramos, ele se aproximou para dar-me um beijinho na bochecha, um gesto que me lembrou Sophia demais.

— Para onde? — perguntei, ansiosa por dar início à reunião.

— Vamos ao Maggiano's. É logo aqui ao lado.

Atravessamos a rua e entramos no amplo restaurante italiano. Depois de nos acomodarmos à mesa, sentando-se à minha frente, Isaac pediu uma garrafa de vinho à garçonete que nos cumprimentou.

— Como foi tudo hoje? — perguntei depois que ela foi embora.

— Foi bem, nada demais. Pra ser sincero, eu provavelmente não teria vindo se não fosse me encontrar com você.

— Ah. Parece que o plano deu certo, então.

Alisei o guardanapo em cima do colo, deslizando os dedos despreocupadamente sobre a saia ainda amassada.

— Então, me conte, por que você está administrando o negócio em Boston?

Ergui as sobrancelhas e procurei pela resposta certa.

— Já moro aqui há anos. Não quero ir embora a não ser que realmente precise.

— Há muito mais oportunidades para você em Nova York.

— Não o suficiente para me fazer ir embora, suponho.

Ele se aproximou com um sorriso tendencioso.

— Então, deve ter alguém que prenda você aqui.

Recostei-me no sofá e tamborilei os dedos na toalha de mesa xadrez. Por que ele insistia em tornar a conversa tão pessoal? Minhas habilidades para papo-furado nunca tinham sido das melhores. Talvez eu precisasse ceder um pouquinho antes de mergulhar na logística de como ele nos imaginava trabalhando juntos.

— Tem alguém me prendendo aqui, sim.
Um vislumbre de ideia formou-se quando disse aquelas palavras.
— E ele deu isto a você.
Ele deslizou os dedos pelo meu antebraço para tocar nos pingentes de diamante que brilhavam de maneira impressionante sob a luz suave do restaurante.
— São lindos.
Aquele contato atravessou meu corpo, e não de uma maneira agradável. Puxei o braço para trás e coloquei o cabelo atrás da orelha nervosamente. Arrepiei, querendo ter trazido um suéter, alguma coisa para manter-me aquecida e escondida dos olhares sugestivos dele. Arrependi-me de ter escolhido aquela blusa agora. Eu tinha aberto um botão por causa de Blake e agora não tinha como voltar atrás sem ser constrangedor.
— Obrigada.
Mantive os olhos baixos e foquei-me na comida que tinha chegado.
— Quem é o sortudo?
— Blake Landon. Acho que talvez você o conheça.
Ele fez uma breve careta.
— Não brinca! Acho que a Sophia deve ter alertado você quanto esse aí. Ele tem a fama de descartar seus hobbies.
Deixei o comentário passar batido. A versão de Blake dos acontecimentos com Sophia estavam em concordância com o que alguém poderia esperar daquele tipo de relacionamento e situação. Ele nem sempre me contava toda a verdade, mas eu ainda não o tinha pegado mentindo. Além disso, eu tinha dificuldades em imaginar alguém tão frio e calculista como Sophia roubando o coração de alguém.
— De onde você conhece a Sophia? — perguntei, pensando que deveria aproveitar a oportunidade para saber mais sobre ela.

225

— Usamos as modelos dela em muitos ensaios para as revistas e, claro, ela é uma ótima empresária, assim como você. Você foi esperta de fazer contato com ela.

Arrepiei, e as cores do salão ficaram momentaneamente mais vívidas quando a imaginei. Se ela um dia tocasse em Blake, eu definitivamente faria contato com ela.

Isaac estava me deixando furiosa com todo aquele gracejo pessoal. Eu precisava nos colocar de volta nos trilhos. Talvez Blake tivesse razão. Tê-lo ali teria mantido Isaac nos eixos, apesar de que a conversa se tornaria incrivelmente constrangedora também.

Respirei para acalmar-me e tentei retomar a pauta dos negócios.

— Você mencionou que talvez pudéssemos encontrar maneiras de trabalhar juntos. Fiquei imaginando o que você teria em mente.

Ele sorriu.

— Ora, você que é a expert em relações sociais. O que *você* tem em mente?

A tensão diminuiu um pouco quando pude me concentrar em falar de negócios. Questionei-o quanto aos mecanismos de sua estratégia de marketing, cujos detalhes ele praticamente não sabia, mas, no geral, tive uma noção melhor de como os departamentos dele são estruturados em cada publicação. Consegui pensar em algumas maneiras de trabalharmos juntos.

Passamos a próxima hora, ou algo assim, discutindo a logística da promoção cruzada entre as revistas dele usando as ferramentas do Clozpin. O plano parecia promissor e Isaac parecia receptivo. Concordei em elaborar uma proposta detalhando as opções que discutimos.

Depois que minha vida pessoal estava fora dos holofotes, a conversa foi produtiva, até agradável. Secamos o Pinot Grigio e eu recomendei alguns outros lugares para ele conhecer em Boston na próxima vez que estivesse na cidade. Um silêncio tomou conta da mesa, enquanto esperávamos pela conta. Dei uma olhada em meu celular. Tinham se passado quase três horas. Blake estaria furioso.

Quando saímos do restaurante, o sol já tinha se posto e eu estava mais relaxada, graças ao vinho. A noite estava quente quando pisei na calçada. Virei-me para Isaac para perguntar para qual lado ele estava indo. Com o movimento, perdi o equilíbrio e caí. Isaac me agarrou e me pôs de pé bem próxima a ele.

— Tive uma noite ótima com você, Erica.

A voz dele era baixa e grave.

Aquele som poderia ter derretido outra mulher, mas me arranhou feito unhas em um quadro-negro. Nada parecia certo naquilo, mesmo depois de ter encerrado o jantar com um saldo tão positivo.

— Obrigada, Isaac, mas eu...

Ele abafou meu protesto, dando um beijo inesperado na minha boca. Congelei, enquanto ele forçava a língua na minha boca e agarrava minha bunda, esfregando os quadris em mim. Gritei na boca dele enquanto tentava encontrar meu equilíbrio e empurrá-lo para longe, mas ele me segurava com firmeza.

Tentei me virar, alarmes disparando em todos os lugares.

A adrenalina se espalhou por mim em uma onda potente. Meu corpo zunia com o impulso de lutar, de afastá-lo de mim o quanto antes. Minha mente berrava comandos, mas, contra todos os instintos, eu hesitei, torcendo para que ele simplesmente me soltasse.

— Por que não voltamos para o hotel?

— Me largue, Isaac.

Por favor. Não posso passar por isso de novo. Por favor.

Ele riu, um som perverso que atravessou meu corpo.

— Você acha que o Landon liga pra você, né?

Fervilhei de raiva e preparei-me para dar com o joelho no saco dele quando ele congelou.

— Perry.

A voz grave surgiu de trás de mim. Isaac me soltou, imediatamente criando uma distância entre nós. Ele recuou até a parede de pedras do prédio. Em um piscar de olhos, Blake estava em cima dele, segurando-o pelo pescoço contra a parede.

Isaac vomitou uma série de desculpas.

— Ela tropeçou, eu apenas a segurei. Não foi nada, eu juro.

— O que eu vi foi diferente de "nada".

Olhei para um lado e para o outro da rua. A noite tinha caído e estávamos sozinhos. Estava com dificuldades para respirar à medida que o pânico posterior irradiava dentro de mim, mas fiquei me relembrando de que estávamos seguros. Blake estava ali e, pelo que parecia, Isaac não tinha chance alguma. Em uma questão de segundos, ele tinha se transformado em uma poça patética de desculpas, enquanto Blake o sufocava ainda mais, desafiando-o a fazer qualquer movimento errado.

— Ela é minha, Perry. E se você encostar a mão nela de novo, vai perder as mãos. Fui claro?

— Sim. Sim, com certeza.

Blake afrouxou os dedos só o suficiente para jogá-lo de novo contra a parede, fazendo Isaac tossir, agarrando a mão de Blake em torno de seu pescoço.

Eu nunca o tinha visto tão bravo, não desse jeito.

Blake finalmente o largou.

— Vá embora — ordenou ele.

Isaac desapareceu rua abaixo na direção do Plaza. Blake se virou para mim, o rosto duro como pedra.

CAPÍTULO 17

Segui Blake pela calçada até onde seu lustroso carro esportivo estava estacionado. Há quando tempo ele estava me vigiando? Como é que ele sequer sabia onde estávamos? O conhecimento misterioso que ele tinha da minha vida era perturbador, mas eu não ia trazer isso à tona agora.

Ele abriu a porta do carro para mim por pura educação, supus, já que não disse uma palavra para mim quando entrou no carro e acelerou nas poucas quadras de volta para o apartamento. Saímos do carro e eu o parei na entrada do prédio.

— Você está bravo comigo?

— Não estou feliz por ter encontrado você com a boca grudada naquele filho da puta, se é isso que você está perguntando.

— Ele só... Eu *não* queria aquilo.

— Eu sei disso, mas você não estaria naquela situação se tivesse me ouvido.

Encolhi-me, odiando o fato de que ele estava certo. Toda aquela situação constrangia-me.

— Ele me pegou desprevenida. Eu teria conseguido me virar, se você tivesse deixado.

— Você teria deixado Max ir com você, como investidor?
Bati o pé na calçada. Aquela era uma pergunta capciosa.
— Blake, não é saudável que você esteja comigo em todas as reuniões de negócios. Não vamos fazer isso.
— Me responda.
Hesitei.
— Talvez.
— Foi o que pensei. Vou financiar o negócio. Vou ligar para Max amanhã e avisar que o contrato está cancelado.
Ele remexeu no bolso.
— Não, pode parar aí. Este é o *meu* negócio. Eu é que tenho que tomar essas decisões.
Eu mal tinha parado de tremer do assédio de Isaac. Agora, a ameaça de Blake ligar para Max sob essas circunstâncias extremas tinham elevado meu pânico a outro nível. Minha mente disparou, tentando freneticamente ficar um passo à frente de Blake e onde ele queria chegar com isso.
— Certo. E você precisa dos dois milhões de dólares pra continuar mantendo o estilo de vida que você leva hoje — disse ele.
Congelei.
— Você está me ameaçando quanto ao apartamento? É só dizer que eu pego as minhas coisas agora mesmo. Foi você que me forçou a vir pra cá.
Ele passou as mãos pelos cabelos já bagunçados, sua respiração assobiando por entre os dentes cerrados.
— Simplesmente aceite o dinheiro e podemos esquecer isso tudo.
— Blake, temos um relacionamento, ou ao menos tínhamos vinte minutos atrás. Não vou aceitar seu dinheiro.
Ele parou, fitando-me com olhos penetrantes.
— Você não confia em mim.
Aquelas palavras atingiram-me em cheio. Não porque ele se sentia assim, mas porque eram verdade. Eu confia-

va em Blake em muitos sentidos, mas manter o negócio sob minhas condições era imperativo.

Incapaz de formular uma resposta convincente, entrei no prédio e quase trombei com Cady e Sid, que estavam entrando no apartamento dela. Blake entrou logo atrás de mim, com pressa.

Dei um "oi" e um "tchau" rápidos antes de subir as escadas para o meu apartamento. Blake me seguiu até o quarto. Não discuti.

— Tire a roupa — ordenei, apontando o indicador para ele.

Minha cabeça estava uma confusão épica. Eu não conseguia pensar em cura melhor do que transar com Blake até perder os sentidos. Mesmo porque, eu tinha pensado praticamente só nisso boa parte do dia.

As sobrancelhas dele se arquearam.

— Não devíamos conversar sobre isso?

— Não fui clara? Tire. A. Roupa.

Inclinei a cabeça, desafiando-o a argumentar.

Ele ficou parado por mais um minuto e, então, tirou toda a roupa. Quando a última peça caiu no chão, fiquei olhando perplexa para o exemplar de homem à minha disposição ali, na minha frente. Cada pedacinho de pele esticada por cima dos músculos esculpidos por debaixo dela. Meus dedos coçavam para passar a mão por eles, para senti-los se contraírem debaixo de mim, em cima de mim, dentro de mim. Minha raiva esvaiu-se, substituída rapidamente pelo desejo que eu estava adiando há horas.

Quanto mais eu olhava para ele, mais duro ele ficava. Sua expressão era calma, mas a ânsia que fervia por trás de seus olhos espelhava a minha própria. Dei um passo adiante e o empurrei de leve para a cama. Ele tentou me tocar, mas eu me afastei. Ao despir-me, demorei-me em tirar o sutiã e a calcinha de renda branca, que eu tinha escolhido especialmente para ele.

Fui para cima dele sem pressa, beijando sistematicamente seu pescoço, seu peito, mordiscando os círculos escuros de seus mamilos, que enrijeceram sob meu toque. Finalmente, voltei minha atenção ao pau dele, passando a língua por toda sua extensão e lambendo a gotinha de pré-porra da ponta, saboreando-o antes de colocá-lo por inteiro na boca, cada vez mais fundo, até que ele atingiu o fundo da minha garganta.

— Jesus, Erica.

Ele prendeu a respiração.

Alegrei-me com aquela pequena vitória. Ele era muito melhor que eu naquele jogo de autocontrole, sem nunca deixar transparecer que eu o estava atormentando com meu toque até agora. As coxas dele estavam tensas, contraídas, quando o soltei, tirando-o da minha boca lentamente.

— Como você se sente? — perguntei.

— Venha aqui que eu mostro a você.

Os olhos dele estavam semicerrados e sombrios de luxúria.

Meu corpo estremeceu. Posicionei-me em cima do pau dele e o inseri lentamente, dando ao meu corpo tempo para ajustar-se ao tamanho dele.

Uma onda de calor se espalhou por mim enquanto eu o encobria por completo. Ergui-me e ele segurou meus quadris, puxando-me com força para baixo novamente, lembrando-me do lugar dentro de mim que só ele conseguia satisfazer. Joguei a cabeça para trás e xinguei. Congelei, abismada com quão bem ele se encaixava em mim, com como ninguém tinha chegado nem perto disso.

Ele apertou meus quadris e tentou me erguer, mas eu mudei o ângulo para que ele não conseguisse.

— Não — falei com firmeza

Ele ficou imóvel e me soltou.

— Provavelmente deveríamos conversar sobre códigos de segurança.

— Este é o meu código. Quando digo "não", acredite em mim, é "não" mesmo.

— OK — respondeu ele em voz baixa.

— Vou foder você até que minhas pernas virem gelatina e eu não consiga lembrar meu próprio nome. Aí você pode assumir o comando, OK?

— Como quiser, chefe.

Ele engoliu seco e entrelaçou os dedos atrás da cabeça — uma contenção autoimposta.

Girei os quadris, subindo e descendo com um impacto calculado até que encontrei um ritmo. Meus seios estavam pesados e sensíveis. Acariciei meus mamilos para sanar a ânsia profunda de ser tocada. As mãos de Blake nunca se mexeram e seus olhos nunca deixaram os meus. Os quadris dele se ergueram, vindo de encontro aos meus movimentos e penetrando-me cada vez mais fundo. O clímax serpenteou dentro de mim. Tremi, mordendo o lábio até ficar amortecido, presa em um orgasmo que continuava seguindo rumo ao ápice.

— Quero ouvir você — disse ele. — Agora, Erica.

A represa se partiu e um grito sufocado saiu de mim enquanto eu gozava com força. Sem fôlego e perdendo o pique, desabei para frente, entrelacei meus dedos com os dele e o beijei.

Blake sentou-se comigo, pegou um mamilo com a boca, depois o outro, e penetrou-me ainda mais fundo. Gemi. Ele segurou meu rosto com uma mão e passou o outro braço pela minha cintura, puxando-me para perto dele e beijando-me — um beijo intenso e penetrante que dizia muitas coisas. Eu podia sentir o desejo nos lábios dele. Estava mais que pronta para permitir que ele assumisse o controle.

— Está tudo bem — falei.

Ele nos virou com um controle calculado, cobrindo meu corpo com o dele antes de arremeter com força. Curvei-me, acolhendo tudo que ele tinha a me oferecer. Com cada investida, eu me desemaranhava, horas querendo que ele atingisse o êxtase, este momento de pico em que eu podia me perder nele.

Beijei-o freneticamente, presa entre a raiva e o amor e a paixão. Minhas unhas arranharam as costas dele quando chegamos juntos ao clímax, molhados de suor.

Blake afundou o rosto no meu pescoço.

— Você é minha — sussurrou ele.

Apertei os olhos e o abracei. Ele não fazia ideia do quanto aquilo era verdade.

Ficamos ali deitados, sem ar e satisfeitos, na cama, lado a lado. Fiquei admirando o corpo incrível de Blake esticado à minha frente. Deslizei os dedos delicadamente pela pele irritada das costas dele, onde eu tinha arranhado com mais força do que pretendia.

— Peguei você — sussurrei.

— Se você continuar me tocando desse jeito, eu é que vou pegar *você*.

Ri e deitei de barriga para cima, hipnotizada por aquele momento e incapaz de tirar os olhos do homem lindo na minha cama. Ele se levantou e ficou me encarando.

— Isso foi incrível, por sinal — disse ele. Blake colocou meu cabelo atrás da orelha, contornando minhas curvas, como se as estivesse gravando na memória. — Por que é que você consegue me confiar seu corpo, depois de tudo que você passou? E apesar de eu ter construído e vendido dezenas de empresas, você não me confia a sua?

Resmunguei e fechei os olhos. Ele não iria permitir que uma trepadinha o atrapalhasse. Ele provavelmente a usaria em benefício próprio.

— A empresa é tudo pra mim — Encolhi-me quando aquelas palavras saíram de mim, mas, em muitos sentidos, aquilo era verdade. — Digo, o negócio representa anos de esforço. Não apenas o tempo que eu passei criando-o, mas os anos que passei estudando e me tornando quem eu sou.

— Sim, e...

— Quando estamos juntos, isso significa algo para nós dois. Eu confio, sim, em você, mais do que já confiei em qualquer outra pessoa. Mas e se algo acontecer entre nós, ou você se cansar do meu pequeno empreendimento? E se ele se tornar um dreno pra você, ou der errado?

— A quantia de dinheiro que você está pedindo não é nada pra mim — disse ele. — É pouco provável, senão impossível, que a empresa um dia se tornasse um dreno. Além disso, eu não permitiria que um negócio no qual estou envolvido desse errado.

— Então, por que você simplesmente não investiu quando teve a chance? Qual é a diferença agora, além de você pirar toda vez que eu fico a um metro e meio de distância de outro homem?

— Eu estava mais interessado em conhecer você do que em lhe dar um cheque. Eu sabia que se deixasse passar, Max iria pegar. Eu estava certo. Agora... as coisas são diferentes. Eu me preocupo com você e quero cuidar das coisas que importam pra você.

Aquela afirmação penetrou em mim e uma pequena parte em mim até queria ceder. Eu tinha passado semanas alimentando dúvidas quanto à empresa porque ele tinha dispensado com muita facilidade. Saber que ele tinha enxergado valor desde o começo era reconfortante, mas não mudava o fato de que misturar negócios com prazer, ao menos nesse nível, era uma péssima ideia.

— Eu agradeço, mas esse não é um bom motivo para investir. Já é ruim o suficiente que você e Max tenham problemas um com o outro, mas não posso colocar a empresa em risco se você e eu tivermos aborrecimentos. É peso demais.

Ele ficou em silêncio, mas eu senti que aquela conversa estava longe de ter terminado. Ele me puxou mais para perto e aninhou-me em seu peito, onde dormi, aquecida e em segurança.

* * *

Chequei meu e-mail pela manhã, ainda esgotada da noite anterior. Blake tinha me acordado mais de uma vez, provavelmente para tentar me foder até me fazer ceder quanto à questão do investimento. Não discuti, mas não cedi, ao menos não com relação à empresa.

Fui passando pelos e-mails até chegar a uma mensagem de Sid, cujo assunto era "Resultado". Meu estômago revirou enquanto eu lia e relia.

Erica,
Não foi tão difícil quanto eu achava que seria. Daniel Fitzgerald, Turma de 1992, graduado em Economia. Procure por "Daniel Fitzgerald" no Google.
Sid.

Abri uma nova aba e digitei o nome do campo de busca. O primeiro resultado mostrava biografias de advogados de um escritório no qual o nome dele aparecia como sócio. O segundo resultado era um site oficial da campanha de Daniel Fitzgerald para governador de Massachusetts, com um logotipo estiloso vermelho, branco e azul, e um slogan de campanha bem chiclete. Abaixo, havia uma foto de uma versão envelhecida do homem da minha foto. Ó Deus. Peguei o celular e liguei para Marie.

— Oi, minha menina — atendeu ela, feliz.
— Daniel Fitzgerald — falei.
— O quê?
— O homem da foto.
— Ah.

Ela parecia mais conformada do que surpresa.

— Eu sei que minha mãe não me contou por um motivo, mas preciso saber.
— Erica, eu...
— Marie, eu tenho o *direito* de saber. Você era melhor amiga dela. Se existe alguém que saberia quem é meu pai, é você.
Ela ficou em silêncio por um bom tempo antes de falar.
— Sim.
— Sim, o quê?
— Ele é seu pai.
— Ó Deus.
Larguei o rosto na mão, minha cabeça girando repentinamente. Eu tinha minhas suspeitas, é claro, mas parte de mim esperava que ela dissesse que não. Ou mentisse para mim, ou dissesse que eu era louca de estar trazendo de volta à tona algo tão distante. Agora, cara a cara com a verdade, eu não sabia o que sentir.

Eu tinha passado a vida toda aceitando a sombra da ausência dele, alheia à outra metade de quem eu era. Mas será que eu tinha realmente aceitado isso? Quando eu era grandinha o suficiente para exigir a verdade, minha mãe tinha morrido. Sabendo que ninguém poderia preencher aquele lugar no meu coração, eu nunca me preocupei em realmente pensar em quem ele poderia ser.

Agora, eu tinha mil perguntas e nenhuma resposta. Será que ele sequer sabia que eu existia? Será que ele amava minha mãe? Como ele era?

— Querida, você está bem? — Marie interrompeu meu carrossel de pensamentos.
— Você sabia que ele é candidato a governador?
A única coisa que eu sabia sobre ele era a única coisa que podia nos manter afastados. Eu não sabia como iria atravessar as camadas de pessoas que o rodeavam.

Ela riu baixinho.

— Não, mas não posso dizer que estou surpresa.
— Não vai ser fácil entrar em contato com ele — falei.
— Só tenha cuidado, querida.
Minhas sobrancelhas se juntaram.
— Como assim?
— Você não sabe no que está se metendo com ele.
— Eu deveria me preocupar? Você obviamente sabe mais sobre ele do que eu.
— Você é uma menina esperta. Só fique atenta e não baixe a guarda — disse ela em voz baixa.
— Está bem. — Fiz uma pausa, tentando reorganizar os pensamentos. — Obrigada.
— Pelo quê?
— Por me dizer a verdade. Mesmo que um pouco tarde demais.
Ela suspirou.
— Espero que você não se arrependa por eu ter contado.
Sacudi a cabeça, incapaz de compreender por que eu me arrependeria.
— Não consigo explicar o que isso significa... Finalmente saber quem ele é. Mas sem minha mãe...
— Eu sei, minha menina — disse ela em voz baixa. — Lamento. Eu estava só seguindo os desejos dela.
Suspirei, querendo que essa notícia me trouxesse mais alívio do que tinha trazido. Eu não gostava da ideia de Marie ter escondido a identidade de meu pai de mim, ou do fato de minha mãe querer que fosse assim. Mas eu não era mais aquela garotinha. Por mais assustador que parecesse, eu precisava saber mais sobre aquele homem e o que ele significava para minha mãe.
— Melhor eu ir. Preciso pensar nisso tudo. Mas volto a falar com você em breve.
— Claro. Me ligue quando quiser. E, Erica?
Fiz uma pausa.

— O quê?

— Tome cuidado, está bem?

— Vou tomar. Prometo.

Desliguei e fiquei olhando para a foto do site, querendo saber mais sobre o homem do outro lado. Não o advogado ou o político, mas o homem.

Clicando aqui e ali descobri tudo que podia sobre ele, o que apenas reforçou o quanto seria difícil conseguir me encontrar com ele. Eu não podia simplesmente entrar no escritório dele e apresentar-me. A ideia de usar Blake para fazer o contato veio-me à mente, mas logo a descartei. Eu não queria associá-lo a nada disso, para meu próprio bem e para o bem dele.

Fui rolando pelos contatos do celular e liguei para Alli. Ainda não tínhamos nos falado eu fiquei surpresa quando ela atendeu.

— Tenho tentado falar com você — falei, tentando não parecer tão preocupada quanto eu estava.

— Eu sei, me desculpe mesmo. Tenho estado atolada de trabalho e lidar com essa porcaria do Heath também não ajuda.

— Você está bem?

Ela ficou em silêncio por um instante.

— Sim, acho que sim.

— Como está Heath?

— Ele parece bem... Melhor. Ele está em Los Angeles, então, não posso ir vê-lo agora por causa do trabalho.

— Certo. Nem consigo imaginar como isso tem sido pra você.

Ela riu indiferentemente.

— Acho que deveria ter feito Psicologia, porque estar com ele tem sido como namorar duas pessoas diferentes.

— Só que você está apaixonada por uma delas.

Ela suspirou do outro lado da linha.

— Acredite, eu sei.

— Alli, eu sei que não tenho sempre sido a amiga mais incentivadora quando se trata do Heath, mas espero que você saiba que pode conversar comigo sobre isso. Você ainda é minha melhor amiga. Não quero que isso nos distancie.
— Obrigada — disse ela. — Isso significa muito pra mim. Obviamente, não posso conversar com meus pais sobre nada disso. Eles pirariam completamente.
— Tomara que Heath consiga se endireitar antes que você precise fazer isso.
— Tomara.
Bati os dedos no balcão.
— Então, tenho notícias interessantes.
— O que foi?
— Acho que encontrei meu pai.
— O quê? Está falando sério?
— Mas preciso da sua ajuda. Ele é um desses advogados peixes grandes e, por acaso, também é candidato a governador, então, não faço ideia de como vou entrar em contato com ele, você sabe, com discrição. Estava esperando que você tivesse umas ideias.
— Uau. Certo. Vou ver o que posso fazer. Conheço algumas pessoas no Review. Talvez a gente consiga agendar uma entrevista.
O humor de Alli tinha mudado. Ela estava repentinamente animada com a nova missão. Aquela menina tinha nascido para o marketing.
— Obrigada.
— Sem problemas. Mas como você está lidando com isso?
Mordi o lábio e fiquei olhando para o nada. Como eu estava lidando com isso?
— É difícil colocar em palavras. Estou animada, acho. Mas nervosa. Não faço ideia de que tipo de pessoa ele é. Mesmo assim, sinto que preciso entrar em contato com ele. Não

posso simplesmente ficar sentada aqui sabendo quem ele é, sem tentar saber se ele também gostaria de me conhecer.

— Tenho certeza que sim.

Dei de ombros.

— Talvez. Acho que vamos ver.

— Vou ver o que consigo com essa entrevista. Me avise de qualquer novidade.

— Aviso. Obrigada, Alli.

— Sem problemas. Ligo pra você depois.

CAPÍTULO 18

Nervosa, fiquei folheando uma revista até que a recepcionista linda e loira de Daniel Fitzgerald me deu o sinal de que eu podia entrar. Os escritórios Fitzgerald & Quinn ficavam no coração do distrito financeiro de Boston, e a ampla sala em que eu tinha acabado de entrar não deixava dúvidas de que aquele homem era um dos executivos mais importantes da cena corporativa da cidade. Vestindo um terno de três peças imponente, ele espiou por cima da papelada em sua mesa, os óculos de leitura repousando na ponta de seu nariz. Ele não era mais o jovem despreocupado que eu tinha visto na foto.

— Sr. Fitzgerald.

Minha voz vacilou com aquele simples cumprimento.

Ele olhou para mim, um espelho de meus próprios olhos azuis claros. O cabelo dele estava começando a ficar grisalho e seu rosto tinha algumas rugas, mas ele ainda era muito bonito. A essência do homem da foto era reconhecível.

— Sou Erica Hathaway.

Estiquei a mão para apertar a dele.

Ele se levantou para cumprimentar-me e apontou para as cadeiras em frente à sua mesa, com um sorriso simpático.

— Erica, por favor, sente-se.

Acomodei-me e inspirei o aroma rico do couro antigo.

— Vejamos. Você é do *Harvard Review*?

Ele arqueou a sobrancelha para mim.

— Bom, com relação a isso...

Alli tinha conseguido a entrevista para mim como se fosse para a famosa publicação, e se isso não desse certo, algum funcionário iria ser demitido por causa do favor que ela tinha pedido.

Ele ficou me olhando, cheio de expectativa.

Engoli seco e respirei fundo. *Isso não vai dar certo.*

— O nome "Patricia Hathaway" significa algo pra você? — perguntei finalmente, observando-o atentamente enquanto dizia isso.

Se a menção do nome dela significava alguma coisa para ele, ele não demonstrou; seu rosto permaneceu imóvel, desprovido de emoções. Os olhos azuis dele fitaram os meus, não revelando nada.

Ele olhou casualmente para o relógio.

— Acho que não. O que isso tem a ver com a entrevista, mocinha?

A voz dele era estável e incrivelmente calma.

Engoli seco, lutando contra a vontade súbita de vomitar. Será que eu era louca por estar fazendo isso? E se eu estivesse errada? E se Marie estivesse mal informada?

Afastei a dúvida da minha cabeça e foquei-me no presente. Olhei para minhas mãos, que estavam entrelaçadas ansiosamente em meu colo.

— Sou filha de Patricia Hathaway. Estava querendo falar com você sobre isso.

Um silêncio longo se abateu sobre nós e, com ele, a verdade me assolou. Meu corpo parecia amortecido com a compreensão.

Levantando-se abruptamente, ele atravessou o escritório com uma elegância fluida, fechou a porta e afundou-se de novo na cadeira. Ele limpou os óculos e os jogou na mesa, revelando uma expressão severa.

— Onde você está querendo chegar com isso?

Meu Deus. Minhas dúvidas deram lugar à verdade indiscutível de que aquele homem realmente era meu pai. Eu podia sentir. Agarrei o braço da cadeira, minhas mãos suavam abundantemente. Fiz uma prece silenciosa de que ele não me enxotasse do escritório depois que eu dissesse o que estava prestes a dizer.

— Eu...

Tentei me imaginar dizendo as palavras, mas elas ficaram presas em minha garganta. Elas pareciam malucas e presunçosas. Mas eram verdade. Eu sabia. E se ele não acreditasse em mim? Fechei os olhos apertado e soltei tudo antes que perdesse a confiança.

— Sr. Fitzgerald, acho que sou sua filha.

Ele se recostou na cadeira, o maxilar apertado, os olhos penetrando os meus. Ficamos assim pelo que pareceu uma eternidade. Meu coração palpitava em meu peito, a expectativa do que ele poderia dizer ou fazer pairou no ar entre nós.

Ele expirou lentamente e debruçou-se na mesa.

— Então, vamos ao que interessa. É dinheiro que você quer? Se for, é só me dizer de quanto estamos falando.

Tive dificuldades para falar, mas as palavras dele tinham me atingido. Ele achava que eu estava extorquindo dinheiro dele? *Não, não, não. Merda.* Sacudi a cabeça freneticamente e massageei entre as sobrancelhas. Isso estava dando completamente errado.

— Não é isso. Eu só queria conhecer você. Só isso.

Eu não precisava de nada dele. Ao menos nada daquele tipo.

Ele hesitou por um momento, antes de debruçar-se na mesa de novo, beliscando a ponta do nariz com um suspiro.

— Não posso dizer que estava esperando por isso.
— Nem eu, pra ser sincera. Nunca achei que fosse conhecer você.
— Eu também não. Ouça, Erica. — Ele limpou a garganta e reorganizou alguns papéis na mesa. — Receio que esta não seja a hora e nem o local para nos aprofundarmos nisso.
Concordei com a cabeça.
— Eu sei. Me desculpe...
— Estou no meio dessa campanha. Eles marcam reuniões de 15 em 15 minutos para mim, então, tenho outra daqui a pouco.
Congelei quando entendi o que ele queria dizer. Se eu não era uma ameaça, ele não tinha tempo para mim. Minha garganta fechou-se e meus olhos queimaram com lágrimas não derramadas. *Que perda de tempo.* A parte de mim que tinha tantas esperanças com relação a este encontro agora estava inundada de um arrependimento doloroso. Eu devia saber. Isso foi estúpido, bobo. Ah, se Marie não tivesse me mostrado aquela porcaria daquela foto...
— Entendo. — Peguei minha bolsa, torcendo para não parecer tão magoada quanto me sentia. — Foi um prazer conhecê-lo, de qualquer forma. Boa sorte com a campanha.
Levantei-me para apertar a mão dele e olhei para baixo, evitando contato visual. Eu não iria dar a ele a satisfação de ver que eu estava magoada. Ele pegou minha mão e a segurou por mais um instante.
— Diga à Patty que eu disse "oi", está bem?
— Ela morreu.
Minha voz era seca, sem emoção. É claro que ele presumiria que ela ainda estava viva. Ela tinha sido tirada de mim cedo demais.
Ele expirou rapidamente, largando minha mão. Percebi uma sombra de emoção passar por seus olhos. Ele esfregou o peito, retraindo-se ao fazê-lo.

— Eu não fazia ideia.
Assenti com a cabeça.
— Ela faleceu quando eu tinha 12 anos. Câncer no pâncreas. Mas ela não sofreu por muito tempo.
Minha voz estava baixa quando disse aquelas palavras, estável e objetiva. Como se eu estivesse falando sobre alguém que eu mal conhecia, dissociei-me das emoções assim que elas ameaçaram aparecer. Hoje não era o dia para revisitar meu luto. Eu já estava no meu limite emocional.
— Lamento muito.
— Obrigada. Você não tinha como saber.
Certo?
Virei-me para ir embora e ele me interrompeu, colocando uma mão decidida em meu ombro para me parar.
— Erica, espere.
Minhas sobrancelhas ergueram-se e meu coração disparou com a montanha-russa de emoções que tinha se espalhado por mim nos últimos minutos.
— Minha família e eu vamos para Cape Cod neste fim de semana. Talvez possamos... pôr o papo em dia? Conversar um pouco mais sobre isso.
— Claro — respondi rapidamente.
Respirei fundo, sentindo um peso sair do meu corpo com a oferta. *Ele estava falando sério?*
— Excelente.
O sorriso dele veio de encontro ao sorrisinho pequeno que se formou nos meus lábios.
— Sr. Fitzgerald...
— Por favor, me chame de Daniel... Eu acho.
Ele ergueu os ombros nervosamente. Ele parecia mais humano, menos temível agora do que antes.
Relaxei e uma semente de esperança começou a crescer dentro de mim.
— Daniel, me desculpe por ter chegado assim. Acho que nunca existe uma boa hora para fazer isso.

— Provavelmente não.

Ele voltou para a mesa, anotou um endereço em um bloco de notas e entregou-me uma folha de papel.

— Aqui está o endereço da casa. Vamos marcar um jantar na sexta à noite, então. Você pode ficar o tempo que quiser.

— Vou aguardar ansiosa.

Ele me levou até a porta.

— Eu também.

Dei um aceno constrangedor para ele. Não estávamos nem perto de nos sentir confortáveis para um abraço.

De volta ao apartamento, uma taça de vinho em mãos, tomei um longo banho na banheira vitoriana que ficava no meio do meu banheiro. Tudo bem, era meio-dia, mas hoje não era um dia qualquer. Hoje tinha sido possivelmente o dia mais emocionalmente intenso da minha vida adulta, e com certeza poderia ter sido pior.

O celular tocou ao meu lado, atrapalhando meu momento de paz.

— Alô?

— Erica, é o Max.

— Ah, oi.

Ergui-me na banheira e dei uma olhada em volta, procurando por qualquer coisa em que eu pudesse escrever, se precisasse.

— Esta é uma boa hora?

— Claro — menti, envergonhada por estar prestes a ter uma conversa de negócios na banheira.

— Então, boas notícias. O contrato está pronto. Estou revisando para fazer emendas finais agora e devemos estar prontos pra assinar amanhã.

— Perfeito! Posso ir aí pela manhã, se você puder.

Se marcássemos para mais tarde, eu teria morrido de nervosismo.

— Ótimo. Estou realmente ansioso para começar a trabalhar com você, Erica.

— Não tenho como agradecê-lo o suficiente.

— Tem, sim. Me agradeça dando retorno ao meu investimento.

Uma pequena pontada de medo atravessou-me.

— Farei meu melhor — prometi.

— Ah, e um jantar hoje à noite. Eu gostaria de comemorar com minha nova sócia.

Sorri, mas minha animação abafada pela lembrança bastante recente de meu último jantar de negócios ter dado horrivelmente errado. Quais eram as chances de eu me meter em outra dessas sem Blake ter que fazer ameaças de morte e estrangular os outros?

— Na verdade, tenho planos para hoje à noite, mas que tal um almoço de comemoração por minha conta?

— Me aparece ótimo. Vejo você amanhã.

Desligamos e afundei-me novamente na água quente da banheira, reavivada pela percepção repentina de que, com esse investimento, toda minha existência estava prestes a mudar. Eu estava na minha nas últimas semanas, esperando por essa grande chance. Agora, em uma questão de horas, teríamos um investimento e poderíamos começar a operar em uma escala muito maior. Eu teria empregados, folha de pagamento, papelada e problemas que eu provavelmente não conseguia antever agora.

O futuro era incerto e assustador pra caramba, mas um pequeno alvoroço de excitação cresceu dentro de mim. Eu nunca tinha me sentido tão preparada para o desafio. Fiz uma pequena prece para o universo, para que eu não ferrasse com tudo.

Eu estava bem relaxada e um pouco tonta quando Blake entrou.

— Dia duro no escritório?

Ele se sentou na beirada da banheira, onde meus pés escapavam das bolhas.

— Preciso de um dia de descanso antes que minha vida entre na correria.

— Depois de amanhã, tenho certeza de que vai entrar.

— Como assim? — perguntei, torcendo, já sem esperanças, para que ele não soubesse sobre um contrato que estava sendo feito em sua própria empresa.

— Sim, eu sei que você vai fechar o contrato com Max amanhã — disse ele. — Podemos conversar sobre alternativas?

— Não, não podemos, Blake, porque nós já discutimos isso e a resposta é não.

Falei tão decidida quanto consegui.

— Você sequer conhece o Max e está disposta a passar a posse da sua empresa para ele — continuou ele.

Eu sabia que ele estava procurando vencer essa. *Puta merda.*

— Eu estaria fazendo a mesma coisa com você. Qual a diferença?

— Nunca disse que queria a posse. Você poderia me vender ações comuns ou podíamos dizer que é um empréstimo. Não importa muito pra mim.

— Exatamente.

Ele revirou os olhos.

— Não foi isso que eu quis dizer, Erica.

Levantei-me na banheira, molhada e coberta de bolhas.

— Pode me alcançar a toalha?

— Não até a gente conversar sobre isso.

Ele não se mexeu.

Blake ficou olhando para mim, os braços cruzados decididamente sobre o peito, aparentemente muito pouco distraído pela minha nudez.

Felizmente, eu podia sobreviver sem a toalha.

— Você precisa parar com isso — disse, rispidamente.
— Você precisa confiar em mim — disse ele em voz baixa.

Alguma coisa na maneira como ele disse aquilo me fez parar. Por que isso era repentinamente tão importante para ele? O que tinha mudado entre nós nas últimas semanas que tornou a possibilidade da parceria com Max tão insuportável para ele? Eu poderia perguntar, se achasse que ele me daria uma resposta sincera. De qualquer forma, nada que ele dissesse poderia me fazer mudar de ideia. Eu tinha tomado minha decisão. Ele saberia, de uma vez por todas, que eu não era propriedade dele e que ele não podia me controlar.

Saí da banheira, quase escorregando na água ensaboada que trouxe comigo. Ele se aproximou para me ajudar, mas me afastei do toque dele.

— Esta conversa acabou — falei. — Você tem sérios problemas de controle e eu recomendo que procure terapia pra trabalhar isso, porque eu claramente não posso ajudar você.

— Certo, eu tenho problemas de controle, e você tem sérios problemas de confiança, Erica. Nós dois provavelmente nos beneficiaríamos com a terapia.

Fiquei olhando para ele. Ao menos meus problemas de confiança estavam enraizados em experiências legítimas. Os problemas de controle de Blake com certeza vinham de seu sucesso, que, até onde eu sabia, pouco tinha de traumático. Além disso, eu sempre odiei terapia. A insinuação dele de que eu precisava disso, jogando minhas palavras na minha própria cara, fez com que eu me sentisse diminuída. Imperfeita.

Cerrei os dentes e enrolei-me na toalha.

— Vá pro inferno.

— Erica, este sou eu. Sou "programado" assim. E se estou tentando controlar a situação, por favor, entenda que é porque tenho motivos reais para isso.

Respirei fundo, determinada a não transformar isso em um grande desastre.

— É simples, Blake. Preciso de freios e contrapesos na minha vida. Não vou apostar tudo, corpo, alma e negócio, em você e ter você me ordenando pra lá e pra cá como seu bonequinho submisso. Isso acabaria comigo. Isso acabaria com *a gente*.

— Você já tomou sua decisão, então?

A voz calma dele enviou um calafrio inesperado de medo por meu corpo.

— É minha decisão final. Aceite.

Fui para o quarto para procurar minha confortável calça de moletom.

Blake ficou estranhamente quieto.

Quando saí do closet, ele tinha ido embora. Suspirei de alívio, até que uma onda de tristeza me abateu, me deixando fraca até o osso. Ele tinha ido embora. Desabei na cama. O limite entre minha saudade e minha raiva esmagadora se dissipou enquanto eu fitava o teto. Era apenas uma briga. Casais brigavam o tempo todo. Íamos superar aquilo.

Mas o que isso significava para o nosso relacionamento? E se acabasse ali? O fim? Como é que eu iria seguir em frente sem ele? Uma pequena parte de mim queria que ele fosse embora, ou ao menos deixasse o assunto do investimento de lado. Agora, que ele tinha ido, eu não conseguia explicar o vazio estranho que eu sentia.

Fechei os olhos e tentei me convencer de que assim que tudo fosse dito e feito amanhã, poderíamos encontrar uma maneira de superar isso. Eu torcia para que conseguíssemos.

Debati-me a noite toda. Acordei suando frio, desorientada quando percebi que Blake não estava comigo. Eu ansiava por ele, e que toda essa chateação ficasse para trás.

Fantasiei entrar de fininho no apartamento dele com a chave que ele tinha me dado para seduzi-lo. Admitir que o amava. Tudo fazia sentido quando ele estava dentro de mim, fazendo amor comigo, nos levando a um lugar onde nada mais importava. Agora, nada fazia sentido. Deslizei as mãos pela minha pele úmida, querendo que fossem as mãos dele em mim. Se eu pudesse apenas senti-lo comigo, talvez soubesse que não tinha acabado. Que ele ainda me amava tanto quanto eu o amava, apesar daquele comportamento enlouquecedor dele.

Lutei contra a vontade de ir até ele, enquanto a noite se transformava em dia. Uma onda de raiva atravessou-me, por ele conseguir fazer isso comigo. Ele me possuía como ninguém jamais tinha possuído. Exausta e derrotada, agora eu estava doente de desejo, literalmente perdendo o sono por que não podia — ou iria — dar a ele o que ele queria.

Eu queria dar a ele o que ele queria, mas a que custo?

Na manhã seguinte, entrei de fininho no quarto de Sid, onde ele dormia ruidosamente. Não me dei o trabalho de sussurrar, sabendo que ele acordava com facilidade.

— Sid, preciso de um favor.

Ele se virou e grunhiu.

— O quê?

— Me encontrei com meu pai ontem e ele me convidou para ir à casa dele em Cape Cod este fim de semana. Ainda não sei se vou passar a noite lá, mas estava pensando se podia emprestar o seu carro para ir até lá.

Ele se levantou, ainda totalmente vestido do dia anterior.

— Aqui — disse ele, entregando-me as chaves de cima da mesa. — Você ainda não o conhece muito bem. Tem certeza de que essa é uma boa ideia?

— Ele está concorrendo a um cargo público. Tenho bastante certeza de que ele não é um assassino com um machado, Sid. Mas obrigada pela preocupação.

Ele meneou a cabeça e desabou de volta no *futon*, desaparecendo debaixo do cobertor.

Joguei uma malinha de pernoite no Audi prata e ajustei o banco para acomodar meu corpo bem menor. Sid tinha uma vida frugal, mas ele não economizava com veículos.

Saí cuidadosamente da vaga em paralelo onde Sid tinha estacionado. Se qualquer amassado ou risco surgisse por eu ter pego emprestado o carro, ele iria ficar de luto por semanas.

Encontrei uma vaga perto do escritório de Max. Dei uma checada em mim mesma no espelho. Fechar o contrato não dependia mais da minha aparência, mas eu queria estar linda para a ocasião, então, pus um vestido branco justo, complementado com um cinto fino e escarpins *nude*.

Entrei na recepção da Angelcom, parecendo e sentindo-me como a CEO com o bolso cheio que eu estava prestes a me tornar. A recepcionista me acompanhou até a sala de reuniões onde eu tinha feito minha apresentação pela primeira vez.

Vi-me sozinha naquela sala de novo, lembrando-me de como Blake tinha me deixado louca desde aquele primeiro dia. Fiquei tensa com o pensamento de que o que acontecesse hoje poderia mudar as coisas entre nós para sempre.

Max entrou na sala e seu sorriso branco e largo empurraram minhas dúvidas para longe.

— Hoje é o grande dia! — exclamou ele.

Deixei escapar um riso tonto. O entusiasmo de Max era facilmente contagiante. Fui até ele para dar um abraço delicado e ele me deu um beijo no rosto outra vez, mas eu estava me sentindo tão bem-disposta que não liguei.

— Então, por onde começamos?

Juntei as mãos em uma palma, ansiosa para assinar alguma coisa, até que vi a montanha de papéis que ele largou na mesa, que equivaliam a um exemplar da Vogue italiana. Dezenas de etiquetas multicoloridas saíam da pilha, indicando os locais a serem assinados. Uma onda de ansiedade nasceu em mim.

— Tudo isso? — perguntei.

— Infelizmente, sim. É por isso que essas coisas levam todo aquele tempo chato pra preparar.

— Não estou cedendo meu primogênito, né?

Acomodei-me em uma cadeira de frente para ele, preocupada, agora, de que não teria o tempo de que precisava para revisar nada daquilo. E se eu encontrasse algo que pudesse impedir a parceria? E se eu não tivesse a menor ideia de que diabos eu estava assinando?

— Eu não descartaria essa hipótese— disse uma voz atrás de mim.

Virei-me na cadeira, enquanto Blake entrava na sala. Usando jeans e uma camiseta de gola V azul-marinho, ele parecia implacável, apesar de seu traje casual.

— O que posso fazer por você, Landon?

A voz de Max era polida e seus lábios apertaram-se em uma linha fina.

— Pode me dar um momento com a srta. Hathaway?

— Certamente. Estaremos prontos daqui a pouco.

— Agora.

— Algum problema?— perguntou Max entre dentes cerrados.

— Você é o problema.

Com isso, Max se levantou. A cadeira dele rolou para trás e acertou a janela de vidro, fazendo barulho.

— Leve o tempo que precisar, Erica.

Ele olhou para Blake e, então, nos deixou e fechou a porta.

Meu coração batia ferozmente, uma combinação de mero alívio por ver Blake, combinada com um medo voraz de que o contrato com Max agora corria perigo. Se Blake ia causar tantos problemas com meus negócios, por que é que Max sequer iria querer se envolver comigo agora? Ele estaria contratando meses de chateação.

— Que diabos você está fazendo aqui? — disse, rispidamente.

— Eu não queria fazer isso, mas você não me deixou muita escolha.

— Eu disse a você, tomei minha decisão. Está basicamente acertado.

— Nem perto disso. Você ainda não assinou nada.

— Tenho toda intenção de assinar, então, sugiro que você pegue suas tendências compulsivas e nos deixe em paz.

— É tarde demais pra isso.

Oh, não. Hesitei. Um temor ansioso tomou conta de mim.

— Tarde demais pra quê?

— Transferi o dobro do investimento de que você precisa para sua conta empresarial.

Tentei formular palavras, perguntas que precisavam ser feitas, mas, em vez disso, fiquei parada ali, de boca aberta e incrédula com a audácia dele, que, verdade seja dita, nunca parava de surpreender-me.

— Não perca tempo tentando encontrar maneiras de devolver porque eu vou impedir que você consiga investidores em qualquer outro lugar da cidade — continuou ele.

— Você sabe que eu posso fazer isso.

— E se Max ainda quiser investir?

— Ele não vai querer — disse ele com afinco. — Nenhum contrato sai daqui sem minha autorização, e ele não vai ganhá-la.

— Por que você está fazendo isso?

Minha voz tremia.

Ele tinha efetivamente me colocado em uma sinuca de bico. Eu podia pensar em outras saídas, mas sabia que ele já as tinha fechado.

— Eu me preocupo com você mais do que Max jamais irá se preocupar, apesar de Deus saber que ele vai tentar convencer você do contrário.

— Isso não tem nada a ver com essa porcaria de rivalidade de pseudo irmãos que você tem com Max. É com a minha vida que você está brincando. Isto é tudo pelo que eu trabalhei e você está arruinando tudo!

Bati com os punhos na mesa antes de levantar-me, encarando-o.

— Isso não é nem perto do que você vai conquistar. O fato de que você acha que eu vou foder com tudo só mostra o quanto você é completamente ingênua.

Dei um tapa forte nele, o barulho se espalhando pela sala da mesma maneira que as palavras dele tinham me atravessado. Minha mão ardeu com o contato e fiquei sem ar. O choque passou pelo rosto dele, mas ele hesitou apenas um segundo antes de colocar a mão na minha nuca e me beijar, unindo os lábios dele aos meus. Fechei as mãos ao lado do corpo. *Não.* Ele não ia me vencer pelo cansaço. Não desta vez. Eu não ia deixar.

Guerreei comigo mesma, lutando contra a maneira que eu me sentia enquanto os lábios dele esmagavam os meus, possuindo-me com cada beijo intenso. *Você é minha.* Ouvi a voz dele na minha cabeça. Um gemido escapou de mim e percebi que o estava beijando de volta, meu corpo respondendo ao amor e ao ódio que eu sentia por aquele homem. Eu me odiava por isso. Por querê-lo como eu queria.

Ele tinha me derrotado.

Ele tinha vencido.

CAPÍTULO 19

Eu mal tinha saído da cidade e estava presa no trânsito com destino ao sul, tomada por uma raiva que me fazia querer dirigir a 130 por hora, em vez de 15, a atual marcação do velocímetro. Centenas de pessoas estavam indo para Cape Cod nesta tarde de sexta, e apesar de eu não estar muito no clima para eventos familiares com meu pai recém-descoberto, queria ficar o mais longe possível de Blake.

De alguma forma, eu tinha conseguido angariar forças para deixar Blake na sala de reuniões. Pedi desculpas rapidamente a Max, mas o poupei dos detalhes, ciente de que Blake o faria para mim rapidinho. Bom acerto de contas para eles dois. Eles podiam continuar com aquela rivalidade ilógica enquanto se destruíam mutuamente em um esplendor glorioso, eu não estava nem aí.

Blake não tinha me deixado nenhuma outra opção profissional, mas eu com toda certeza não iria premiá-lo com nosso relacionamento. Eu o amava, loucamente e com uma paixão que eu provavelmente nunca mais encontraria de novo, mas não ia deixar que ele fizesse de mim sua mulherzinha. O apartamento e, agora, a empresa. Ele continuaria se intrometendo até que eu estivesse totalmente sob seu controle, sujeita a seus desejos e vontades. No quarto, eu queria isso, ansiava por isso. Mas na vida real, precisávamos de limites e, por mais que eu tentasse, não conseguia fazer com que ele os aceitasse. Minha raiva borbulhou novamente e bati com tudo no volante do carro.

Algumas horas depois, o trânsito finalmente andou. Fui costurando entre os carros, trocando de faixa como um piloto de corridas, até que o GPS me indicou uma saída.

Dirigi pelas estradas secundárias sinuosas em direção ao meu destino com um pouco mais de cuidado. A costa era pontilhada por mansão após mansão, todas enormes, cada propriedade se beneficiando da vista linda do oceano. Exceto por uma viagem de meninas curta com Alli, eu tinha passado muito pouco tempo nessa porção maravilhosa da costa nesses oito anos em que estive morando na Nova Inglaterra.

Estacionei na entrada da monstruosa casa de três andares, ao lado de um Lexus SUV. Chegou a hora. Respirei fundo algumas vezes e parei de apertar o volante com tanta força, tentando expurgar minha raiva por Blake do meu sistema. Hoje era para ser um dia feliz. Talvez não fosse tarde demais para isso.

Saí do carro e espiei por cima da cerca que separava o acesso de entrada do pequeno quintal e da praia abaixo. A casa tinha sido construída em um morro íngreme, posicionada bem acima de seus vizinhos, ofertando uma vista impressionante do mar de três lados.

— Erica!

A voz de Daniel ecoou, vinda da porta dos fundos.

Ele parecia diferente. Casual, de calça cáqui e camisa de linho, ele sorriu quando me aproximei.

— Fico feliz que você tenha vindo.

Ele me envolveu em um abraço amigável.

Aquele gesto me pegou de surpresa, mas o acolhi de boa vontade.

— Eu também — falei.

Abafada pelo ombro dele, abracei-o apertado, querendo não me sentir tão sensível agora. Se eu não tomasse cuidado, estaria chorando litros. Ele não pensaria que eu estava atrás do dinheiro dele, mas saberia que eu era um caso perdido completo.

— Entre, quero que você conheça a Margo.

Concordei com a cabeça e ele pegou minha mala e a colocou no hall de entrada. Entramos em uma linda e ampla sala, onde uma mesa de jantar com móveis patinados envelhecidos fluíam em direção à sala de estar. Sofás enormes cobertos com mantas brancas e almofadas azul-claro espalhadas — tudo naquela casa remetia ao clima quintessencial litorâneo.

Ele me levou até a cozinha, onde uma mulher alta com cabelos castanhos-escuros estava ocupada misturando uma salada.

— Erica, esta é a Margo.

Margo tirou o avental e veio na minha direção com os braços abertos. Ela era uma figura ágil, com sardas espalhadas por sua pele bronzeada. Brincos de pérolas grandes estavam pendurados em suas orelhas, combinando com o colar simples de pérolas em torno de seu pescoço. Apesar da altura, ela parecia frágil em meus braços. Quando ela se afastou, fiquei instantaneamente feliz por minha escolha de traje.

— Que linda você é! É maravilhoso conhecer você, querida. Está com fome?

Eu não tinha pensando em comer o dia todo. Meu nervosismo tinha tomado conta de mim aquela manhã e, desde a reunião, comer tinha sido a última coisa na minha cabeça.

— Estou faminta, pra ser sincera.

— Me dê mais alguns minutos e estaremos prontos para comer. Querido, você pode colocar o peixe agora.

Ela apontou a geladeira para Daniel.

Ele concordou com a cabeça e saiu do meu lado para pegar uma travessa.

— Quer uma cerveja?

— Hum, claro — respondi, mas estaria bêbada em um piscar de olhos se não colocasse algo no estômago rapidinho. Se eu chegasse ao fim daquela garrafa, eles saberiam mais sobre mim do que provavelmente queriam.

Daniel pegou duas garrafas com a mão livre e indicou que eu o seguisse.

Saímos para o deck e, enquanto ele se concentrava na grelha, admirei o cenário. Eu tinha passado a viagem toda arrancando os cabelos por causa de Blake em vez de pensar nas coisas sobre as quais Daniel e eu podíamos conversar para nos conhecermos melhor. Eu realmente queria que ele me conhecesse, que ele *quisesse* me conhecer.

Olhei para o horizonte e para o oceano calmo à nossa frente. Lá longe, um aglomerado de bolas pretas se mexia nas pedras no pé do morro.

— O que é aquilo? — perguntei.

Daniel ergueu os olhos para olhar para onde eu estava apontando.

— Focas. Elas ficam ali o dia todo. Monstrinhos barulhentos. São a primeira coisa que ouvimos pela manhã.

Ri de leve ao pensar nas focas como uma espécie de galo por essas bandas.

— Você tem uma casa linda.

— Obrigado. Adoramos isso aqui. É um ótimo refúgio.

Ele fechou a tampa da grelha e se juntou a mim no guarda-corpo, que nos separava de um precipício a apenas alguns metros dali. Uma escada pequena, e que poderia cair a qualquer momento, levava da beira da casa até a praia lá embaixo. Os morros eram lindos, porém perigosos, especialmente se alguém ficasse preso na praia durante a maré alta.

Daniel interrompeu meus pensamentos à toa.

— Então, procurei você no Google, mas preciso confessar que estou um pouco perdido quanto ao que você faz. O que é Clozpin?

Sorri, contente por ele ter se dado o trabalho. A pequena esperança que eu tinha sentido antes se reanimou.

— É uma *startup* de uma rede social focada em moda. Ajuda as pessoas a encontrar os trajes certos e entrar em contato com marcas e estilistas, esse tipo de coisa.

— Então, você fez isso enquanto estava na faculdade?

— Com dois amigos meus. Desde que me formei, eu estava me dedicando a conseguir um sócio investidor, o que... — Fiz uma pausa, questionando as palavras enquanto as dizia. — Conseguimos nosso investimento hoje, então, esperamos que algumas coisas grandes aconteçam daqui pra frente.

— Isso é fantástico, Erica.

Ele sorriu e inclinou a cerveja na minha direção.

— E você? Você sempre quis entrar pra política? — perguntei.

Ele franziu o nariz enquanto olhava para o horizonte que escurecia sobre o oceano.

— De certa forma, sim. Minha família sempre esteve envolvida com a política local por algumas gerações, então, suponho que me envolver nisso foi um progresso inevitável da minha carreira.

— Você está se sentindo otimista com relação à candidatura para governador?

— Com certeza. Temos alguns endossos poderosos e acho que estamos fazendo uma campanha muito boa. As mídias sociais, apesar de eu não saber quase nada a respeito dos detalhes, parecem estar gerando resultados também. Talvez você possa me ensinar uma ou outra coisa sobre isso.

Concordei com a cabeça e ri. Sem dúvida, falávamos duas línguas corporativas bem diferentes.

— Quanto à campanha... — Ele hesitou, como se estivesse contemplando o que iria dizer. — Isso vai soar constrangedor, mas é algo que preciso pedir a você. — Ele coçou a fina barba por fazer no queixo. — Como eu disse, você sabe que conhecer você foi inesperado. Uma surpresa feliz, é claro.

— É claro — concordei.

— Tenho muito em jogo nessa campanha, Erica, e não sei como dizer isso sem parecer, sei lá, horrível, acho.

— Você gostaria que eu não aparecesse em público como sua filha ilegítima — soltei.

Conhecendo os políticos, eu sabia que ele podia rodear o assunto por mais alguns minutos antes de ir direto ao ponto.

A expressão dele suavizou e um bruxuleio de culpa passou pelo rosto dele, mas eu entendia de onde vinha aquela preocupação. A última coisa que eu queria era ser um fardo ou uma fonte de estresse para ele.

— Isso não é problema. Mesmo — falei. — Eu só queria ter a chance de conhecer você, o que espero que ainda possa acontecer. Mas tenho meu próprio negócio e minha parte de RP pra cuidar também. A última coisa que quero é complicar o que você construiu aqui. Sinceramente, eu não tenho nada a ganhar com suas associações políticas.

Ele assentiu com a cabeça e tomou um longo gole de cerveja.

— Acho que isso faz sentido. Obviamente, nós sabemos o que sabemos e acho que isso é o mais importante, certo?

Concordei com a cabeça e deslizei minha garrafa pelo guarda-corpo, contemplando a pergunta que estava querendo fazer.

— Talvez fosse minha idade, já que eu era muito nova quando ela faleceu. Mas sempre quis saber por que minha mãe nunca falou de você.

Ele se endireitou e um vinco marcou sua sobrancelha.

— Tínhamos um relacionamento complicado. Ao menos quando ela descobriu que estava grávida. Nem a minha família, nem a dela ficariam felizes com a novidade.

— Eu consigo entender.

A família da minha mãe sempre tinha sido distante também. Com o histórico de Daniel, eu imaginava que as circunstâncias não deveriam ter sido muito diferentes. Uma família sangue azul como a dele não teria reagido bem ao fato dele ter engravidado uma menina sem casar, não importava de onde ela viesse.

— Depois que ela voltou para Chicago, supus que ela fosse cuidar disso. Não tive mais notícias dela e não quis ir atrás e deixar a família desconfiada.

— Então, vocês nunca mais se falaram depois da formatura?

Ele meneou a cabeça e ficou olhando para o oceano, como se as respostas para como a vida tinha mudado para ele estivessem lá, em algum lugar, fora do alcance dos olhos.

Uma porta de carro bateu e eu olhei para lá, vendo de relance uma cabeça com cabelos castanhos cacheados que passou pela cerca e entrou na casa.

— Aquele é o meu enteado. Ele tem mais ou menos a sua idade, na verdade.

Daniel indicou que voltássemos à casa e preparei-me para mais uma apresentação.

Margo estava pondo a mesa com salada e uma tigela fumegante de arroz. O aroma da comida se espalhava pelo ar e eu mal podia esperar por parar de conversar e começar a comer. O jovem homem entrou pela porta e foi andando em direção a ela, mas congelou quando me viu.

Tudo parou de se mexer. A sala ficou fria e silenciosa. Ouvi meu coração bater, pulsações irregulares ensurdecedoras, projetando uma dor gelada por minhas veias, gelando-me até os ossos. Em uma sala com outras pessoas, eu estava sozinha. Sozinha com minhas lembranças e a vergonha com que ele tinha me deixado. Uma repulsa doentia revirou dentro de mim, enquanto eu tentava compreender o pesadelo horrível que estava na minha frente.

Agarrei o braço de Daniel, sem saber ao certo se minhas pernas aguentariam o peso do meu corpo. Olhei para ele, como se, de alguma forma, ele pudesse saber. Ele apenas me olhou de volta e apontou para o novo convidado.

— Erica, este é meu enteado, Mark.

Mark.

Depois de quatro anos, eu finalmente sabia o nome dele.

* * *

Pedi licença imediatamente, encontrando o banheiro mais próximo. Tranquei-me lá dentro, lutando para manter o controle, enquanto minhas mãos tremiam descontroladamente. Joguei água no rosto e olhei para o espelho, em busca de ajuda. Eu estava pálida como um fantasma. A náusea atingia-me em ondas implacáveis e eu lutei contra a vontade de vomitar, de expurgar a lembrança venenosa dele de meu corpo.

Eu precisava recuperar o controle. E precisava de um plano. Meu celular estava na bolsa. A bolsa ainda estava na sala.

Mas para quem eu ligaria? Além disso, o que eu falaria? *O homem que me estuprou na faculdade é o bosta do meu meio-irmão.* Cacete, como é que eu iria me livrar dessa? Eu mal conseguia olhar para o homem sem ter um colapso nervoso completo. Agora, precisava aguentar um jantar com ele, como se nada daquilo tivesse acontecido, um capítulo inteiro da minha vida apagado.

Aquela era uma emergência pessoal, mas não uma emergência de verdade, eu disse a mim mesma. Jantaríamos e eu encontraria uma razão para ir embora. Eu teria que descobrir como falar com Daniel depois, apesar de que a ideia de construir um relacionamento com ele parecia completamente impossível agora.

Sequei o rosto e tentei me recompor antes de sair no corredor. Eu podia fazer isso.

Saí e no segundo em que fechei a porta, Mark estava ali.

— Está tudo bem? — murmurou ele.

Seus olhos eram escuros, quase pretos, enquanto ele se aproximava. Dei um passo para trás, pressionando as mãos na parede atrás de mim. O pânico se espalhou por mim. Cada nervo estava a postos, pronto para lutar.

— Fique longe de mim.

Minha voz era pequenina, deixando transparecer o medo que ameaçava tomar conta de mim. Eu era uma poça de ansiedade, não a mulher forte e intimidadora que precisava ser para assustá-lo.

— Ou o quê? — Ele se aproximou o suficiente para que eu sentisse sua respiração. — Isso é perfeito, de verdade. Eu sempre quis uma irmã.

Ele deslizou o dedo do meu joelho até a barra do meu vestido, erguendo-o de leve. Todas as células do meu corpo ganharam vida e a adrenalina se espalhou por mim como um raio.

Que Deus me acuda, eu não ia ser vítima dele de novo. Empurrei-o para longe com toda força que tinha, fazendo-o bater na parede oposta do corredor.

— Nunca mais toque em mim de novo, porra. Está me ouvindo?

Um sorriso entretido apareceu no rosto dele. Corri para a sala de jantar, não menos agitada do que quando saí. *Este é o momento em que Daniel vai pensar que sou um caso perdido.*

— Erica, tem certeza de que você está bem? — perguntou Daniel quando me sentei ao lado dele.

— Desculpe, não comi o dia todo. Não estou me sentindo muito bem.

— Oh, não, querida, por favor, coma!

Margo me arranjou um prato com todas as coisas deliciosas cujo aroma eu tinha sentido antes.

Mark se juntou a nós, sentando-se de frente para mim com o mesmo sorriso presunçoso no rosto, parecendo inabalado. Espetei um pouco de alface no garfo e forcei a comida na minha boca. Meu corpo estava em modo de pânico, meu apetite tinha desaparecido completamente agora.

265

— Mark, Erica administra a própria empresa virtual. Não é impressionante? — contou Daniel.

Ele replicou os detalhes de nossa conversa anterior para elucidar Margo e Mark, apesar de eu estar me contorcendo por saber que ele estava, ao mesmo tempo, revelando detalhes críticos que Mark poderia usar para procurar-me de novo. Com sua identidade revelada, meu próprio anonimato — talvez a única coisa que me mantinha a salvo dele — tinha sumido.

— E o que você faz, Mark? — perguntei.

Dois podiam jogar esse jogo, apesar de eu não imaginar querer procurá-lo ou qualquer outra coisa que não fosse socar a cara dele.

— Trabalho com Daniel no escritório.

— É claro — respondi, sorrindo gentilmente.

Que sorte a dele, passar os anos de faculdade estuprando e saqueando para, depois, assumir uma posição de primeira em uma das maiores empresas da cidade. De alguma forma, eu o odiava ainda mais.

— Em que parte da cidade você mora? — perguntou ele.

Fiquei olhando para o prato, colocando um pedaço de hadoque levemente temperado na boca, enquanto pesava algumas opções de respostas falsas que podia dar a ele.

Bem nesse momento, a campainha tocou, ecoando pela casa. Assustei-me com o barulho, quase pulando da cadeira.

— Eu atendo, querido — disse Margo quando Daniel se mexeu para levantar-se.

Ela se levantou com uma elegância discreta e desapareceu pela entrada que encobria minha visão da porta.

— Vocês dois deviam sair juntos qualquer dia desses — sugeriu Daniel.

Lutei contra a vontade de revirar os olhos. Ele foi rápido em desviar minha atenção para Mark, pensei. Fiquei enchendo a boca de comida para impedir que as palavras saíssem e planejei minha fuga em silêncio. Eles iriam querer que eu ficasse mais, eu achava, mas eu precisava voltar para casa. Um lugar seguro. *Meu lar*. Sim, eu finalmente tinha um lar e não havia nenhum outro lugar onde eu preferiria estar.

Fechei os olhos para afastar uma imagem de Blake. Eu daria tudo para estar com Blake agora, mas não podia correr para os braços dele toda vez que me sentia vulnerável. Talvez eu pudesse ficar na casa da Marie.

— Erica — a voz cantarolante de Margo flutuou pelo ar. — Você tem uma visita. Ele está na porta, esperando por você.

Ergui a cabeça imediatamente. Só uma pessoa poderia ter me encontrado ali.

Blake estava na porta, parecendo casual e perfeito como sempre.

Tentei conjurar a raiva que eu estava sentindo antes. Tudo que eu conseguia era sentir alívio, gratidão, amor. Lutei contra a vontade de correr para os braços dele e permitir que ele me levasse para longe daquela situação horrível.

— Blake...

Ele entrou na casa e abraçou-me tão forte que quase doeu. Afundei o rosto no pescoço dele, inspirando-o. Meu corpo relaxou. Tudo ficaria bem agora que ele estava aqui. Eu estava segura.

— Ele está aqui?

Ele segurou meu rosto entre as mãos e avaliou meus olhos.

— Quem?

— Mark.

— Sim. Espere, como você sabe?

— Esqueça isso, vamos tirar você daqui.

Ele segurou minha mão e virou-se para ir embora.

— Não, eu não posso.

Puxei-o de volta, segurando a mão dele apertado.

Ele franziu a testa.

— Ele é meu pai, Blake. Estamos tentando nos conhecer. Não quero jogar tudo isso no lixo.

Nunca teríamos nada parecido com um relacionamento normal entre pai e filha, mas eu tinha acabado de encontrá-lo. Não podia perdê-lo de novo agora, tão rápido.

— Tudo bem — cedeu ele. — Nos apresente e daí nós vamos embora.

— Seja bonzinho — disse com delicadeza, antes de levá-lo até a sala principal, onde a família de três pessoas estava nos esperando.

Assim que entramos, os olhos dele se fixaram em Mark. A postura dele mudou e a tensão parecia radiar dele. Apertei ainda mais a mão dele sutilmente, alertando-o para não perder a cabeça.

— Daniel, Margo, Mark... Este é Blake.

Fiquei mexendo no cabelo nervosamente. Era tão irônico estar apresentando meu namorado para meu único pai vivo dias após nosso primeiro encontro. E entre todas as emoções que estavam me assolando agora, eu ainda sentia uma espécie de expectativa, torcendo para que Daniel o aprovasse. Ele pareceu orgulhar-se das minhas conquistas antes. Com certeza aprovaria Blake.

— Blake Landon. Você é da Angelcom, certo?

Daniel levantou-se e apertou a mão de Blake.

— Correto. Creio que é você quem negocia muitas das nossas condições contratuais — disse Blake.

— Isso mesmo. Que mundo pequeno, não é?

Ele fez uma pausa, seus olhos se dividindo entre mim e Blake e, depois, descendo para nossas mãos entrelaçadas. O rosto dele desabou. Ele olhou de volta para mim, como se o pensamento pavoroso o tivesse atingido naquele momento.

Ele sabia que Blake sabia. Apesar de toda compostura cuidadosa de Daniel, eu podia ler o rosto dele como um livro aberto. Nosso pequeno e constrangedor segredo estava se espalhando por círculos que ele não estava esperando.

Margo se ergueu subitamente e deu um beijo no rosto de Blake.

— Blake, me deixe ir buscar um prato pra você. Por favor, sente-se e nos faça companhia.

— Na verdade, surgiu um problema com o contrato em que estamos trabalhando. Infelizmente, é imperativo que eu volte para que possamos resolver isso. Mas muito obrigado pela hospitalidade.

— Ah.

Margo fez um biquinho de leve. Eu percebi que ela estava ansiosa para conhecer Blake.

Dei um beijo rápido de despedida em Daniel e Margo e um aceno. Blake pegou minha mala no caminho para fora.

Ele estendeu a mão para mim a apontou com a cabeça para o Tesla.

— Vamos.

Fiquei olhando para ele, os detalhes da nossa manhã voltando à minha cabeça.

— Blake, não vou pra casa com você.

— Não, não vai. Vamos a um lugar onde possamos conversar, e se você ainda quiser ir pra casa, ou pra qualquer outro lugar, você pode.

— Aonde vamos?

Ele não respondeu.

CAPÍTULO 20

— Eu realmente não estou no clima para ficar presa em uma ilha com você agora, Blake.

Estávamos na estação do *ferry boat* e Blake estava me implorando para não ir embora. Ele tinha trancado as portas, entrado no *ferry* e, agora, estava fazendo tudo que podia para manter-me ali.

— Prometo que podemos fazer meia-volta e retornar no próximo *ferry* se você não gostar do que tenho pra dizer.

— Você está sendo maluco agora. Você sabe, né?

Aquilo era como um sequestro.

— Prometa que você não vai fugir.

Grunhi.

— Prometo, agora me deixe sair.

Ele destravou o carro e eu fui até o nível superior do *ferry*, onde passamos o resto da travessia até Martha's Vineyard. Se Blake achava que podia se redimir com um pouco de romance, ele estava completamente enganado.

Fui até a ponta do *ferry*, saindo para o deck. Sentei-me em uma mesa para dois, ciente de que Blake estava logo atrás. Sentei-me e ele se juntou a mim um segundo depois. Finalmente olhei para ele. Os olhos dele brilhavam com o sol poente que refletia na água. Deus me acuda, ele era tão lindo quanto irritante. Ficamos sentados em silêncio por uns instantes, enquanto as poucas outras mesas ao nosso redor eram ocupadas.

— Você vai contar como me encontrou? Você não tem um dispositivo de rastreamento implantado nas minhas coisas, tem?

Se eu ia me sujeitar a essa odisseia, ele precisava começar a preencher as lacunas logo.

— Sid me contou que você estava indo visitar seu pai.

— Você perguntou e ele simplesmente contou?

Eu sinceramente esperava que Blake não tivesse aterrorizado Sid da maneira como tinha o costume de fazer com quase todo mundo com quem eu tinha contato ultimamente.

— Na verdade, sim. Ele também não estava muito animado com o fato de você ficar na casa de um completo estranho.

— Está bem. E quanto a Mark? Como você soube que ele estaria lá?

— Desenterrei todos os tipos de associação que ele tinha quando descobri a identidade dele. O padrasto e chefe dele foi algo notável. Quando descobri para onde você tinha ido, concluí que havia uma boa chance de Mark também estar lá.

É claro que sim. Ele conhecia a identidade de Mark já há algumas semanas, então, só Deus sabe o que mais ele tinha aprontado. Mas se ele tinha fuçado, Mark não parecia saber.

— E você conseguiu rastrear a casa dele em Cape Cod.

— Erica, por favor, não me insulte.

Ele tamborilou os dedos na mesa.

— Como você aprendeu a fazer tudo isso?

— Como assim?

— Você é um hacker. Parece uma descrição estranha para alguém com tanto dinheiro e tantos recursos quanto você, mas você claramente ainda faz isso.

Ele me lançou um sorriso perverso.

— Só uso meus poderes para o bem.

— Esse sempre foi o caso?

O sorriso dele vacilou.

— Ouça, vamos falar sobre a parceria com o Max. Preciso explicar algumas coisas.

— Vamos chegar lá. Me conte como você se tornou um hacker.

Ele revirou os olhos.

— Incontáveis horas no computador e uma propensão para a matemática. Satisfeita?

— Olha, se você não vai ser honesto comigo, não preciso estar aqui.

Levantei-me para ir embora.

Ele segurou minha mão.

— Por favor, não vá.

A olhada que ele me deu fez meu peito doer, mas eu estava determinada a manter-me na linha.

Sentei-me de novo.

— Fale.

Ele suspirou.

— Eu era um adolescente entediado e antissocial. Eu evitava a sociedade. Hackear se tornou um escape criativo. Me deu opções, fez a vida parecer menos insignificante.

Tentei imaginar aquele homem lindo à minha frente como um adolescente revoltado, mostrando as garras para o mundo por qualquer motivo.

— O que a sociedade fez de tão ruim pra você? Seus pais não eram professores?

— E eram ridiculamente mal pagos. De qualquer forma, eles não tinham nada a ver com o fato de eu ser daquele jeito, acredite em mim. Eles tentaram pra caramba me tirar de casa, me tornar normal, eu acho. Acho que eu era simplesmente muito... intelectual, talvez, para meu próprio bem. Os noticiários, a política, a economia. Basicamente, tudo que ainda há de errado com o mundo hoje, parecia esmagadoramente errado pra mim naquela época. Eu tinha dificuldades em justificar ter uma vida normal e feliz e fingir que estava tudo bem, enquanto atrocidades aconteciam por todos os lados.

— Então, você achou que poderia salvar o mundo do seu computador.

— Não exatamente. Não sei...

Como você acabou indo trabalhar com o pai de Max?

Ele expirou lentamente. Dei uma olhada por cima do ombro. Eles estavam apenas começando a desamarrar as cordas do cais. Eu ainda tinha tempo.

— É agora ou nunca, Blake.

— Caralho, está bem. — Ele se debruçou na mesa, abaixando a voz para que só eu pudesse ouvi-lo. — Eu me envolvi com um grupo de hackers chamado M89. Um bando de outros meninos revoltados como eu. Elaboramos um plano para esvaziar as contas bancárias de alguns dos maiores executivos de Wall Street.

— Por quê?

— Eles estavam ganhando a maior grana com um esquema Ponzi e tentando eliminar os caras que podiam expô-los.

— E o que aconteceu?

— Fomos pegos — respondeu ele. — Eu consegui escapar da cadeia por pouco e, no processo, de alguma forma, chamei a atenção de Michael. Ele me colocou debaixo da asa dele, descobriu como penetrar a minha armadura. Acho que eu precisava de um capitalista cabeça-dura para pintar uma perspectiva do mundo que fazia sentido.

Caramba. Blake era tão contido, tão no controle de cada área de sua vida agora. Pensar nele sendo tão inconsequente me assustava. Nossa jornada até o ponto atual de nossas vidas não podia ser mais diferente.

— Nós dois queríamos fazer algo grandioso, então, eu passei noites em claro pra me formar com louvores e você hackeava as contas bancárias das pessoas.

— E cá estamos, juntos.

Ele pressionou os lábios nos meus dedos, raspando neles de leve com a língua. Minha barriga se alvoroçou, mas eu me forcei a manter-me focada no assunto em questão.

— Como você conseguiu não ir pra cadeia pelo que você fez?

Ele se recostou na cadeira, os lábios erguendo-se maliciosamente.

— O quê?

— Seu tempo acabou.

Virei-me e vi que já estávamos a poucos metros do cais, prontos para seguir viagem.

Após mais ou menos uma hora, atravessamos a ilha de carro, passando de um bairro para outro, até que Blake acelerou em uma área árida, onde as casas eram esparsas. Agarrei-me ao banco, certa de que seríamos parados pela polícia a qualquer momento, o que teria sido o final perfeito para este dia inacreditável. Apesar da ilha provavelmente só ter cerca de meia dúzia de policiais e parecermos estar nos afastando ainda mais da civilização, se é que isso era possível.

Estacionamos em frente a uma grande casa de família, distinta das outras casas idênticas apenas por seu tamanho e por parecer ser a última casa nesta região da ilha. Subimos na varanda fechada e, em vez de entrarmos na casa, Blake me guiou em volta dela, descendo até a praia. Passamos pelas dunas até um lugar onde havia duas cadeiras Adirondack patinadas na areia, de frente para as ondas calmas do oceano.

Tirei os sapatos e sentei-me em uma delas. Após uma noite quase sem dormir e tudo que tinha acontecido hoje, eu mal conseguia ficar em pé. Blake pegou uma garrafa de vinho branco em um balde de gelo aninhado na areia.

— Falando sério, Blake, como é que você planeja essas coisas?

Ele deu um sorriso safado.

— Não pense que vou contar todos os meus segredos a você hoje.

— Eu podia obrigá-lo — ameacei.

Eu estava conhecendo cada vez mais as fraquezas dele ultimamente.

Seus olhos ficaram sombrios.

— É uma ideia tentadora — disse ele, derramando vinho fora da taça que ele estava enchendo.

Ele corrigiu a mira e entregou-me a taça. Tomei um gole bem-vindo da bebida fria e frutada.

— Não fique tão confiante. Ainda estou brava com você. Tipo, super, hiperbrava.

— O suficiente pra me mandar dormir no sofá?

— Com toda certeza, e isso não é nem o começo do que você vai ter que fazer pra se redimir de tudo.

— Gosto de me redimir. Por onde começo?

Ele ficou aos meus pés, traçando pequenos círculos no meu joelho e subindo pela minha coxa, dando beijos quentes e suaves no caminho. Tentei, em vão, suprimir a reação física que o toque dele provocava.

— Você não pode consertar isso com sexo — falei e, porra, era verdade.

— Não? Então me diga. Como posso consertar isso?

Ele continuou me tocando com delicadeza.

— Eu sinceramente não sei. Achei que você tivesse um plano para isso quando concordei em vir aqui com você.

Eu não iria facilitar as coisas para ele. Eu estava mais que esgotada, mas ainda tinha força suficiente para bater o pé.

Ele desacelerou as carícias e sentou-se sobre os calcanhares.

— Eu te amo, Erica.

Merda. Ele tinha que começar com isso? Segurei as lágrimas.

— Isso não muda o que você me fez hoje.

— Eu sei que isso provavelmente não significa muito pra você, mas eu não queria ter feito aquilo. Você não me deixou muitas opções.

— Bom, isso não é motivo suficiente — falei, olhando para além dele.

— Conseguir investidores é como ir pra cama com alguém, Erica. Nem sempre funciona e, pra ser sincero, você não tem muito o perfil para esse tipo de parceria. Eu entendo completamente como você se sente com relação à empresa. Uma das razões pelas quais eu não quis investir logo de cara foi por causa da sua grande obstinação. Eu sabia que não seria fácil trabalhar com você, e que você brigaria comigo em todos os passos do caminho. Eu não tinha analisado as consequências de você trabalhar com Max até recentemente, e não podia suportar perder você pra ele.

— Ele não me quer desse jeito — insisti, sem acreditar 100% naquilo.

Max, assim como tantos outros, não tinha respeitado meu espaço pessoal totalmente, mas ele não tinha feito nenhum comentário que me fizesse acreditar que ele me desejava sexualmente. E mesmo que desejasse, eu podia me defender sozinha.

— Ele quer, confie em mim. Acredite você ou não, ele faria qualquer coisa para ter você se isso significasse que ele estaria me atingindo. Depois de ver o que você passou com Isaac, eu não podia correr esse risco de novo.

Meneei a cabeça. Isaac tinha me pegado desprevenida, mas se Blake tivesse me dado mais um minuto, eu podia ter me livrado dele sem ajuda.

— Não sei exatamente como ou quando Max iria dar o bote, mas juro a você que ele teria dado. Ele a obrigaria a coisas que você jamais faria só para manter o negócio, sabendo o quanto ele significava pra você, sabendo o quanto você significa pra mim.

— Como você pode saber disso?

— Jesus, Erica, eu atravessaria o fogo pra garantir que você está segura. Será que você pode simplesmente acreditar em mim, que eu sei que isso iria acontecer, que eu não permitiria que nada acontecesse com você?

Fechei os olhos. As ondas quebravam na praia e uma brisa suave soprou por cima de nós. Eu sentia a presença de Blake, seu magnetismo fazendo-me querer me aproximar dele. Ele era o único homem que eu tinha amado, e ali estava ele, declarando seu amor por mim, prometendo me proteger do perigo, quase cortês demais para ser levado a sério, mas quando abri os olhos e olhei nos dele, não havia dúvidas de suas intenções.

Tudo tinha se tornado demais. Meus olhos se encheram d'água, mas eu me recusei a render-me. Cruzei os braços na frente do peito, me segurando.

— Você está me matando, Blake.

— Você sabe quantas mulheres me pediram pra investir nelas naquela sala de reuniões? — perguntou ele.

— Quantas?

— Uma.

A palavra ficou pairando no ar, uma verdade inacreditável que pronunciava quão perigosa minha posição no mercado poderia ser. Se aquilo fosse verdade, ter chegado até aqui não era nada menos que um milagre. Isso também explicaria por que a recepcionista deles ficava me olhando como se eu tivesse três cabeças toda vez que eu aparecia para uma reunião.

— Caramba.

Sacudi a cabeça.

— Tanto eu quanto Max queríamos você aquele dia, por razões diferentes. Eu não ia deixar você partir sem lutar.

Mesmo com os riscos que eu corria ao trabalhar com Blake, minha empresa provavelmente estava mais segura do que jamais esteve. Agora, só precisávamos descobrir como trabalhar juntos sem um deixar o outro completamente maluco.

— E agora? — falei, torcendo para que ele tivesse alguma ideia.

— O que quer que você queira, desde que não envolva Max. Ou Isaac.

— Então, somos sócios.

Ele concordou com a cabeça.

— Eu estou no comando, Blake. Comece a me dizer como administrar meu negócio que terminamos na hora.

Eu estava falando sério. Eu não ia ceder nesse ponto e, felizmente, ele não estava exatamente em posição de argumentar, visto que tinha financiado o projeto sem nenhuma declaração legal.

Ele se ergueu sobre os joelhos e tirou a taça da minha mão, enterrando a minha e a dele na areia ao nosso lado.

— Você é a chefe, gata.

Ele me pressionou contra a cadeira, subindo meu vestido e dando beijos quentes na parte interna da minha coxa. Blake tirou minha calcinha com habilidade de mestre e cobriu meu sexo com a boca.

— Ó Deus.

Agarrei a cadeira com a sensação.

Ele me abriu com os dedos e sua língua de veludo foi em seguida. O duelo de pressões fez com que eu me contorcesse descontroladamente. Ele penetrou o dedo em mim e chupou com força, estalando a língua. Joguei a cabeça para trás. *Isso*.

Curvei-me na direção da boca dele, e ele deu o golpe final, penetrando-me com um segundo dedo. Os dentes dele rasparam em meu clitóris, provocando-me com a quantia perfeita de moderação e pressão suficiente para fazer-me ir à loucura.

— Blake... — gritei em meio à noite escura, e lutei para recuperar o fôlego.

A brisa refrescou minha pele, escorrendo sobre a fina camada de suor que me cobria, mas Blake continuou. Gozei de novo e de novo, contraindo-me em torno dos dedos dele, até que estava mole e desesperada de desejo de ter o pau dele dentro de mim.

Gemi o nome dele e implorei que ele parasse, sem saber ao certo quanto mais eu conseguia aguentar.

Ele se levantou e meus lábios se entreabriram quando reconheci aquele contorno duro sob sua calça jeans. Ele me ergueu e me abraçou.

— Vamos entrar — sussurrou ele, antes que eu pudesse começar a despi-lo ali mesmo.

Senti meu próprio gosto no beijo, a ereção dele pressionada contra minha barriga. Sempre demais e, ao mesmo tempo, nunca suficiente, a força do meu desejo por ele ainda me deixava sem fôlego.

Segui Blake para dentro da casa e ele nos levou até o quarto, um cômodo enorme, com teto abobadado e paredes brancas. O lugar punha a casa de veraneio dos Fitzgerald no chinelo em tamanho e elegância. Eles eram uma família tradicional, mas a verdade era que Blake provavelmente podia comprar e vender o Daniel.

A cama, coberta por um edredom branco macio, era o ponto central do quarto e tornou-se meu único foco, enquanto eu contava os segundos até que pudéssemos estar nus em cima dela. Blake abriu o zíper do meu vestido lentamente, demorando-se e provocando-me com toques leves. Saí do vestido e fui até a cama. Subi nela e sentei-me sobre os calcanhares, esperando Blake despir-se pacientemente. Ele engatinhou para cima da cama com a graça ágil de um predador cercando sua presa, e eu estava totalmente no clima para ser caçada.

Ele me virou até eu ficar debaixo dele, esparramada entre suas pernas, enquanto elas me abriam. Colocando meu seio em sua boca com um chupão forte, ele provocou o mamilo com a língua. Curvei-me na direção dele e enganchei minha perna na dele em uma tentativa débil de puxá-lo mais para perto. Ele não se moveu nem um centímetro.

— Você é uma coisinha ligeira — provocou ele, deslizando as mãos pela parte interna das minhas coxas, a centímetros de onde eu palpitava e ansiava muito mais que ele tocasse.

— Me toque, Blake, por favor.

Os lábios dele se curvaram para cima.

— Coloque seus braços para cima.

Ávida para satisfazer o desejo dele se isso significasse que ele pararia de provocar-me, obedeci. Ele esticou meus braços ainda mais e abriu um dos meus braceletes, colocando-o no outro braço e prendendo um ao outro, criando um par de algemas bastante caro.

— Blake, não, você vai quebrá-los.

— Não se você não se mexer.

— Como é que eu vou fazer isso? Você está me deixando louca.

Controlar-me quando ele estava me apoiando era uma coisa, mas eu não fazia ideia de como iria me comportar sem nenhuma ajuda.

— Autocontrole — disse ele simplesmente. — Segure-se aqui.

Ele guiou minhas mãos até a cabeceira. Engoli seco e enrolei os dedos nas barras de metal, minha mente superciente de cada sensação que se espalhava por meu corpo e das reações físicas que eu, agora, tinha que conter para não arruinar o presente lindo de Blake. Ele mal tinha me tocado e eu já estava estremecendo de expectativa.

Ele começou devagar, mordiscando a ponta do meu dedo do pé. Um raio de desejo atingiu meu sexo em cheio. Jesus, ele conhecia todos os truques que existiam. Contorci-me, sabendo que ele estava a quilômetros de lá, naquele ritmo. Ele traçou um caminho de beijos molhados por minha coxa, na minha barriga, mergulhando a língua no meu umbigo. Ele se arrastou até meus seios e minha clavícula, soltando sopros quentes no meu pescoço, que me fizeram arrepiar de um jeito muito bom.

— Como você se sente?

Ele raspou os lábios nos meus, um sorriso consciente os erguendo de leve. Cada nervo ficou a postos, prestando atenção; cada célula do meu corpo se inclinou na direção dele, até onde aquelas amarras permitiam.

— Viva — sussurrei, segurando-me por um fio.

— Ótimo.

Ele segurou o pau e lubrificou-me com minha própria umidade, deslizando-o para dentro de mim. Agarrei a cabeceira com mais força com a fricção sobre meu clitóris. Então, ele me penetrou em um único movimento rápido. Gritei, cerrando os punhos nas barras, sem querer me debater contra minhas amarras.

Os lábios dele vieram de encontro aos meus, beijando-me freneticamente. Gemi na boca dele, enquanto ele investia em mim de novo e de novo, com uma profundidade que me fez ter espasmos em torno dele descontroladamente. Eu mal conseguia respirar com a expectativa do alívio prometido. Enfiei os calcanhares nas coxas dele, querendo que ele fosse mais fundo.

Minhas emoções eram primitivas e eu estava desesperada por ele. Blake se esticou e colocou o segundo bracelete no lugar onde ele deveria estar. Livre das amarras, grudei as mãos no cabelo dele e o beijei intensamente. Eu precisava de mais, do restante dele. Soubesse ele ou não, eu não ia deixá-lo partir.

Olhei para seus olhos sombrios.

— Eu te amo — sussurrei.

Eu precisava que ele soubesse, depois de tudo que tínhamos passado.

Ele retrocedeu um pouquinho, sua expressão quase de dor, como se aquelas três palavras o tivessem atingido em cheio.

— Faça amor comigo. Por favor, Blake, não quero sentir mais nada a não ser você agora.

E, pelo restante da noite, foi o que ele fez. Ele me amou com cada investida habilidosa, lembrando-me de que nossos corpos eram feitos para isso e um para o outro. Estávamos exaustos, física e emocionalmente, mas Blake nunca se cansava. Quando ele ia parando, meus carinhos preguiçosos se transformavam em demandas famintas e ele me possuía de novo, cada vez não menos avassaladora que a última, até que ambos desabamos um nos braços do outro.

* * *

Acordei de manhã com o som do oceano. Gaivotas velejavam pelo céu, pouco além da janela do nosso quarto. Saí da cama silenciosamente para deixar Blake dormir.

Vestida com a camiseta dele, deixei que seu cheiro se espalhasse por mim. Andei pela casa e peguei uma banana da tigela de frutas na cozinha. Peguei meu laptop e acomodei-me na mesa da sala de jantar, que tinha vista para o mar. Comecei a escrever um e-mail para o professor Quinlan, chamando-o dessa forma. Não importava quanto tempo passasse, eu provavelmente nunca conseguiria chamá-lo de Brendan.

Tive dificuldades em encontrar as palavras certas para descrever a situação atual. Ele conhecia a história de Max melhor que a maioria das pessoas, mas eu esperava que essa reviravolta nos acontecimentos não tivesse consequências negativas para o professor. Eu me sentia na obrigação de deixá-lo a par de tudo, caso isso acontecesse. Fiz um rascunho da mensagem e a reli, sentindo-me novamente estupefata com o ritmo alucinante que minha vida tinha adquirido nas últimas 48 horas.

 E eu pensava que a faculdade era estressante.

 Cliquei em "enviar" e dei una navegada em alguns sites, parando no Clozpin. O gráfico de carregamento do navegador girava indefinidamente. O site estava fora do ar de novo.

 Merda. Liguei para Sid. Nada. Liguei de novo e ele não atendeu. Corri de volta para o quarto, odiando ter que acordar Blake, mas eu não conseguia afastar a preocupação.

 Aconcheguei-me ao lado dele, joguei a perna por cima da dele e o salpiquei de beijinhos. Se era para acordá-lo, ao menos eu o faria de maneira agradável. Ele finalmente se mexeu, acordando com um sorriso e uma fantástica ereção matinal. Por mais tentador que isso fosse, eu precisava dele para outra coisa agora.

 — Gato, o site está fora do ar de novo. Não consigo entrar em contato com Sid.

 Ele levantou, colocou a calça jeans e seguiu-me até a sala de jantar. Ele deu uma olhada para a minha tela e pegou o próprio laptop em sua mala, acomodou-se no sofá e o ligou.

 — Café? — perguntei.

 — Por favor.

 Ele já parecia incrivelmente focado, apesar de mal ter acordado, seus cabelos uma bagunça linda. Descobri onde estava o café e, enquanto esperava que ele fervesse, atualizei o site de novo. Dessa vez, ele abriu instantaneamente, com um logo grande peculiar por cima. O texto do logo era claro: *M89*.

 Blake estava digitando furiosamente. Não ousei perguntar, mas tinha uma sensação péssima de que ter sido alvo daquele ataque não era mais aleatório. Enchi uma caneca e levei para ele. Ele a pegou sem dizer nada, trabalhando como se eu não estivesse ali. Fiquei olhando para ele pacientemente, esperando que ele me desse um retorno.

— Você pode me dizer o que está acontecendo? A verdade, dessa vez? — perguntei, minha voz baixa.

Ele me fitou com olhos cansados.

— Nossa foto na conferência. Viralizou. Você provavelmente deve ter notado um pico no tráfego. A maioria dos acessos era legítimo, mas eles repararam.

— Eles?

Ele hesitou.

— Então, isso não é aleatório.

— Não mais — disse ele, seus olhos sombrios de arrependimento.

— Por que eles estão atrás de você, Blake?

Ele meneou a cabeça e passou as mãos pelos cabelos.

— Desculpe, Erica, mas vou consertar isso. Prometo.

Assenti com a cabeça, confiando que ele iria mesmo.

A HISTÓRIA DE BLAKE E ERICA CONTINUA

NA SEQUÊNCIA DA SÉRIE HACKER

CONEXÃO EXPLOSIVA

AGRADECIMENTOS

O processo de redescobrir-me como escritora através deste livro foi poderoso. Tenho uma dívida eterna com aqueles que tornaram esta experiência possível.

Atração magnética poderia nunca ter sido realizado sem o apoio constante e fanático de meu marido. Obrigada por motivar-me em cada passo do caminho e por permitir que eu desaparecesse por horas e, às vezes, dias a fio para contar esta história.

Um agradecimento especial à minha editora espetacular, Helen Hardt, por surrar meus particípios oscilantes, endireitando-os, e por impulsionar-me a escrever uma história sexy e emocionante que eu teria orgulho em compartilhar com o mundo.

Obrigada à comunidade escritora do Twitter. Este livro foi escrito a #1k1hr — mil palavras por hora — e à base de #5hourenergy, e ter colegas escritores fez uma diferença extraordinária.

Obrigada a K. e L. por sua amizade, sua lealdade e suas habilidades excelentes em programação. Que seus olhos sempre leiam esta página do livro.

Por último, mas não menos importante, muito obrigada a todos os fãs que expressaram seu entusiasmo e seu apoio a *Atração magnética*. Vocês deram um significado novo a "cruzar a linha de chegada". Mal posso esperar para compartilhar a próxima parte da história de Blake e Erica com vocês!

PUBLISHER
Kaíke Nanne

EDITORA DE AQUISIÇÃO
Renata Sturm

EDITORA EXECUTIVA
Carolina Chagas

COORDENAÇÃO DE PRODUÇÃO
Thalita Aragão Ramalho

PRODUÇÃO EDITORIAL
Jaciara Lima

COPIDESQUE
Rafael Surgek

REVISÃO
Anna Carolina Caramuru
Clarisse Cintra

DIAGRAMAÇÃO
Julio Fado

CAPA
Maquinaria Studio

Este livro foi impresso em São Paulo, em 2015,
pela RR Donnelley, para a Editora Agir.
A fonte usada no miolo é Impressum, corpo 10,5/14.
O papel do miolo é avena 80g/m², e o da capa é cartão 250g/m².